最好的生活，是与喜欢撞个满怀

故园风雨前 —— 毕淑敏 老舍 等 著

梁小琳 选编

长江出版传媒　长江文艺出版社

图书在版编目（ＣＩＰ）数据

　最好的生活，是与喜欢撞个满怀 / 老舍等著 ； 梁小
琳选编. -- 武汉：长江文艺出版社， 2021. 6
　（"她阅读"经典散文系列）
　ISBN 978-7-5702-1490-7

　Ⅰ．①最… Ⅱ．①老… ②梁… Ⅲ．①散文集－世界
Ⅳ．①I16

　中国版本图书馆 CIP 数据核字(2020)第 107748 号

责任编辑：程华清　梁碧莹　　　　　责任校对：毛　娟
封面设计：壹　诺　　　　　　　　　责任印制：邱　莉　杨　帆

出版：长江出版传媒　长江文艺出版社
地址：武汉市雄楚大街 268 号　　　　邮编：430070
发行：长江文艺出版社
http://www.cjlap.com
印刷：湖北新华印务有限公司

开本：880 毫米×1250 毫米　　　　1/32　印张：10.125
版次：2021 年 6 月第 1 版　　　　　2021 年 6 月第 1 次印刷
字数：236 千字

定价：39.80 元

最好的生活，
是与喜欢撞个满怀

她阅读

她阅读·情感卷

她阅读·情感卷

目录

第九章　红男绿女

第十章　世时梦魇

她阅读·情感卷

目录

第十一章　沧海桑田

不管世界多么拥挤，都要让心自由跳动。因为生命的每一瞬间都存于心，贮于忆。那些拥有，那些给予，那些珍贵的收藏，都会拥于怀，融于情，长眠于心。
　　一些人，一些情，一些事，都装在心里，会累，会挤，懂得卸载，给心一个空间，让心得以喘息，让阳光给以沐浴。

在这诡异与艳俗中，硕大的阔叶，和那些利器
与血腥一起在孤独中安慰了孤独的灵魂。我们在隐
隐约约的疼痛中，竟会有温暖与心动的感觉。

　　在一朵花里，我遇见了真，遇见了幻，遇见了生与灭，遇见了过去、现在和未来，遇见了无边的时空。在一朵花里，我看见，生死同一，天涯咫尺，刹那永恒。

　　在风的节奏中，在月的光辉里，他与她时而携手漫步于芳草萋萋的小径，时而相依相偎于蛙鸣蝉唱的溪畔。无边的夜色里充满了爱的温馨，云和月的幽会，优雅中包含了激情。两个人的世界就如一首爱的月光曲：自由、深情、美丽，时光也变得舒缓而绵长，如碎波粼粼的水面，静静地流淌。

炊烟是房屋升起的云朵，是劈柴化成的幽魂。它们经过了火光的历练，又钻过了一段漆黑的烟道后，一旦从烟囱中脱颖而出，就带着股超凡脱俗的气质，宁静、纯洁、轻盈、缥缈。

　　山林里的早晨宁静而妩媚，坡上的林梢一抹玫瑰红，淡紫色的炊烟缠绵缭绕。门前的白雪地上，又印上了夜里悄悄来过的不知名的小动物一条条丝带般的脚印儿，细细辨认，如梅花如柳梢亦如一个个问号，清晰又杂乱地蜿蜒于雪原，消失于密林深处……

最好的生活，
是与喜欢撞个满怀

她
阅
读

说说爱情

地阅读·情感卷

池莉

　　任你经历了无数春季，当新春再度来临，总是无比新鲜。春暖花开了，蜂飞蝶舞着，大自然的勃勃生机热烈、盛大、磅礴得不由人，哪怕地球这边厢地震海啸，那边厢战火连天。如火如荼的春之爱情总是如期到来，无可阻挡，主旋律总是我们的那首流传至今的唐诗《金缕衣》：劝君莫惜金缕衣，劝君惜取少年时；花开堪折直须折，莫待无花空折枝。面对这年年岁岁的殷勤提醒，要遗憾的是，其实我们不懂春的心。

　　武汉大学有一道樱花甬廊，今春涌入的观赏客，一天高达几十万人众，廊内人头攒动，吵嚷喧嚣，大啖饮食，垃圾遍地，完全成一旅游景点了。23 年前的樱花季节，我在这条走廊流连忘返，构思并写作了小说《不谈爱情》。那时候，特意来看樱花的人，只三三两两，矜持而文艺，多属情调人群，赏花后即有摄影或小品文见报，内容却大都止于眼皮子的盛筵，无关生命内在的痛痒。彼时也好，此时也罢，无论赏客或多或少，结果是异曲同工：消费风景，无涉爱情。我的《不谈爱情》就写这个冷酷主题：一对具有文艺情调的男女，三月季节，来武汉大学樱花廊赏樱。他们偶遇了。就那一刻，赏樱的外壳，之所谓文艺、情调和樱花，便都统统去他妈的了。女孩子的第一眼打量，就是判断与估计男青年的身家地位是否优越，一旦得到肯定，女孩子便立刻进入角色，投其所好地扮出小清纯。男青年的第一眼出于备受压抑的性饥渴，以及童话般清纯的文学想象。于是花楼街陋巷民居里的女孩子成功俘获珞珈山上教授楼里的金龟婿。于是婚后的真实生活打蒙男青年。于是夫妻之间狼烟顿起，双方家族与单位纷纷参战。于是赤脚的不怕穿鞋的，终究靠利益权衡摆平战争。于是结局由怀孕带来：繁殖至高无上地成为婚姻主宰。男青年不得不乖乖就范收起离婚之美梦，挈妇将雏回家去。在中国，即便俄罗斯大文豪托尔斯泰也失灵，我们的生活事实与他的名言恰恰相反：不幸的家庭都是相似的，幸福的家庭各有各的幸福。幸福的家庭是因为大家都可以偷着乐，不幸是我们基本都是无奈婚姻、捆绑夫妻。我们不谈爱情。我们的婚姻是功利主义，家庭是繁殖主义。结婚为的是生子，生子为的是望子成龙，成龙为的是做人上人，做人上人为的是享受他人的羡慕嫉妒恨——他人的羡慕嫉妒恨是我们活着的最重要元素，大约仅次于空气和水。真不能够怪现在社会道德沦丧：笑贫不笑娼，做二奶傍大佬，有权有钱才算成功，有车有房才能够结婚——据说这是爱情的物质标准量化——其实由来已久，早在 60 多年前就已萌芽，随后与时俱进发展壮大形成现在的社会风气。譬如《小二黑结婚》，这是著名作家赵树理 1943 年的一部中篇小说，1952 至 1956 年改编成歌剧，一时间风靡中国，家喻户晓，首开无产阶级红色婚嫁之风气。小芹和二黑，这对男女青年，一个不顾母亲要她嫁高门大户，一个不顾父亲为他娶童养媳，更不在乎人们瞧他们不正经的世俗目光，私下相好了。他们的爱情自由奔放清新热烈，他们反对封建家长对自由恋爱的压制，他们用自己的勇敢行动狠狠抨击嫌贫爱富的世俗陋习，因此获得了人们的广泛喜爱。

但是这个文本里头潜藏着一个换汤不换药的新世俗婚嫁标准，用革命的物质化欲求替代了纯真的爱情。小芹用一曲《清凌凌的水蓝莹莹的天》把这物质化欲求吐露得十分鲜明："昨夜晚小芹我做了一个梦，梦上二黑哥当了模范，县长也给你披红又戴花，你红光满面站在那台前，大伙儿呀大伙儿呀，你拍手哇他叫喊哪，人人都说，都说你是一个好呀么好青年——"

女孩子开始公开要求她的爱人要当模范，要披红戴花上主席台，也就是说要做人上人。如果男青年为人老实低调，或者内心清高，根本不在乎什么县长的披红戴花呢？那么这桩婚嫁不就危机了？我们现在经由文学文本回顾历史，历史就很清晰了：当一个旧的社会改朝换代之际，无产阶级革命文学及时倡导了一种所谓新文化。新文化引导的爱情，强烈支持女性对男性的政治要求和社会要求。这些要求已经脱离了爱情的私人性，脱离了爱情最纯粹的两情相悦，变成了公然的社会标准和物质标准，只是具有文学的隐蔽性。当年灌输这种婚嫁理念的文化盛行一时，影响久远，直至今天。例如当时红遍全国的，还有电影《柳堡的故事》。女主角二妹子的著名唱段《九九艳阳天》那就更加直接了："九九那个艳阳天，十八岁的哥哥细听我小英莲，哪怕你一去千万里，哪怕你十年八载不回还，只要你不把我英莲忘呀，只要你胸佩红花呀回家转。"这是何等绵里藏针，单纯里头藏老练的苛刻条件！女孩子竟然不管一个青春男孩随时可能战死沙场，提出的要求如此冷酷：一是对自己的绝对忠实；二是必须获取功名衣锦还乡。有资料可查，这部电影有个原型，那位年仅19岁的战士，参军两年后果然战死。苏联也有一部"二战"电影，名为《狙击手》，也是根据原型拍摄的。那是就在苏联红军的狙击手要对决德国狙击手的前夜，他爱慕的女孩子，什么条件都没有提，只是默默地主动地深情地投入了他的怀抱。他俩就在军营的大地铺上相亲相爱，他们身边紧紧挨着无数战士，战士们都假寐着，生怕打扰了这对爱人，他们却掩饰不住欣慰的神情。这么一个深懂爱情的女孩子，鼓舞了所有战士们：能够如此被爱，就算战死，也死得其所！

战争、革命与死亡催生了许多文学作品，对于爱情的态度，基本分为两类：一大类是提倡更加珍惜生命、珍惜爱情、消灭战争、活着回来！一小类则是消灭敌人，夺取权力。很不幸，革命文学属于后一类。这一类从 20 世纪 80 年代开始纷纷解体，他们的文学与文化也随之检视自己并也发生着巨变。然而，我们文学和文化的发展与变革，来得曲折、复杂、艰难得多，深深埋藏于我们的人性和良知的渴望还在深埋之中，千呼万唤就是爱情的种子始终盼不来复萌的季节。"披红戴花衣锦还乡"的理念在穿越几十年的岁月中牢牢影响着社会，影响着人们的生活态度与爱情观，在经济改革开放到来的时刻，一脉相承地与时俱进为金钱至上物质主义。

还有什么话可以说？爱情究竟什么意思？还用多说什么？现在我们纵然想保持一颗爱人的赤子之心，社会与他人也一定误解或扭曲你：要么你是傻子，要么你是不正经。爱情不再，便再不懂爱人。不懂爱人，便不懂自爱。不懂自爱，何谈爱他人？爱众生？爱国家？这其实是不用证明的生活常识。也是我们老祖宗留下的教诲，如《左传·僖公十四年》所言：四德皆失，何以守国？如今我们的经济发达丰衣足食，社会却乱象丛生，竟是一个历史的必然。

一曲《金缕衣》告诉我们，唐朝我们懂爱情。一部《红楼梦》告诉我们，清朝我们仍懂爱情。现当代我们也曾有过爱情喷薄欲出的时代机遇："五四"算一次，"文革"结束拨乱反正初年也应算得一次。唯望上苍怜我族群，再度赐予机遇。

说说结婚

她阅读·情感卷

池莉

海棠短信：我到了。

我即刻奔上二楼阳台，要看海棠从远处走过来。

要看！是因为海棠这个女孩子与我的关系非同寻常。她是我在这个人世间接生出来的第一个小生命。头一次接生的刺激与震撼是那么强烈，在母体的拼命用力与疼痛中，在涌流的羊水与鲜血中，那一抹乌黑头顶的显露，激动得我直打寒战，热泪盈眶。我手足无措地捧着她生怕她滑落。我等待她的第一声啼哭如迎接天庭福音。我看她皱巴巴小脸如娇艳玫瑰。她是我人生世界里如此郑重的大事：尽管理论上我早已把"分娩"背诵得滚瓜烂熟，但只有亲手接过生了，我才真实感知"分娩"的具体过程和生死悲壮。当然，还有，海棠的顺利接生，意味着我作为妇产科实习医生的一关，顺利过了。海棠使得我的一门毕业功课获得优良成绩，她是我的大福气。那是1981年秋季，我正轮到妇产科实习。我管床董慧敏，陪她熬过了一个阵痛频发的不眠之夜，在清爽明净的翌日早晨，海棠成功顺产。董慧敏是我的学姐与挚友，这就注定了我对海棠，必然如同己出。

更加上，海棠是一桩惊世骇俗爱情的结晶，所以让我们看起来，她总是与众不同，更能彰显人性和生活的意义。董慧敏原本是一个非常、非常"革命"的女生，典型的共产主义接班人。我入校的时候，董慧敏在学校已经很著名。她是女生当中少有的中共党员，家庭出身革命干部。事实上当学校领导肃然起敬地介绍董慧敏家庭成分是"革干"，我们就懂了，那就意味着是"高干"，是高级干部。董慧敏果然没有辜负她的家庭出身，她根正苗红，从小到大都是学生干部，作为工农兵大学生，一进医学院就被委任为学生会主席、学校党委委员。平时校园内的董慧敏，一脸严肃甚至是冷漠无情，她艰苦朴素到连涉嫌小资情调的裙子都从来不穿，只穿长裤，且长裤的膝盖处一定打有椭圆形补丁，且衣服颜色绝对只有灰、黑、蓝三色，恪守"男女授受不亲"律条，与任何异性说话都极尽简短、保持身体距离，并眼睛一定看别处。像我这种家庭出身有"黑五类"污点的学生，能够成为董慧敏好友，唯一原因是文学。那时候，我已经公开发表诗歌散文，被同学公认为"作家"，而董慧敏唯一的爱好，就是酷爱文学阅读，两个"唯一"碰在一起，我们势必成为朋友。加上董慧敏因其身份架子在同学中几乎没有好友，她竟比一般同学都更忠实更在乎我们的友谊，与我亲密无间无话不说。

我们实习刚刚开始，董慧敏就大惊失色地跑来找我。发生的事情简直令我目瞪口呆，万料不到：董慧敏与她收治的第一个管床病人，一见钟情！那是一个来自钢铁公司的年轻高炉工，疑似伤寒入院。老师吩咐董慧敏为他体检并写大病历。大病历是我们实习医生的必修课，尽管门诊已初诊伤寒，但是我们也要进行细致全面的住院体检，然后写出一份大病历。大病历须对病人进行从头到脚包括生殖器的描述。年轻的高炉工人，躺在病床上，一看见董慧敏过来，眼睛顿时放出明亮又羞涩的光芒，董慧敏当时就被电着了。揭开被子，年轻的高炉工人袒露出结实健壮的胸脯，董慧敏的手只轻轻按上去，两人瞬间面红耳赤，山崩地裂。待体检做完，二人已经双目交接，不舍得再分离。就这样，董慧敏一头栽进了情网。她立刻就变了！变化之大，足以震惊所有人。爱情令董慧敏变得笑意盈盈，亲切可人，开朗活泼得与从前的她简直天渊之别。爱情让董慧敏变得爱美，她从此开始衣裙飘然，再也没有穿她那艰苦朴素标志性补丁长裤。董慧敏原本算不上漂亮的，一旦有了风情简直明艳逼人。董慧敏的恋爱故事飞快传遍学校和医院，这种红色公主与青蛙王子的童话色彩，让大家津津乐道并欢欣鼓舞。

不过，接下来是一场酷烈的捍卫爱情之战。这桩门不当户不对的恋爱，遭到董慧敏父母的强烈反对和极力扼杀，他们动用了所有力量进行威逼利诱和冷酷"围剿"，家族亲朋好友轮番对董慧敏大举苦口婆心直至口诛笔伐，单位组织方面从上级领导找谈话到党组织促膝谈心，到居委会跟踪捉奸抓道德败坏，最后绝望的父母气急败坏地宣布与董慧敏脱离关系。董慧敏一哭二闹三上吊四绝食五私奔，始终坚定不移地捍卫了他们的爱情。被父母赶出家门的董慧敏无处容身，我的单身宿舍接纳了她，充当了她出嫁之前的临时娘家。年轻的高炉工人，骑一辆借来的崭新自行车，自行车龙头上挂了一朵大红花，来我们宿舍，悲壮地接走了甘愿陪他过清贫生活的新娘。他们一无所有，有的就是爱情。除了爱情还是爱情，爱情让董慧敏轻捷地跳上自行车后座，双手勇敢地抱住了新郎的腰。送别董慧敏的我和同学们都忍不住泪眼婆娑，董慧敏却一直是笑盈盈的，高昂着她幸福的脸。

不管怎样一贫如洗，不管失去多少优越感，也不管社会怎样抛弃和遗忘，拥有一次轰轰烈烈的爱情并终成眷属，是董慧敏此生最大的满足、最大的自豪和永远美好的记忆。在我们同学中，很少有人羡慕董慧敏出身高干、政治进步，但几乎人人都羡慕或者佩服董慧敏居然有胆爱过一次。

那时候，没有任何书本杂志广播电视可以告诉我们结婚是什么意思。不过我们有幸下放农村做知青。农村和全中国一样没有书本，但是农村十分重视生活常识。生活常识决定了结婚的最基本要素：爱与性。哪怕用最简单的方式也要具备。爱是经过相对象来实现的：李家溜溜的大姐，人才溜溜的好；张家溜溜的大哥，看上溜溜的她。虽则中间要有媒人，事实上也是两人事先就有了一些意思的。性呢？性的熏陶则是乡下日常生活里的村言俗语、小儿骂人和猪狗鸡的公然交配。在村里，嫁娶临近，一般都会由母亲或者姑妈姨妈，对年轻无知的新人进行密谋式的教导，让他们明白何谓洞房花烛夜。"傻女婿的故事"是乡村口口相传经久不衰的教科版本。故事是：从前，有一位母亲，在儿子婆亲前夜，悄悄嘱咐懵懂的儿子，她说："儿啊，入洞房以后，你就把你尿尿的那个东西，放进她尿尿的那个东西里头。"是夜，入洞房以后，儿子就把他自己尿尿用的夜壶，放进了新娘尿尿用的马桶里头。翌日早晨，母亲问："儿子啊，你照我说的做了吗？"儿子答："做了。"遂把自己的行为描述给了母亲。母亲笑道："儿啊，你做错了！你得睡在她的上面，再把你那个尿尿的东西放进她尿尿的那个东西里头。"是夜，儿子让新娘睡在床上，自己爬到床架子上去睡了（从前老式的床是有架子的）。翌日早晨，母亲问："儿啊，你照我说的做了吗？"儿子答："做了。"遂又把自己的行为描述给了母亲。母亲笑道："儿啊，你做错了！"新婚三天回门，新娘把丈夫的所作所为都告诉了自己母亲，母亲道："哎呀，真是个傻女婿！"于是傻女婿的故事就传开了，轮到我们下放的年头，这个故事还是最普遍的新婚教材，以为母亲不厌其烦循循善诱地纠正错误，引导正途。

董慧敏出嫁前夜，我们宿舍早早关掉电灯，在黑暗中女同学们扮演了母亲的角色，问董慧敏可还记得"傻女婿的故事"？董慧敏羞涩地扑过来便打，女同学们还是七嘴八舌又讲了一遍"傻女婿的故事"，这是连我们学医的教科书上都省略了的具体内容，大家讲着讲着笑弯了腰，在笑笑闹闹中，我们确认董慧敏似乎早已领悟结婚真谛。董慧敏婚后不久即怀孕，十个月后，海棠出生。

海棠这个孩子，是我从她的前生就开始亲睹她的由来，直至今天。

现在，海棠向我走过来了。除了父母遗传的外貌，海棠还带着这个时代的普遍印记：身量不高自视挺高，身板发僵，缺乏女性弹性但自己全然无知，衣着时尚却只有流行，没有个性也照样自我感觉良好，近视眼，高学历，外企做中层管理，30岁了尚未婚恋对象。海棠大大咧咧坐下来，不时地打手机发短信。我试图和海棠一边喝茶一边交谈，海棠却看都不看茶杯一眼，从头到尾一口茶都没有喝过。没有关系！海棠在我生命里的意义，足够我对她无限包容。海棠对我直截了当谈着找对象的底线，说：咱这个年纪，算剩女了，又不很美眉，没资格挑挑选选了。对于我将要为她搜寻的对象，海棠一点不客气地说直接亮出底牌比较好：男方本人学历大本；家庭不可以在农村；有车有房；月薪5000元，工作稳定；身高170厘米——就可以进入考虑范围了。海棠完全不给我说话空间。她自己说个不停：烦死了！烦死了！主要是我妈要疯了我妈是何等好强的人，如今她过得没有别人好，她都觉得没脸见人了！我只能豁出去！现在赶紧结婚最重要，只要男方符合这些条件，咱可以立马结婚，结婚立马要孩子，这就全了，比起别人来，咱就不差什么了，我妈不再有压力了，我也不再有压力了！

"感情呢？"我都不好意思说"爱情"这个词，因为这个词与海棠谈话的内容半点不搭。"感情，"海棠说，"婚后就会有。"

"婚后也可能没有啊？"

痴情如病症

地阅读 · 情感卷

晓旭

　　闲暇时翻开几本杂志，篇篇都是死去活来的爱恨情仇。也许女人真的是为感情而活的动物，再理性、再成熟的女人一旦陷入感情，便会失去理智。裴多菲一首为呼唤自由而写的名诗，经过许多痴情人的使用之后，只剩了前面两句："生命诚可贵，爱情价更高。"痴情，已经演变成了一种怪病。

　　痴情这种病也如其他病一样，病来如山倒，病去如抽丝。爱情来到时，没有人会追究其原因。任何的逻辑推理与科学公式都不适用于爱情，爱的魔力使得无数人常常"明知不能为而为之"。然而，爱情逝去后，刨根问底、穷追不舍或者日省百遍、沉沦自虐几乎成了一种通病。尤其是失爱的女人，心里都有十万个为什么，诸如"他为什么不爱我了"之类。这些为什么让女人们在爱的独角戏里沉迷、沉沦直至沉没。

　　我们每个人都曾有过生病的经历。当你在病中时，虚弱的身体、憔悴的面容、痛苦的表情会让爱你的亲人们充满怜惜并尽心照顾。但是，你会因为眷恋这种怜惜和照顾而愿意留在病中吗？同样，我们也都有过大病初愈的感受。那时候，亲人脸上欣慰的笑容比医院外的阳光还灿烂。为了这笑容，谁不愿意早点康复呢？

但是，这一切逻辑对于病在痴情中的女人却不适用。她们总是希望用自己的怨和恨来触动一颗已经不属于自己的心。何其难也！且不说这样做是多么的无望，即便那颗心还有一点你的位置，难道他的痛苦会比他的快乐更让你高兴和满足吗？很欣赏张晓风的一句话："无论何时，我最爱的，都是你的笑。"真爱，莫过如此。台湾著名时事评论员、节目主持人，被李敖称为"台湾最聪明的女人"的陈文茜说过这样的话："我不一定有能力与别人长久相爱，但我很有能力和别人分手，不论是我负人还是人负我。"她让我叹服。

治疗痴情，必须学会忘却。谁也无法抹去生命的烙印，但我们可以选择忘却伤害记住美好。清理人生路上丛生的杂草，留下鲜花和绿树，那么，无论何时回首，你看到的都是美丽和阳光。"爱情只是生命中的插曲，不是生命的唯一，更不是生命的全部。生命，永远高于爱情。"这是一位社会学家的名言。

是的，痴情是在亏待生命。生命，永远高于爱情。

什么是痴情？梁山伯和祝英台？或者罗密欧和朱丽叶？其实都不是，他们那叫专情。专情和痴情的区别在于——专情是两情相悦者的同甘共苦、共沐爱河，不管他们能否终成眷属；而痴情大多数情况下指单恋，不管明暗，也就是说，完全是自作多情。

痴情是以"痴"为前提的"情"，本身就带有贬义。痴呆或者傻冒，为了自己心目中所谓的爱情，固执地吊死在一棵树上，呆呆地守候一辈子，有刻舟求剑之嫌。有过上吊经验的人都知道，当绳子卡住脖子的时候，会两眼翻白，视线模糊。在一棵树上吊死的人就是这样，从上吊的那一刻起，就再也看不到眼前的其他爱情。而紧揪的那份爱情只不过是回忆里的一场骗局，确实爱过，只不过在它产生之后，就夭折了，像一个死胎一样停留在那里。即便是有一天能如愿地拾起，也会发现，原来是死的。

痴情是一种病，但是它很容易被外人吹捧成某种意志或者信念。也许是很多人都会有同情弱者和失败者的心态，对痴情者容易带有某种认可或者赞扬，即便是不赞同也不忍心落井下石。正如所谓的"精诚所至，金石为开"，痴情者会在这种环境下得以维持，并最终作茧自缚，被自己编织的爱禁锢一生。鼓励痴情者，就如同支持他吸毒，只会让他越陷越深。

痴情是一种病，一种害人害己的病。爱情是自私的，但它绝对是两个人的，不管它是否是两个人的结晶。爱人者不能得到爱，自然是痛苦不堪，但同时又摆出一副大无畏的姿态，有一种"不到黄河心不死"的气概。精神固然可嘉，但越是这样，就越会给被爱者以沉重的负担，折磨他们的良心，以至于对方也无法轻松地追求自己所爱。就如同赶路的时候，总觉得后面有个影子，如何能安心？这其中会有人因为心软，回过头来安抚痴情者，结果被误认成"接受"的信号，从而加重了痴情者的病情，同时加剧了自己的不安。还有的选择委曲求全，在爱没有萌生的时候，被动接受，结果成了一辈子都无法摆脱的错误。而且痴情者在费尽千辛万苦之后得来的爱情，往往不是自己所憧憬的，这种可悲的落差，会瞬间毁灭心中完美的爱情。

痴情是懦弱的表现，停滞不前，不思进取。爱需要准备，也需要创造，而不是凭一颗"痴心"苦等或坚守。机会总是留给有准备的人的，爱情也是如此。

痴情是一种病，唯一的解药就是鼓起勇气，不带任何杂念地寻找一份新的爱情。

哭泣的竹林

张慧兰

　　婆婆家屋后，有一片茂密的竹林。竹林紧挨着房屋，大约只有两米距离。每当微风吹过，竹林和着轻风浅吟低唱，发出细细的春蚕咀嚼桑叶的声响。在这美妙动听的乐曲中，一根根翠竹身着绿色衣裙，整齐地表演二声部的合唱，她们一会儿倾向左边，一会儿倒向右边，宛若一群沉浸在爱河里痴情吟唱的女子，极富诗情画意。

　　这片竹林是 1987 年公爹亲手植下的，当时只种了小小的一窝，一平方米见方。婆婆是从旧社会过来的女人，虽然大字不识，但勤劳能干。婆婆有一手绝活，用扒网扒鱼。二十世纪六七十年代，婆婆扒鱼的技能缓解了饥荒时节一家老小的生存困境，成为婆婆一生中最引以为豪的事情。可那时候，因物质紧缺，想找到一根做扒网的好竹子比登天还难。婆婆曾感叹说："要是不为扒网的篙子发烦就好了。"公爹把婆婆的这句话记在心里，1986 年做了新房后，便在屋后栽种了这片竹子。尽管那时婆婆早已不再用扒网扒鱼了。

　　记得 1990 年，我和老公谈恋爱回老家时，这丛竹子尚未形成气候，竹枝大约有一人多高，每根竹子也只一根食指粗细。那天早上，我与老公站在竹子前聊天，青葱的竹枝在我们眼前轻轻地摆动，老公趁我不备强吻了我。为表明心志，老公找来一把小刀，从那蓬竹子里挑选了最粗的一根，刻下了"张慧兰，我爱你"几个字。次年四月，我不顾家里人反对，毅然与老公走到了一起。

一转眼，我与老公均已步入中年。二十多年天天相对，竟也不觉着彼此都在渐渐地老去，不觉着这是一段多么漫长的岁月。当有一天我们仔细留意屋后的那丛竹子时，这才惊奇地发觉，二十多年，当初的那一窝竹子如今已壮大蓬勃成一片竹林了！竹子具有极强的生命力，它虬劲的根须每时每刻都在地底下穿凿，向上向下，向左向右，向前向后。它将土地牢牢地抓握在手心，用坚韧的根须编织成一张巨大的网。一天一天，一年一年，如今，竹林占地已达三十多平方米。有些根须还横穿二十多米，在房屋的东面又繁衍出一大片竹林。东面的竹林再沿房屋地基爬行，绕到房屋的前面，也长出了一窝竹子。这样一来就形成了三面环竹的局势。当年那些低矮的竹子如今也都长大成材，每一根竹子至少有 5 厘米粗细，最粗的有碗口那么大，我用双手合拢才能勉强握住。竹子也都长高了，高达几十米，向上望去，竹子下部十几米左右粗壮笔直，上部则竹枝密集，形成一片浓郁的绿荫。

那天，我和老公回家，特意寻找那株刻有我们爱情记忆的竹子。没想到那根竹子已长得老高，我搬来椅子，站在上面，垫着脚跟，才能勉强看到那一行字。随着时间的推移，那行字拉长了，伸展了，当初刻下的印痕也变得更加深刻了。都说岁月是不可触摸的，可那一刻，我真实地感受到了岁月的存在。它就在那行字里，那行字就是岁月。我问老公："当初你刻的字还在，可你对我的爱还在吗？"老公说："在啊，当初我把它刻在竹子上时就同样把它刻在心里了。"我轻轻地"哼"了一声："骗人！"心里却甜丝丝的。

竹林越来越茂盛，我们的日子也越过越快，渐渐地，这片竹林竟成了婆婆的一块心病。近年来，每次回家，年岁渐高的婆婆都会在我们面前唠叨已经去世九年的公爹。公爹与婆婆一生相濡以沫，婆婆常在我们面前讲公爹生前的各种好处。婆婆说，有一次公爹外出做活，别人给他一颗冰糖他都没舍得吃，回来后非得把冰糖剁成两半，和婆婆一人一半。事实上，仅从眼前这一片竹林就可看出公爹对婆婆的真情。可现在，婆婆抱怨最多的也是公爹种下的这片竹林。

因竹子种得离房屋太近，近年来，竹子疯长，竹竿因不胜竹梢的重压，一律向下低垂。每当有风吹过，那竹梢就在屋瓦上来来回回地扫动，已经有好几处屋瓦被扫破，屋檐也残缺不全，每逢下雨，屋里就开始漏雨。婆婆家屋后还有一个小屋，是专门用来堆放柴草的，平时婆婆总要在房屋和柴草屋间穿行。偏偏竹子的根须四处乱蹿，在这块空地上长出一根又一根竹子，形成一道路障。为此，婆婆摔过好几跤。此外，竹林高大浓密，房屋长年不见太阳，房间里阴暗潮湿。婆婆不止一次说，要把这竹子全砍了。

婆婆已经八十三了，身板硬朗，一个人住在家里，还种了几亩菜地。婆婆是劳动能手，菜地里经常整理得一棵杂草也没有，种的菜又好看又好吃。婆婆的一生都在跟蔬菜打交道，是一个热爱绿色生命的人，可她现在偏偏容不下这片竹林。我与老公商量后，决定把房子整修一下，然后把房前屋后的竹林全部处理掉，让婆婆有一个舒适的居住环境。

今年四月底，我们开始请人整修房屋。围着屋檐换了檩子、小椽子、瓦，在房屋四周开凿了水沟，用水泥砌好，然后给房屋做了散水，粉刷了外墙。本是不大的工程，可四个师傅磨磨蹭蹭做了六天还没完工。我们打电话回去，师傅抱屈地说："你嫌我们做慢了，你们自己回来看看，屋前屋后全部是竹子根，不晓得有多难挖，光

的血与泪，尽力展示着自己的风采。渐渐的，那啜泣声越来越大，仿佛瀑布从悬崖上跌落，仿佛飞机起飞时的轰鸣。我不堪其扰，乏力地睁开眼睛，可那哭泣声犹在耳边，摸摸眼角，早已是一片湿润。

　　我知道，那哭泣不仅来自竹林，还来自我的内心。想来，竹林已移居到我心里了。我想，世事沧桑，人生漫漫，应该只有心，才是竹林最好的安身之处。

她阅读·情感卷

第二章　泪洒西天

月 下 小 人

地铁读 · 情感卷

故园风雨前

　　我曾经在一个人生阶段很忙，整天有推不掉的应酬，吃不完的宴请。有时都连上了，直接就从这个饭局被送去下一个饭局，根本不着家。或者两拨人冲突了，不得不专门进行磋商，以保证我的出席。还有那种情况，夜生活过于消耗，榨干了我的精力，最后被送回家时我已经睡得人事不省。

　　那时我五岁。

　　五岁时我的社会价值达到了一生的巅峰。

　　我被十几对青年男女用作约会的利器，陪着他们谈一场又一场的恋爱。我消除他们微妙的尴尬，我促进他们心灵和肉体的接近，我缓解他们的疼痛和悲伤，我见证他们美丽的青春。那时他们无论做什么，看电影，逛公园，轧马路，甚至带回家见父母，都要带着我。他们对我的需求很强烈，强烈到什么程度呢？我把话撂在这儿，没我他们不行。

　　现在的年轻人可能不懂，谈恋爱干吗要扯上熊孩子。然而这就是三十多年前的社会风尚，在谈恋爱的初期，往往有一个亲戚街坊的小孩参与，而且并不是冒充什么角色，就是光明磊落地以"亲戚街坊的小孩"这一身份参与。仿佛我们的存在能够为恋情宣示一种正当，诚实，信誉，纯洁，庄严，等等。

我们的功能如果写成说明书应该有一整页。简言之，第一条是距离标志，有个孩子夹在两人中间，这两人是没法靠得太近的，这个既给旁人看，也约束自己。第二条是掩人耳目，利用人们在第一条中形成的错觉，暗中突破大防。第三条是作为"题目"用来考查，怎样对待孩子是成立家庭的重大参量，他们都通过我鉴别对方的素质，这一点有点儿像现在牵着狗狗谈恋爱，善不善良？有没有责任心？这些都得靠狗狗试探，所以自己没狗借也要借一条。第四是转移视线，这个功能主要是在他们承受不了外界过高的关注时才得以发挥，比如带到家里了，众目睽睽下他们难免慌乱，就把我推到前线吸睛。有时候我表现得太突出了，以至于很多年后会有完全陌生的亲友长辈热情地招呼我——"你小时候到我们家玩儿，那天晚上吃了太多桃子，拉稀拉了一椅子，你不记得了？"——我猜就是这种情况。桃子我有印象，但成全的是哪一对儿我就不记得了，太多了。

太多了，记不清了。但提那些我因此得到的好处，我就能恢复一些记忆。

在机关游泳池外的冷饮店喝泗瓜泗①，粉红甜水水加了冰坨坨，喝得走不动路喝成望娘滩，是跟杜叔叔和小邢阿姨；出了文殊院吃洞子口凉粉，海椒油漫到碗边，锅盔里裹着肉糜，辣红了双眼也停不下嘴，是跟龚家大姐姐和二明大哥；平生第一次吃到正宗下午茶，喝热可可，就一块又软又厚的黄油饼，一抬手黄油流到腕子上，可恨他们不许我舔，是跟唐叔叔和芳妮；平生第一次吃到北方紫铜火锅，筒子里烧炭，涮了肉圆、豆腐和海带，还喝光了蘸料，是跟我

---

① 泗瓜泗：一种饮料。

姨妈和姨父。

　　因为实实在在到嘴了，那么对我来说，每一场我参与的恋爱都是成功的。然而实际上，前面说的那四对，除了我姨妈和姨父终成眷属，其余都是凄切的结局。他们以为我不知道，但没有我不知道的。

　　终成眷属的乏善可陈，结局凄切的爱情才百世流芳。

　　杜叔叔和小邢阿姨都是机关里的，他长得很帅，她地位很高。他们，"不合适"。这我都是偷听大人谈话听来的。

　　我妈说："小杜浓眉大眼的，女孩儿就喜欢这个。"

　　我爸说："浓眉大眼没用，这回都没评上副科，就怕……"

　　我妈说："唉，是啊，小邢去年就评上正科了吧？她父母还都在省里。"

　　那时都以为杜叔叔迟早会被小邢阿姨吹掉，然而最后却是杜叔叔主动提出分手。这内幕我是上高中了才听说，但稍一回忆，我其实应该是最了解情由的啊，因为他们最后那段忧伤而沉默的时光，我是亲眼看见的啊。

　　三十多年前整个成都都很空，很多地方都像旷野。杜叔叔和小邢阿姨带我去的是他们机关后面那片荒草地，更广远稀声。夏天黄昏，草地上开着一丛一丛紫色的苜蓿花，蛇莓已经结了红浆果，黄色的野菊花闪着金光，大片大片狗尾草的穗子像一团团云絮停在低空。我记得我疯跑着逮一种蓝肚子蜻蜓，杜叔叔喊我别跑远了。

　　小邢阿姨在哭。她脸上湿透了，一动就反射出微光。杜叔叔也没什么话，但他偷眼看她，看了好几下。

　　他们以为我什么都不懂，为人贪吃且糊涂。别的不敢说，糊涂我可是一点也不糊涂。我甚至感觉到他们今天格外需要我，因为他们今天格外沉默。泗瓜泗我喝了两杯，站起身时差点漾出来，这要搁了平常他们早就乐了，一个讥讽我，另一个卫护我，快活地斗嘴。

发出很大声响。

突然有一天，我记得我是从幼儿园回来，经过大门口时看见二明大哥在传达室打公用电话，惊人的是，他哭了，不停地擤鼻涕甩在地上。传达室的大爷领着三五闲人都退到外面，脸上是一种不忍的戚戚，分明是听到了最糟的消息。

同样，这以后我就再也没有去过那家凉粉店，因为只剩下二明大哥一个人了。龚家大姐姐说是参加了一个什么文艺演出，结果被那个文艺单位招工招进去了，专演漂亮姑娘。单位在雅安，雅安虽然没有成都好，但文艺单位却不是业余的，是专业的硬牌的，"多次进京汇报演出，曾在中南海怀仁堂得到中央领导接见"，我听大人说。

她走了，留下他活在全院老小的注视下。他去食堂打饭，人们看着他；他出来拿报纸，人们看着他；他爸病了他送去医院，人们更关心的是他；他妹妹结婚，人们祝福的仍然是他。很多人都听他说过"等她"的誓言，可后来没过多久他就结婚了，娶了另一位邻居姐姐。他的第二次恋爱，我没有参加，没有吃到一样东西。而且他结婚以后虽然并没有搬离父母家，但我们再也没有什么来往。

去年春节在老院子里我见到了二明大哥，他抱着孙子站在枣树边上晒太阳。阳光照在他灰白色的头上，让我想起了他那顶从不戴的军帽，想起了他金刚石一般的年华。

"回来啦？"二明大哥主动招呼我。

"哎回来了！"我站住，不知道该说什么，想逗一下孙子，但孙子头一歪睡着了。我感觉到二明大哥没打算跟我叙旧，他大概以为我根本什么也不记得了，他绝想不到我有那么清晰深刻的印象，而且对他抱有深深的同情，心疼。他以为他的爱情里只剩下他自己，而我永远也不打算告诉他，还有我呢，虽然我跑得远。

芳妮让我就叫她芳妮;不让叫嬢嬢阿姨,而且妮字既不读二声也不读一声,要读成轻声,因为这本来就是个英文名字。在二十世纪八十年代中期,"洋气"恢复了地位和名誉,上海的很多家庭也都恢复了本来的生活面貌,弹弹琴,跳跳舞,吃点心,穿时装。芳妮并不是假洋气,她是真的,她弹肖邦李斯特,她读海涅普希金,她们家住在思南路,据说在东南亚有家族的橡胶种植园。她喜欢的杂志是《世界文学》,她冬天穿呢子裙,她不吃葱蒜,她绝不跳"两步①",要跳还是快三慢三的华尔兹。

我这辈子只见过芳妮一面,却对她了解到这个深度,全是因为我唐叔叔。他为芳妮"疯掉了",据我家里人说。他们还有很多描绘他的词,"神之物之""痴头怪脑""脑子坏特"等等。

唐叔叔是我爸的同学,也学美术,晚很多届。他毕业后去了甘肃,只有过年大家都回上海探亲时,我们才见到。我第一次见到他时,他就已经"疯掉了"。

那是一个晚上,很晚很晚,因为爷爷已经洗好脚要去睡,正叮嘱我爸再看一眼前门锁好没有。忽然前门门铃响了,我爸领进来一个蹦蹦跳跳的小伙子,他蓄着一点唇髭,烫过的头发上卷下直,打了一条阔大的鲜红的领带,穿件白衬衣,但里面窝窝囊囊又有几层绒线衫,厚外套搭在臂上,一进来马上就扔到藤椅里。掏出几块糖果给我,拖长声气说:

"囡囡好——你是小四川,对伐? 喊我,我是谁认得伐?"

然而他马上就甩掉我,转向我爸妈了。他其实也毫不关心他们的情况,对他们的寒暄更是不理会,他只是来宣布一个消息的,重大消息。

---

① 两步:一种交谊舞,一男一女"勾肩搭背",不管舞曲本身是几几拍,他们只是钟摆似的摇晃。

"我会跳慢三了！——就是华尔兹，晓得伐？——哪，我跳给你们看。"我爸妈像傻了一样，看着他在窄小的厅堂里翩翩起舞。

他自己唱舞曲，虚虚摆出一个揽着舞伴的姿态，跳了一会儿大概觉得不得劲，满屋子找舞伴，但我爸妈都拼命摇头，他又看了一眼我，实在看不上，最终他跳到屋角，端起了我的一个小凳子，搂在怀里旋转着陶醉着。我们全家都目瞪口呆地看他作怪，连爷爷也听到动静从楼上下来，见状愣在楼梯半中，紧紧裹着长袄子像个大蚕茧一样，哆哆嗦嗦地问：

"做啥啦——"

唐叔叔闹到半夜才走。怎么会有这样一个神经病同学啊？我爸跟我妈解释了好久。

说唐叔叔本来是很正常的，在甘肃分了房子涨了工资评了先进，转年就要提级。但是自从春节前回上海，在某工会办的舞会上认识了一个姑娘，他就神经病了。探亲假早就到期了也不回甘肃，单位里连发电报猛催，威胁要记过处分，他也不听，党小组严肃要求他回去，否则就取消"积极分子"资格，他也不听，最严重的是未婚妻都起了疑心，勒令他速归，然而他也扛住了，说这里老娘犯了心绞痛他走不开。老娘犯心绞痛并不假，但那也是因为多次哀求他走他死也不肯啊。

因为那个姑娘，芳妮。

有天中午唐叔叔又来了，跟我爸说要带我出去玩，我爸问去哪里？他低声说去芳妮家里，之前芳妮听他说有个干女儿外号"小四川"，讲一口四川话，蛮好玩的，就要他"带来玩玩呀"。我爸那时困得东倒西歪，想睡中觉，正乐得把我打发出门，当然同意了。

然而我们走到街上，唐叔叔又并不急于赶路，而是给我买了一大块雪糕后带我去了理发店，他要理发，我就坐在旁边吃雪糕等他。

等他理完发牵着我走到外面，看眼表，高兴道："好！正好！这个时候她肯定起床了。"我才知道我等他理发是为了等她睡醒。

芳妮跟父母住在一起，房子是老式的公寓房子，除了厅堂极宽敞，其余开间都小。从窗户望出去，是一棵大树，初春那么寒冷，树叶也都绿蜡一样鲜亮。他们家的窗帘是两层的，一层薄纱一层厚绒布，薄纱上踏着暗花，绒布的颜色这么看绿，那么看又紫。后来我读《长恨歌》里描写的严师母家的卧室，说到窗帘，地板，家具，房间里红棕色泛着幽光的影调，和既温馨又忧伤的气氛，简直一模一样。芳妮家的厅堂里垂下来一盏吊灯，虽然有残损，但毕竟是水晶，即使纹丝不动也波光粼粼。我站在灯下用四川话念了一个儿歌，"王婆婆在卖茶"，背了毛主席诗词"乱云飞渡仍从容"，芳妮和她爸爸妈妈笑得前仰后合。我瞄一眼唐叔叔，他很得意。"这小孩灵伐？——灵的。"他道。

芳妮横着胳膊，用手背挡了嘴，笑得泪水涟涟，拿手绢印了印眼角，半天才停下来。"灵的灵的。"她向唐叔叔赞许。唐叔叔高兴得好像要晕过去了。

一时阿姨端来点心给大家吃。首先给我，一杯热可可，一大块又软又厚的黄油饼。我没有经验，吃黄油饼怎么能竖擎，必须横握啊。所以一抬手黄油就流到腕子上。我埋头去舔，引起一片惊呼，芳妮和她妈妈都说："快快，湿毛巾拿来！不好舔的噢！怎么好舔的呀！小姑娘哪能嘎难为情啦——"可恨他们不许我舔。

倒是唐叔叔没有嚷，他脸上是错愕，我一看就知道他跟我一样不明白为什么就不能舔，甚至他大概正要舔，我先舔一口完全是替他顶了雷。然而他真不够意思啊，一旦反应过来，就立刻参与了她们对我的规训。

"出洋相了出洋相了出出出出洋相了。"他讲。一边讲一边看着芳妮，羞愧得差点咬了舌头。

我们离开的时候是晚饭时间，人家并没有相留。唐叔叔蔫头耷脑的，直到把我交到我爸手上时他也没恢复一丝活泼。我猜可能是因为我替他丢尽了脸。但实际上当然不关我事，后来听我妈告诉我，那天唐叔叔受了很大的委屈，他隔着门听见芳妮母女的对话，大意是芳妮妈抱怨女儿怎么什么人都往家里带。唐叔叔才知道原来他算"什么人"。

唐叔叔很快就回甘肃了，我爸还收到他的来信，信里说自己"提了级，结了婚，可谓双喜临门。"然而我们再次得到他的消息，是几年以后听他老娘说的，他离婚了，正在准备调回上海，难哪，但他说难死也要回上海，因为芳妮一直没有结婚。

每次醒来，你都不在

地阅读·情感卷

李修文

去年 3 月的一天早上，我喝酒通宵归来，在小区的入口处，突然看见旁边的围墙上写了好多花花绿绿的字，事实上它们早已存在，但我从未留心，酩酊之中，我赫然看见一句话，只有八个字：每次醒来，你都不在。

一时间，这八个字打动了我，让我想起前年冬天，我游荡甘肃青海，在酒泉更往西的茫茫戈壁滩上看见过一句话，这句话不知是什么人花了多长时间，顶着可以把人吹翻的西风，用堪称微小的戈壁石码起来的，每个字站起来都有一人高，这句话是：赵小丽，我爱你。

此后长达一个月的时间里，我只要后半夜回家，都坐在那堵围墙对面抽一会烟，果然让我等到了他。

但我还是大吃一惊：来者不是别人，是给我装过宽带的电信局临时工老路，我和他已经一年不见。只听说他不在电信局干了，不料他就在离我千步之内的地方当油漆工，工作之余，在后半夜的工地围墙上专事创作。

到今天，又过去一年多了，老路早就不做油漆工了。昨天，他正式离开了武汉，实际上，他是土生土长的武汉人，以他的年纪再出外谋生，结果可想而知。原本，他是来找我陪他去归元寺求签，于是就陪他去了，老路求了一个上上签。直到回来的路上，老路依旧沉浸在激动之中，车过黄鹤楼，他告诉我，这是他这辈子第一次求到上上签。

老路，1960 年生人，出身军人家庭。初中毕业后参军，不到一年便去参加对越自卫反击战，从战场归来，当工人，结婚，生孩子，下岗，离婚，前妻远走高飞，临走之前卖了房子，没办法，他只好又回到父母屋檐下，靠打零工过活，"一个活到 40 岁还没有自己的房子的男人，是可耻的"，有一次，他对我这么说。

自打在工地的围墙边上重逢，在他频繁的找工作之间，他有时候会来找我借书，我从未看见一个 45 岁的男人像老路那样手慌脚乱。当他坐下，身体便开始焦灼地扭动，似乎随时都在准备起身走人，他的眼神忧惧，总是心神不宁地往四处看；当他跟我进书房找书，一路上他不是碰翻桌子上的茶杯，就是裤兜里的钥匙三番五次掉落在地。

一个无论坐在什么地方都被拒绝的人，叫他怎么可能不慌张？我每次遇见他，他似乎都是在找工作，油漆工的活做完之后，他当过洗碗工，推销过一种古怪的治疗仪器，去乡下卖过菜籽，最后，又回城里卖电话卡。在最艰难的时候，他还想过和我一样写小说。

我和老路重逢的围墙，早已烟消云散，他的毛病却依然没有消退，在离开武汉之前，他随手带着一支圆珠笔，无论走到哪里，他都要下意识地在能写字的地方写写画画，我大约能够理解他：如果写写画画能好受些，那就多写写多画画吧。

只要稍加辨认，就能看清楚老路写的都是古诗词，譬如"十年生死两茫茫"，譬如"问姓惊初见，称名忆旧容"，全是杀人的句子，这倒也不奇怪，老路本来读过很多书。我感兴趣的是，我当初看到的那八个字——"每次醒来，你都不在"——为什么再也没见他写过了。

那一次，在东亭二路的小酒馆里，我跟他开玩笑，说他没准真能写小说，普普通通的八个字，被他写来竟然如此煽情，不知道是想起了哪个女人。

老路不说话，他开始沉默，酒过三巡，他号啕大哭，说那 8 个字是写给他儿子的，彼时彼刻，谁能听明白一个中年男人的哭声? 让我套用里尔克的话：如果他叫喊，谁能从天使的序列中听见他? 那时候，天上如天使，地上如我，全都不知道，老路的儿子，被前妻带到成都，出了车祸，死了。

那一脉蓝色的山梁

她阅读·情感卷

梅洁

一

不知那一脉蓝色山梁有多高，不知那一脉蓝色山梁有多远，哀思如一缕淡淡的云，绕山梁忧忧地飘呀飘……

啊，母亲，母亲的山梁！

一丝丝夜风低诉着，一把把清泪滴落着，山顶的月碎了，凄凉如水。

含泪望母亲的山梁，山顶的月碎了……

扬一扬手吧，母亲！在你高高的山梁上，扬一扬手……

二

我总说四月是春天；我总说四月在故乡很温馨；我总记着四月在母亲的山的那边有洋槐花飘淡淡的清香；我总想母亲在四月微笑地走进丝瓜架缠绕的，木槿花开的，莲藕腊菜笼盖的季节；我总想母亲在四月站在山梁远远望帆，望女儿从江的那边归来，故乡四月的风拂母亲的碎发，蓝色山梁高高地扬……

可母亲，你为什么在四月的温馨里突然地走了呢？你不该在四月就孤寂地倒下啊！

家兄急电催我匆匆上路。3000里北方南方，太阳苍茫，月亮苍茫，心苍茫啊！抬头望车外蓝色天、蓝色月，我高高祈祷：母亲，你等我啊！

三

仓皇48小时回到了故乡，母亲，你为什么不等我？

硕大的帆布篷在母亲的屋前搭着母亲的灵堂，母亲，你再睁开眼看看我！

乡亲们打开棺木说还没有"合口"，为的是等我们归来和母亲见最后一面。

狭小的粗糙棺木挤紧了我的母亲。那苍灰的卷曲的花发，那高高的宽阔的额，那紧闭的坚毅的唇……醒来，我的母亲！

那光明朗澈的眼睛在哪儿？那如春的光辉灿烂的笑在哪儿？那扬一扬手就有一片流向我们的暖色光在哪儿……

起来呀，我的母亲！这粗糙的、狭小的鬼地方何以能容你的宽厚、你的豪爽、你生生息息的劳苦？我母亲宏大的、无边的、细致的感情原本在滚滚流淌，何以凄凉地寂寞地被堵截在这里？坐起来！坐起来！！坐起来！！！我的母亲！你说过了四月五月你到北方去。你起来，我们走。去北方，不去那鬼地方……

我号啕着摇撼着这漆黑的什物。

这漆黑的什物你凭什么只发出一阵阵阴冷的怪笑？

母亲嘴角有血……

四

淡淡的月从蓝色山梁那边悲哀地升起，远处高楼里如魂的灯光孤寞地灭了。我和小妹凄凄地相依守护着母亲的灵，悲苦的泪如注地浸冷了四月的夜。几十幅挽幛在四壁垂挂诉说四月的伤心。

乡下的亲戚来了，乡下善良的农民来了。母亲随负荆的父亲在乡下度过了漫长的岁月；漫长的 7200 个日日夜夜，乡下人没有忘记母亲。

夜，很深重很深重，淡淡的月从榆树的叶隙里寂寂地洒下。善良憨厚的乡下人曾经给予了父亲和母亲希望，如今，他们又从遥远的山那边赶来抚慰母亲的亡魂……

含泪向真朴善良的乡下人道一声珍重！

含泪向人类美好的感情道一声珍重！

这世上的至善还该有什么呢？

五

四月如泣的风在母亲的灵前流淌。

再给我说一支山那边的故事呀，母亲！山那边孔雀飞起的地方女孩子变得都很善良都有出息，山那边太阳花盛开的林子里有一条白色路，走过白色路就是太阳升起的地方……再给我说一支山那边的故事呀，母亲！

我真的考上了山那边人们景仰的中学啦，弟弟却没考上。你搂着悲伤的、可怜的弟弟在灶膛边哭了多久！然而，你却已不能为我拿出五元的报名费和每月七元的伙食费。父亲被牢牢钉在"耻辱"与苦难的十字架上,已没有工作,只靠每日到 30 里地外的黑石山上挑炼铁的黑石头养活我们兄妹,父亲一次挑 180 斤!我不知苦难的父亲何以从知识的讲坛上刚刚走下来就承受这般的劳苦!我小小的心被父亲巨大的力量震撼着、鼓舞着。母亲,你却每日在哭。为父亲的屈辱父亲的苦难,也为我们兄妹四人每天小雏鸡般碗里望着锅里,锅里望着碗里,你喂不饱我们,你的心被泪水淹渍着。

后来,山那边要搬迁一座即将被江水淹没的古城,你挖土方去了,母亲你去了。

许多年过去总也忘不了母亲在深深的土壕里弓身挖土方的颤动的身子;总也忘不了母亲那被汗碱一圈叠一圈满满淹渍了的蓝衣衫;总也忘不了昏昏的月下,母亲担着土筐扛着镢头从蓝色山梁恍恍地归来……

许多年许多年,许多年总也忘不了母亲从枕头下拿出两元纸币让我去学校先交十天伙食费时的惆怅;总也忘不了母亲在十分拮据的日子里竟用昂贵的 14 元钱买来已故赵爷爷的一条黑布大档夹裤,黑布夹裤裹着母亲无望的泪水送我到江下边的哥哥那里念书。

"……天气快凉了,到了冬天把夹裤拆开缝成棉裤……到哥哥那里好好念书……"清冷的大江流淌着母亲清冷的泪水。

总也忘不了!总也忘不了!!

这世间最纯挚最宏大最无瑕的爱唯属母亲了!

何样的爱能像母亲的爱更至善更无私更永恒呢?

六

蓝色山梁寂寞地孤立,父亲的坟茔已爬满青藤!

傍着父亲的坟茔，我们和乡亲们一起掩埋了母亲。一隆冷土和父亲的坟茔接为一体。

一铲铲黄土培在了母亲的坟上，一把把清泪落在了母亲的坟上。我突感心碎欲裂！我何以变得如此残酷？竟用这冰冷的黄土把母亲窒息在另一个世界！倘若母亲活着，我会为母亲的新屋添砖加瓦起椽架檩，那是何样的幸福，何样的慰藉？可现在，我却将一铲铲冷土拥在母亲身上我在干什么？我恨不能扒开这地狱之门还我母亲的笑靥，我怆然扑倒在母亲的墓碑上，蓝色山脉怆然旋转……

母亲活着时，尽管天涯海角尽管十年八年，女儿归来故乡偎母亲床边总可以再做一番女儿，此后呢？生之匆匆死之匆匆，苦之楚楚累之楚楚，我到何方再觅母亲膝下的这份浓福？

谁能再给我这劳顿的心以无边的抚慰？

七

回我的北方。回我几匹长风几抹沙梁的北方。

回眸再望母亲的山梁。母亲的山梁如愁苦如悲恸高高耸立。

华哥痛苦地说几十年都未能让母亲去和他住几日；明弟泪水涔涔说失去了母亲，他的家失去了支撑，失去了母亲才懂得了母亲理解了母亲；小妹攥一张汇款单悲恸号啕，她这月寄母亲的钱竟在掩埋了母亲之后才汇到，母亲在最后的日子没能享用小妹的这份情意。我忽地想到我的自私我的不懂事，我何以在父亲受难的年月让母亲南方北方地走了五年……

回眸再望，如悲恸如愁苦的母亲的山梁，我问我自己：为什么失去了才感到真正的存在？为什么失去了才感到追悔莫及？为什么失去了才知道应该珍视？这混乱人生心灵的慰藉究竟还应该有

也不管它往哪儿开
到我去过的地方
去寻找温暖和记忆
到我没有去过的地方
去寻找惊异智慧和梦想

　　哦，诗人远去，诗意永存。只要遥望那如烟似雾的远方，我们就会听到曾卓老师深沉的歌唱，还有他的歌唱所激起的回声。

地阅读·情感卷

胡榴明

高原的菩提

我一直以为菩提是南国的树。

温和的气候，湿润的雨，湿润的土，茂密的树，阔叶的树，常绿的树，椭圆形的叶片上滑下湿漉漉的水，光溜溜的树皮上渗出湿漉漉的水，凸起扭曲的树根下踩出湿漉漉的水……这南国的菩提，佛祖故乡的菩提，这美丽的树。

这是高原的夏季，我走进一个小院，塔尔寺里的祈年殿，比起大金瓦殿与小金瓦殿的金碧辉煌，这里就小巧得多素淡得多了，似乎是一所民间四合院，一所精雕细刻的小小的四方院落。

院里洒了阳光，四围的檐角框住一方蓝得澄澈的天，玻璃似的罩下来。院子里栽了几棵树，浓浓淡淡的绿影在地上，风吹过，枝叶婆娑，椭圆形的心尖般的叶片，满树的白花，轻俏薄脆地开，密密匝匝地晃动……多美的树，在这大西北高原，在这古老的喇嘛寺院。

人说：这就是菩提。

都有自己的一块地，吸吮了地下的水，沐了地面上的太阳，生就了性情与土地相依。如今离了南国，家乡的雨水，家乡的太阳，跨了无数湍急的江河，高耸的雪峰，在异地他乡扎下根来，这南国的菩提，这高原的菩提，它长高了，它开花了，幽幽的白花开在幽幽的院落，开得繁茂而静谧。

树下有块大石，黑黝黝地树立了嵯峨的姿势，树荫垂下护着，这是一块不寻常的石头。

很多很多年前，有一个女人，传说她每天去泉边背水，总要经过这块石头。她很累，藏族女人背上的水桶又高又沉，也许她还怀着她的儿子，那个后来被人们叫作宗喀巴的儿子，那个后来被人们奉为神明的儿子。她靠着石头歇息，她喘了一口气，其实，她是一个普普通通的女人——于是，石头成了圣迹，于是，这里长成了菩提。

菩提在大西北的高原上生长，菩提在宗喀这块土地上生长，陪伴着一个母亲的灵魂，一个母亲孤独的灵魂，一个永远思念她的孩子的母亲的灵魂。漫漫长长的岁月，苍苍凉凉的岁月，无论寒暑无论昼夜，能够感知一个母亲心灵的撞击，唯有菩提。

唯有菩提。

石头倚着菩提，菩提是佛，儿子成了佛，难道对于母亲，这，就等于慰藉？儿子是十七岁那年走的，在母亲的眼里，他还是个孩子，他永远是个孩子，因为他再也没有回来，一去永无归期，就像离开故乡南国的菩提。他朝西南去了，朝拉萨去了，走的那天他没有回头，背影嵌进母亲的心里。他没有回头，是怕看见母亲的眼泪，还是怕听见母亲的哭泣？

儿子走了，母亲的泪流干了，儿子不回头，母亲的心滴血了，永无休止的盼望，永无休止的思念，西南方的路望断了，山上的林子望老了，儿子还是没有回来，他不会回来了——他的身子他的心皈依了佛祖，他伟大了，他超凡了，他成了大智大觉的圣者，但是他曾经是一个普普通通藏女的儿子，也许，他会想起她，想起那个生他养他的女人，在某一个月圆之夜，飞越几千里地之遥的思绪……

他想起她的母亲，那远在故乡宗喀的母亲，那日日去泉边背水的母亲，那早生白发伫立成石的母亲——可是，他成了佛，所以，必得割舍，在于他是世俗，在于她却是血肉相亲的那一份感情——他没有回去，直到她死，直到他死……

人们记住了她，这个普普通通的藏族女人，于是用这间为七世达赖祈寿而建的殿堂护住了这一块石头，一块嵯峨的饱经风霜的石头，浓浓淡淡的树荫，妙蔓的枝和叶，轻轻飘落的雪白的花瓣，在这高原的菩提树下，我记住了这一个女人，一个普普通通的女人，一个生别离长相思的女人……

祈寿殿还有一个更好听的名字：当年殿建成时，九岁的七世达赖从西藏来到青海，在殿前撒下了吉祥花，所以又叫"花寺"。这是一个充满女人味的名字。

吉祥花不是经常撒的，但是菩提树却是年年要开花的，像我今天见到的这样。远离故乡千里万里，经受了高原的风和雪，在干裂的贫瘠的土地上它还是要开花，一如在南国。青青碧碧的叶，碎碎密密的花，覆盖着这个精巧的院落，护住这块石头，母亲憩息过的石头。

母亲的灵魂安息了，深沉的悲哀成为过去，在这南国的菩提下，在这高原的菩提下，静静地、静静地，她思念她的儿子——菩提就是儿子，儿子就是菩提。

挂在老屋门外
的那盏马灯

地阅读·情感巷

喻之之

　　我记得很清楚，那是 2010 年的农历三月三，漫山遍野的油菜花开得正灿烂，成群的蜜蜂在田野里嗡嗡地穿梭忙碌，地菜花在溪头招着柔嫩的小手掌，就在那样一个没有任何预兆的晴朗下午，我的爷爷躺在藤椅里溘然长逝了。

　　从能吃能喝、有知有觉，到与世长辞，只有半小时。

　　所有人都说您修行好，所以死前才不受折磨，可我却觉得您走得太匆忙，等我匆匆赶回家，您已经躺在地上了，一顶布满灰尘的旧帐子罩着，我拨开帐子，看见最疼我的爷爷躺在地上，几张钱纸盖着您的脸，我把钱纸揭开，您睡得那么安详，就像无数次累了，您在藤椅上睡着了一样。

　　我抚摸着您的手背，还是温软的！可是，纵然那么平和那么安详，甚至还残留着余温，可那又怎么样？还是改变不了阴阳永隔的真相，我忍不住放声痛哭起来。

　　我多想在您人生的最后一程，可以陪陪您，我多想在那个时刻，把您拉着，不要您走。我甚至有理由相信，如果我跪在地上，拉着爷爷您的胳膊和裤腿，用哭声和眼泪挽留您，老天爷会不忍心把您带走的。记得小学时，您在协和住院，医生说要动手术——那还是二十世纪九十年代初啊，家里人慌了，请来师傅在院子里给您做棺材。每天放学回家后，我都坐在家门口哭。后来您做了手术，挺过来了，这不，一下子又活了十好几年吗？2008年，您重病，卧床好几个月，我放寒假回家来，坐在您的床边，我又哭了，我是多么不舍得爷爷您离开啊，那一回奇迹又出现了。可是这次，老天爷趁我完全没有防备的时候，把您带走了。

爷爷，我还没有做好准备，您怎么能就这样走了呢？

您这一生是苦难编织的一生，尝过太多苦，未享半分福，可您依然平和、善良、宽容。

我们家在村里不算最富裕，但所有贩夫走卒都喜欢在我家门前歇脚，门前的那棵大槐树下，坐过多少卖瓷器的、卖竹器的、卖鱼的、卖肉的、卖小鸡娃的，还有摇拨浪鼓的老货郎，他们都喜欢向爷爷您讨水喝，喜欢跟您唠嗑两句。我还记得有一年冬天，您硬是把三个素不相识的卖瓷器的陌生人留在家里管吃管喝住了好几天，直到他们把一大车瓷器卖完。

后来我们搬了新家，您还担心没有路灯，过路的人不好走，每逢下雨天，您都要在屋外的墙上挂一盏马灯，好给人们照亮，免得踩湿了鞋子。爷爷，您总是这样的与人为善，以至获得了方圆多少里的好人缘。可是有谁知道，这样慈眉善目的您，一生是泡在苦水里的呢？

您那么聪明，却没有机会读书，十三岁就开始自立门户，挑炭、做土活、打铁、打榨、种田，人生的各种苦工您都做过，却因为无人保护，而常常被人牵连、受人欺负。

战乱年代，曾祖母与家人走散，带着您逃难到村里，那时候，您才两三岁，为了留下来有口饭吃、有个依靠，曾祖母嫁给了已经家道中落的曾祖父。从此，您的故乡再也没有回去过，您甚至都不知道自己的家乡在哪里，没有见过您的亲生父亲，没有见过您的哥哥，但是，曾爷爷并没有接受您，您从来没有享受过和两个弟弟同等的待遇，才十二三岁，您就被曾祖父给分到一旁，同曾祖母和两个妹妹在村头的那个破屋里单过。可是，您并未因此而对曾祖父和两个弟弟心生怨恨，弟弟们读书，您做好了小凳子，抱着凳子、牵着弟弟送他们去私塾；他们接班，您挑着家里的大米，步行几十里，送他们去汉口；他们结婚，您拿出自己辛辛苦苦攒的钱，给他们置办家什……

天寒屋破，生计艰难，爷爷，您是怎样挺过来的啊？

寒冬腊月，您为了补贴家用，去湖里挑鱼卖，湖面上结了冰，渔船靠不了岸，您脱了鞋，赤脚走到船上去挑鱼，上岸的时候，才发现早已失去知觉的脚被冰碴子划得鲜血淋漓。

您十几岁就开始挑炭卖，十几岁挑一百多斤的担子步行一百多里，别人有家人接替，而您、瘦小的您，却只能一步一挨地独自往前蹭，肩膀上的皮磨破了，垫上毛巾，毛巾磨破了，磨得皮开肉绽，那样的担子，曾压得您吐血……

您所经受的苦难，怎么能凭我三言两语就说完？苦难伴随着您度过了人生的青少年时期。后来，总算解放了，您还当上了农委会的主席……您结婚了，生有一儿两女，儿子却不幸夭折……不过，女儿都还算孝顺，大女婿的事业开始有了起色，建了村子里的第一栋楼房，我们从老屋搬到了新家，准备全家迁往城市。如果您的人生，这样继续下去，也算是晚来得福——就算是那时候，您也从来没有趾高气昂地享受过一天，仍然是辛勤地劳作着，您仍然谦卑、温和、勤勉、寡言。

晴天一声霹雳，爸爸走了，可怜您白发人送黑发人。

已经七十多岁的您，又重新挑起这个家庭的重担，年逾古稀的您又成了这个家里的劳动主力，本来就已经疲惫不堪的您，双腿无力，却还要挑一百多斤的稻子。您对还沉浸在悲伤之中的妈妈说：孩子啊，放坚强一点，那还有三个孩子指望着你呐。

每年的春耕秋种，家里最苦最累的活都是您做。那么大的年纪，连牛都降不住，却要驾牛耕田，几次被牛拖倒在地里，缠在手上的缰绳把手勒出了血。

而您，曾是我生活中多么重要的人，我会听爷爷您的话，会好好读书、好好工作、好好做人。

您知道吗？妈妈今天还跟我说：她感觉自己像是缺了胳膊，现在做什么都觉得力不从心。以前，您在的时候，帮了她多少忙，虽然慢，却什么都想到了，做到了。

直到您走后，我才感觉到，原来我并未真正经历过亲人的死亡，爸爸走的时候，我还小，还感受不到这种切肤的疼痛，而现在，我才认识到，跟我的那些小小的无病呻吟相比，死亡是多么的可怕：死亡是一场最最决绝的分别，死亡意味着一切将不再，意味着一切的一切都已经结束了，意味着永远不能重来！意味着，我永远永远失去了您，您不会再看着我、不会再答应我、不会再对我有任何期许、赞赏、微笑和斥责，意味着，从今往后，我回家，再喊爷爷，再也没有人含笑着出门答应了……意味着我再也不能买糖给您吃，而我，再也没有机会带爷爷去看看外面的世界了……

七七那天，我们都哭了。妈妈说，看见家里的什么都想到您，您生前把什么都收拾得妥妥帖帖。那些下雨天，您不需要到外面去劳作的时候，您就在家里东摸摸、西摸摸，修伞，或补您的衣服、鞋子，可惜，我们当时都没能理解您那一份苦心，您修的伞，我们总是嫌丑陋，争着拿新伞用。您常穿着那些补了又补的鞋子，也很让我们不解，现在想起来，我是多么的心痛，爷爷啊，为什么我们那时都没能领会您的苦心呢？

最苦最痛还是那次。

那年暑假，我也在家里休息，大家都在午睡，我正在看书，还只两点多，您嘟噜了一句什么就出门了，我当时也没在意。可是，不一会儿，就听到畈里传来了尖锐的喊声："快来人啊！欢哥摔倒了！"

我的脑袋嗡地炸了一声，大脑还没有反应过来，人却已经飞到了屋外。

我奔到村口，看见您已经被人扶了回来……爷爷，我永远忘不了那个情景。

您被家胜爹和春元爹换着，血从您的左边额头流下来，已经把眼睛都粘住了，流了满脸……您似乎已经失去了知觉，眼皮耷拉着，目光已经散淡，嘴巴无力地张着，像一只缺水的鱼，两条腿已经完全失去了知觉，不会弯曲不会抬腿，只任由人拉着往前拖。我看见您那紫红色布满老年斑的腿、穿着那双不知从什么年代流传下来的您缝了又缝的塑胶凉鞋……我一下子控制不住，放声大哭起来……

当时还那么热，您出门挑肥料到畈里去，却不小心在路上被一块小石头绊倒了，就那样趴在暑热蒸腾的地上……直到有人骑摩托路过……

爷爷，我永远忘不了您的那个样子，您是那样的无助，那样的凄苦。

我也从来没有感到如此的悲苦、凄凉，那种感觉……我到现在不能忘记。

爷爷，我好伤心、好自责，为什么我们要生活得这么艰难？为什么我们就要这么困苦？我已成年，而您已经老迈，我们都如此地勤勉、善良，为什么我却不能让您安享晚年？我们做错了什么？为什么，为什么呀！

在屋里停灵的三天，我一直守在爷爷您身边，我担心您会害怕，我担心您的黄泉路凄清又难行。我守在灵前，给长明灯添油，老人们都说，这盏灯是用来照亮黄泉路的，我不放心其他人来做，也不愿意让其他人来做，我想陪着您，有这样一个牙尖嘴利的孙女儿在旁边，任哪个妖魔鬼怪也不敢来欺负您吧。

第二天晚上守灵的时候，我们几个表兄妹在一起吃糖，您就躺在那里，我想起平时，您也爱吃糖，我多想给您一颗，弟弟带着我掰开您的手，我把那颗玉米糖放在了您的手心里，您的手已经完全失去了温度，已经由原来的紫红色变成了冰冷的白玉，我的眼泪又抑制不住地汹涌而出。

我俯身在您的身边抽泣了好久好久，弟弟和二叔想把我抱走，我怎么会走？我知道，我的爷爷啊，这辈子，我只能陪您这一个晚上了，您的苦您的好，弟弟不知道不记得，我怎么会不知道不记得呢？爷爷，我想陪在您身边，希望您在那段黑暗的黄泉路上不要害怕不会孤单……

南边畈里的六生田，您留出一个尖角，给我和弟弟种荸荠。冬天的时候，您带我去挖，一耙下去，一个小小的荸荠立在泥巴壁上，挖出来，那一个小巧的圆窝窝印在泥巴上，多精巧多漂亮啊，年幼的我多么惊奇，那是最优秀的能工巧匠也雕琢不出来的大自然的杰作。

您带我去您做事的榨油坊玩，门口的池塘、附近的水库、院子外的那一大片野梨树林、树林边的菜畦、池塘里长满一丛又一丛的水烛……无论到哪里，我都是您的跟屁虫、小尾巴。院子里面的陈设，大大的炒锅，大大的茶壶，还有院门口的那个大栅栏，都是我的乐园。

我记得爷爷您用铝制饭盒蒸饭，吃饭的时候，划一个长方形的小块给我。

后来上小学了，我还常常在下课或放学的时候，跑到您那里去喝茶，一个茶缸，大得可以装下我，茶叶就丢到里面煮。我多么骄傲，有一个可以让我在学校附近喝到茶的爷爷。亲爱的爷爷，您能想象得出，我斜挎着书包在田埂上飞奔的样子吗？

亲爱的爷爷，这一切，您还记得吗？这些点点滴滴，我都记得，这一切，是我不断回味的故乡。到现在，我才知道，您是我关于爱、关于家、关于温暖，关于乡土、关于的一切的来源。我不断回望的故乡，少不了您的形象。我想和您一样勤勉、踏实、诚恳和善良。这人生成长的二十多年，有多少事，爸爸妈妈是缺席的，只有您，一直站在最黑暗的地方，像一只瘦弱的老牛，守护着小牛犊。您就像挂在老屋门外的那盏马灯，一直用温暖的光照耀着我、陪伴着我走过人生所有的夜晚。

可是，亲爱的爷爷，第三天，您就要离开这个家了，就要永远地离开我们了。

可这一天，还是早早地来了，我早早地醒了，又坐在您的身旁。人们忙乱着，很快，他们就收拾停当了，他们就要把您搬上殡葬车，我跪在地上，死死地拉住棺材盖，我知道，出了这个门，爷爷您就再也不存在了，会化成一缕青烟，您会凝成一捧黄土，您会消失不见。

爷爷啊爷爷，让我再多看您一眼，揭开盖着您的钱纸，您还是那么安详，就像是小睡一样，就像是那次我给您画速写时一样，可是，爷爷，您再也不会醒来了，再也不会笑眯眯地拿着我画的速写，心满意足地回到自己的房间里珍藏起来了。多少次，我说要给您画一幅素描，但是，一直到您走，我都没有付诸行动……有什么，有什么可以让爷爷您再停一停，停一天、停一分、停一秒？

您被强行送上了殡葬车，在黑暗的箱子里，而我们在上面，我讨厌、我憎恨那些不和我一样悲伤的妇人，完全无视我的爷爷他走了，我的爷爷走了，我们就要把您送走了，从今天起，我就没有爷爷了，为什么她们还能唠唠叨叨说一些无关痛痒的废话呢？

车子开得飞快，越上水泥公路，路过您耕作的油菜地，此时地里正开满了金黄的油菜花，这一大片一大片油菜花金灿灿的，蜜蜂正成群结队地在里面穿梭忙碌，您要是看见了，一定会很高兴吧？您一定会用手把脸从上往下一抹，露出您那招牌式的心满意足的微笑，也许您还会拄着拐棍，笑眯眯地围着这一大片油菜转上几圈。

车子拐弯了，绕过水库，您做工的榨油坊出现在眼前，那每一条路、每一条田埂，您的乖孙女小尾巴都跟您一起走过，您微弯着腰、微低着头在前面走着，孙女在后面蹦蹦跳跳地跟着，我喊一声"爷爷"，您微笑着慢慢转过头来。

那大场院、那大油桶、那大灶台您都侍弄过，可是，您要走了……车子一分一秒都不曾停留，驶得飞快，榨油坊被抛在脑后。

汪家西湾。小时候过年，爷爷带我来买对联、买门神，后来我长大了，离开家乡去读书，爷爷还常常一个人来买农药和化肥，爷爷，我多不忍心看到您一个孤单的背影在黄土小路上踽踽独行……

车子再往前，驶过爷爷生活的圆周，我看不到爷爷的身影了，可是，我更害怕了，爷爷，爷爷，您真的要走了吗……

殡葬车很快到了殡仪馆，下了车，我等在爷爷您睡着的那个门口，他们把您拖出来，您无知无觉地任由他们摆弄，就像您曾经说过的：人死如灯灭，我不管他是火化还是么样呐……您疼惜妈妈势单力薄，您愿一切从简，不给妈妈添麻烦。

您停在冰冷的铁架子上，对着火葬的大炉子，我害怕极了，恐慌极了，爷爷，我真想把您留住，我真害怕这一下子，您就会被推进去，永远地离开我们，我跪在地上，跪在您身边，您当时感觉到了吗？我揭开包裹着您的绸缎，我握着您的手，我想拉着爷爷您，我不想要您走，那只干枯的、僵硬的手失去了温度，任由我握着，昨天晚上我放在您手心里的那颗玉米糖露出来了，爷爷，我知道您没有指甲壳，一颗糖您总要剥半天……我的眼泪忍不住又下来了，我把那颗糖拿出来，撕开，放在您的手心里，爷爷吃我给您剥的最后一颗糖，让这颗糖陪着您……

很快的，那些工作人员要把您推进去了，我赖在地上，我害怕，我想多留您一会儿，可是，该死的小蔡，一把把我架起来，我来不及看您最后一眼，您就被推进去了……

我接待了妈妈的同学，等待着装殓您的骨灰，我怕把您拿错了，我怕您会被抛弃在哪个荒郊野外，我不要您成为一个没有家的孤魂野鬼。我盯着那个窗口。

明明叔叔抱的骨灰，您的这个侄子，真不错。

爷爷，您跟着我们回家吧。

可是，我的伤痛和力气，仿佛跟着那缕青烟飘散了。我们抱在手里的骨灰，真的是您的吗？我无力，我欲哭无泪……

上午的时间过得那么快，我只做了两件事：给您寿木底下的长明灯上油，给您写了份追悼书。我一边写一边哭，写一程哭一程。哭爷爷您这一生是浸泡在苦水里的……同学和表妹陪着我，我的这个小表妹，仿佛这半天长大了不少。

没有妈妈想象的那么难，半个小时足矣，因为爷爷您的一生，都已经熟烂我心。

我多想亲自给您写挽联啊，记得那时，我练毛笔字，曾笑着跟爷爷您说过：爹，将来您死了，我给您写轴，好不好？

您没有一丝不悦，仍然微笑着，满足地答道：好啊！

可惜，我是女儿身，没有资格。我真傻，为什么没有请一个会写字的朋友来呢？我觉得爷爷您的一生，是配得上最俊秀飘逸、最仙风道骨的字的……

筵席结束，鞭炮响起来，随着长长的一声锣声，爷爷的寿木抬起来了，爷爷您要上路了，像多年前抱着爸爸的遗像一样，已经长高的弟弟，抱着您的遗像。

在我们家侧边的公路上，您在上，村里的老幼都跪着，我代替妈妈致了追悼词，人人无不动容，爷爷，您没有看到，那么多的人，都赶来送您一程……

锣声再次响起来，鞭炮再次响起来，寿木抬起来，轴飞扬起来，花圈举起来，那些长的孝布短的孝布飘起来……爷爷，我们要把您送到那个您可以永久安息的地方。

青山、绿水、蓝天、厚土，我的爷爷，您就要葬在那个地方了。

带着几许遗憾，带着几许牵挂，带着几许惦念，爷爷，您走了……几捧黄土埋葬了您，祖坟山上又多了一个德高望重的人。

油菜花黄，油菜花香，油菜花间葬……这是弟弟给您写的诗。

一年又一年，坟上已长了青草。一年又一年，多少次我在梦里见到了爷爷。

想起您，想起我的爷爷您再也不在了，任何时候任何场合，我的眼泪都能忍不住掉下来。没有爷爷驮着锄头在前面走，有个小乖孙女在后面跟；没有爷爷，扯一把稻草，给我搓一根跳绳；再也没有爷爷牵我的手去买油条，再也没有爷爷需要我去地里喊他回来吃饭，再也没有爷爷需要我给他送早饭，再也没有爷爷会把早点分一半给我，再也没有爷爷做一个独轮车，不做农活的时候把我从屋里推到屋外，从屋外推到屋里，再也没有爷爷说：我的这个孙女儿，读书就是好……

我多想再听听爷爷讲的故事，多想再听听您的那些教诲。

我想看见您把脸从上往下一抹，像开场白一样，讲道："从前，有个员外，他老年得子，是个千金，这个千金呢……"

我想再听您说一说："这老话说得有：晴带雨伞，饱带饥粮……"

我想再听您一人扮两角唱一次《梁祝》。

我想听您讲一讲您的故事，您不知道，我多想为您写一本书，写一写您那苦难的一生。

我知道，如果您知道过了这么久，我还在为您的离去悲痛，您一定会说：孩子呐，人活一百岁，也是要走那条路的……你要好好的，你妈妈……你的两个弟弟……

爷爷，您走了，我已经少了一位亲人了，经历过您的死亡，我的确成熟了不少，那些还没有来得及施在您身上的福报，我会施在妈妈、弟弟和奶奶身上。而我自己，我也会好好的，我会好好地照顾自己，会努力地让自己更幸福……

我知道，不是所有人历经苦难，都还能保有一颗善良宽容的心，而爷爷，您做到了，我也向您保证，这一生，我都会努力向上向善，不论生活给予了我什么，我都会仰着头骄傲地微笑。

亲爱的爷爷，我会好好的，您也要好好的。朋友们都说，今生的苦，来世可以得到补偿，真是这样吗？但愿真的有来世，但愿您来世做一个锦衣玉食、生活无忧的人，愿您妻贤子孝，儿孙满堂……爷爷，我想您，愿您安息。

她阅读·情感卷

第三章　思念如蕊

我的五样

她阅读·情感卷

毕淑敏

老师出了题目——写下"你生命中最宝贵的五样东西",我拿着笔,面对一张白纸,周围一下静寂无声。万物好似缩微成超市货架上的物品,平铺直叙摆在那里,等待你的挑选。货筐是那样小而致密,世上的林林总总,只有五样可以塞入。

也许是当过医生的缘故,片刻的斟酌之后,我本能地挥笔写下:空气、水、太阳……

这当然是不错的。你不可能设想在一个没有空气和水的星球上,滋长出如此斑斓多彩的生命。但我很快发现自己陷入了困境——如果继续按照医学的逻辑推下去,马上就该写下心脏和气管,它们对于生命之泵也是绝不可缺的零件。结果呢,我的小筐子立马就装满了,五项指标额度用尽。想想那答案的雏形将是:我生命中最宝贵的东西——空气、水、阳光、气管、心脏……哈!充满了科普意味。

如此写下去,恐有弊病。测验的功能,是辅导我们分辨出什么是自我生命中最重要的因子,以致面临人生的重大选择和丧失时,会比较地镇定从容,妥帖地排出轻重缓急。而我的答案,抽象粗放大而化之,缺乏甄别和实用性。

改弦易辙。我决定在水、空气和阳光三要素之后，写下对我个人，更为独特和生死攸关的因子。

于是，第四样——鲜花。

真有些不好意思啊。挂着露滴的鲜花，那样娇弱纤巧，似乎和庄严的题目开了一个玩笑。但我真是如此地挚爱它们，觉得它们美轮美奂，不可或缺。绚烂的有刺的鲜花，象征着生活的美好和无可回避的艰难，愿有一束火红的玫瑰，伴我到天涯。

写下鲜花之后，仅剩一样挑选的余地了。刹那间，无数声音充斥耳鼓，呱呱地申述着自己的不可替代性，想在最后一分钟，挤进我珍贵的小筐。

偷着觑了一眼同学们的答案，不禁有些惶然。

有人写下："父母"。我顿觉自己的不孝。是啊，对于我的生命来说，父母难道不是极为宝贵的因素吗？且不说没有他们哪来的我，单是一想到他们会先我而去，等待我的是生离死别，永无相见，心就极快地冰冷成坨。

有人写下："孩子"。我惴惴不安，甚至觉得自己负罪在身。那个幼小的生命，与我血脉相连。我怎能在关键的时刻，将他遗漏？

有人写下："爱人"。我便更惭愧了。说真的，在刚才的抉择过程中，几乎将他忘了。或许因为潜意识里，认为在未曾识得他之前，我的生命就已存在许久。我们也曾有约，无论谁先走，剩下的那人都要一如既往地好好活着。既然当初不是同月同日生，将来也难得同月同日死，彼此已商定不是生命的必需，未进提名，也有几分理由吧？

正不知将手中的孤球，抛向何处，老师一句话救了我。她说，这生命中最宝贵的东西，不必从逻辑上思索推敲是否成立，只需是你情感上的真爱即可。

凝神再想。

略一顿挫之后，拟写"电脑"。因为基本上已不用笔写作，电脑便成了我密不可分的工作伴侣。落笔之际我凝思，电脑在此处，并不只是单纯的工具，当是一种象征。代表我挚爱的劳动和神圣的职责。很快又联想到电脑所受制约较多，比如停电或是病毒入侵，都会让我无所依傍。唯有朴素的笔，虽原始简陋，却可朝夕相伴风雨兼程。

于是洁白的纸上，记下了我生命中最宝贵的五样东西——水、阳光、空气、鲜花和笔。（未按笔画为序，排名不分先后。）

同学们嘻嘻笑着，彼此交换答案。一看之后，却都不作声了。我吃惊地发现，每人的物件，万千气象，绝不雷同，有些简直让人瞠目结舌。比如某男士的"足球"，某女士的"巧克力"，在我就大不以为然。但老师再三提示，不要以自己的观点去衡量他人，于是不露声色。

接下来，老师说，好吧，每个人在你写下的五样当中，划去相对不那么重要的一样，只剩下四样。

权衡之后，我在五样中的"鲜花"一栏旁边，打了一个小小的"×"字，表示在无奈的选择当中，将最先放弃清丽芬芳的它。

老师走过来看到了，说，不能只是在一旁做个小记号，放弃就意味着彻底的割舍。你必得用笔把它全部涂掉。

依法办了，将笔尖重重刺下。当鲜花被墨笔腰斩的那一刻，顿觉四周惨失颜色，犹如21世纪初叶的黑白默片。我拢拢头发咬咬牙，对自己说，与剩下的四样相比，带有奢侈和浪漫情调的鲜花，在重要性上毕竟逊了一筹，舍就舍了吧。虽然花香不再，所幸生命大致完整。

请将剩下的四类当中，再剔去一种，仅剩三样。老师的声音很平和，却带有一种不容商榷的断然压力。

我面对自己的纸，犯了难。阳光、水、空气和笔……删掉哪样是好？思忖片刻，提笔把"水"划去了。从医学知识上讲，没有了空气，人只能苟延残喘几分钟，没有了水，在若干小时内尚可坚持。两害相权取其轻吧。

也许女人真是水做的骨肉，"水"一被勾销，立觉喉咙苦涩，舌头肿痛，心也随之焦躁成灰，人好似成了金字塔里风干的长老。

我已经约略猜到了老师的程序，便有隐隐的痛楚弥漫开来。不断丧失的恐惧，化作乌云大兵压境。痛苦的抉择似一条苦难巷道，弯弯曲曲伸向远方。

果然，老师说，继续划去一样，只剩两样。

这时教室内变得很寂静，好似荒凉的冢。每个人都在冥思苦想举棋不定。我已顾不得探查他人的答案，面对着自己人生的白纸，愁肠百结。

笔、阳光、空气……何去何从？

闭起眼睛一跺脚，我把"空气"划去了。

刹那间好像有一双阴冷的鹰爪，丝丝入扣地扼住我鲠嗓咽喉。手指发麻眼冒金星，心擂如鼓气息屏窒……

我曾在海拔五千多米的冰山上攀援绝壁，缺氧的滋味撕心裂肺。无论谁隔绝了空气，生命便飘然而逝。一切只能成为哲学意义上的讨论。

好了，现在再划去一样，只剩下最后一样。老师的音调很温和，但执着坚定充满决绝。对已是万般无奈之中的我们，此语一出，不啻惊雷。

教室内已经有轻轻的哭泣声。人啊，面临丧失，多么软弱苦楚。即使只是一种模拟，已使人肝肠寸断。

笔和阳光。它们在纸上誓不两立地注视着我，陷我于深重的两难。

留下太阳吧——心灵深处在反复呼唤。妩媚温暖明亮洁净，天地一派光明。玫瑰花会重新开放，空气和水将濡养而出，百禽鸣唱，欢歌笑语。曾经失去的一切，都会在不知不觉当中悄然归来。纵使除了阳光什么也没有，也可以在沙滩上直直地卧晒太阳哇。

想到这里，心的每一个犄角，都金光灿灿起来。

只是，我在哪里？在干什么？

我看到自己孤独的身影，在海边寂寞的椰子树下拉长缩短，百无聊赖。孤独地看日出日落，听潮涨潮落。

那生命的存在，于我还有怎样的意义？！我执着地扬起头来问天。

天无语。

自问至此，水落石出。我慢而稳定地拿起笔，将纸上的"太阳"划掉了。

偌大一张纸，在反复勾勒的斑驳墨迹中，只残存下来一个固守的字——"笔"。

这种充满痛苦和抉择的测验，像一个渐渐缩窄的闸孔，将激越的水流凝聚成最后的能量，冲刷着我们的纷繁的取向。当那通道变得一夫当关，万夫莫开之时，生命的重中之重，就简洁而挺拔地凸立了。

感谢这一过程，让我清晰地得知什么是我生命中的真爱——就是我手中的这支笔啊。它噗噗跳动着，击打着我的掌心，犹如我的另一颗心脏，推动我的一腔热血四肢百骸。

突然发现周围万籁无声。人们在清醒地选择之后，明白了自己意志的支点，便像婴儿一般，单纯而明朗的宁静了。

我细心地收起这张白纸，一如珍藏一张既定的船票。知道了航向和终点，剩下的就是帆起桨落战胜风暴的努力了。

钢构的故乡

地阅读·情感卷

刘醒龙

一个从哺乳时期就远离故乡的人，正如最白的那朵云与天空离散了。

因此，漂泊是我的生活中最纠结的神经，最生涩的血液，最无解的思绪，最沉静的呼唤。说到底，就是任凭长风吹旷野，短雨洗芭蕉，空有万分想念，千般记惦，百倍牵肠挂肚，依然无根可寻和无情可系。

在母亲怀里长大的孩子，总是记得母乳的温暖。

在母亲怀里长大的孩子，又总是记不得母乳的模样。

因为故乡的孕育，记忆中就有一个忽隐忽现的名为团风的地方。

书上说，团风是一九四九年春天那场叫渡江战役的最上游的出击地。书上又说，团风是抗日战争时期，国内两支本该同仇敌忾的军队，却同室操戈，时常火并的必争之地。书上更说，团风是改变中华民族命运的赤色政党中两位创党元老的深情故土、痴情故地。

著书卷，立学说，想来至少不使后来者多费猜度。就像宋时苏轼，诗意地说一句，人道是三国周郎赤壁，竟然变成多少年后惹是生非的源头。苏轼当然不知后来世上会有团风之地，却断断不会不知乌林之所在。苏轼时期的乌林,在后苏轼时期,改名换姓称为团风。作为赤壁大战关键所在,如果此乌林一直称为乌林,上溯长江几百公里,那个也叫乌林的去处,就没有机会将自己想象成孔明先生借来东风,助周公瑾大战曹孟德的英雄际会场所了。

书上那些文字,在我心里是惶惑的。

童年的我,无法认识童年的自己。认识的只有从承载这些文字的土地上,走向他乡的长辈。比如父亲,那位在一个叫刘下垸的小地方,学会操纵最原始的织布机的男人;比如爷爷,那位在一个叫林家大垸的小地方,替一户后来声名显赫的林姓人家织了八年土布和洋布的男人。从他们身上,我看得到一些小命运和小小命运,无论如何,都不能将这位早早为了生计而少能认字的壮年男人,和另一位对生计艰难有着更深体会而累得脊背畸形的老年男人,同那些辉煌于历史的伟人,作某种关联。

比文字更让人难以置信的是亲人的故事。

首先是母亲。在母亲第九十九次讲述她的故事时,我曾经有机会在她所说的团风街上徘徊很久,也问过不少人,既没有找到,也没有听到,在那条街的某个地方有过某座祠堂。虽然旧的痕迹消失了,我还是能够感受到生命初期的孤独凄苦。当年那些风雨飘摇的夜晚,母亲搂着她的两个加起来不到三岁的孩子,陪着那些被族人用私刑冤毙的游魂。一盏彻夜不灭的油灯,成了并非英雄母亲的虎胆,夜复一夜地盼到天亮,将害怕潜伏者抢劫的阴森祠堂,苏醒成为翻身农民供应生活物资的供销社。

其次是父亲。父亲的故事,父亲本人只说过一次。后来就不再说了。他的那个一九四八年在汉口街上贴一张革命传单,要躲好几条街的故事,更是从一九六七年的大字报上读到的。那一年,第一次跟在父亲身后,走在幻梦中出现过的小路上,听那些过分陌生的人冲着父亲表达过分的热情，这才相信那个早已成了历史的故事。相信父亲为躲避文革斗争，只身逃回故乡，那些追逐而来的狂热青年，如何被父亲童年时的伙伴，一声大吼，喝退几百里。

还有一个故事，它是属于我的。那一年，父亲在芭茅草丛生的田野上，找到一处荒芜土丘，惊天动地跪下去，冲着深深的土地大声呼唤自己的母亲。我晓得，这便是在我出生前很多年就已经离开我们的奶奶。接下来，我的一跪，让内心有了重新诞生的感觉。所以，再往后，当父亲和母亲，一回回地要求，替他们在故乡找块安度往生的地！我亦能够伤情地理解，故乡是使有限人生重新诞生为永生的最可靠的地方。

成熟了，成年了，越喜欢故乡。

哪怕只在匆匆路过中，远远地看上一眼！

哪怕只是在无声无息中，悄悄地深呼吸一下！

这个从黄冈改名为团风的故乡，作为县城，她年轻得只有十五岁，骨子里却改不了其沧桑。与一千五百年的黄冈县相比，这十五年的沧桑成分之重，同样令人难以置信。最早站在开满荆棘之花的故乡面前，对面的乡亲友好亲热，日常谈吐却显木讷。不待桑田变幻，才几年时间，那位走在长满芭茅草的小路上的远亲，就已经能够恣意汪洋地谈论这种抑或那种项目。

爷爷奶奶，父亲母亲，是故乡叙事中的永久主题。太多的茶余饭后，太多以婚嫁寿丧为主旨的聚会，从来都是敝帚自珍的远亲们，若是不以故乡人文出品为亘古话题，那就不是故乡了。有太多军事将领和政治领袖的故乡故事，终于也沧桑了，过去难得听到熊十力等学者的名字，如今成了最喜欢提及的。而对近在咫尺的那座名叫当阳村的移民村落的灿烂描绘，更像是说着明后天或者大后天的黎明。

一个人无论走多远，故乡的魅力无不如影相随。

虽然母亲不是名满天下的慈母，她的慈爱足以温暖我一生。

虽然父亲不是桀骜尘世的严父，他的刚强足以锻造我一生。

故乡的山，丘陵得漫不经心，任何高峰伟岳也不能超越。

故乡的河，浅陋得无地自容，任何大江大河都不能淹没。

故乡是人的文化，人也是故乡的文化。那一天，面朝铺天盖地的油菜花野，我在故乡新近崛起的亚洲最大的钢构件生产基地旁徘徊。故乡暂时不隐隐约约了，隐隐约约的反而是一种联想：越是现代化的建筑物，对钢构件的要求越高。历史渊源越是深厚的故乡，对人文品格的需要越是迫切。故乡的品格正如故乡的钢构。没有哪座故乡不是有品格的。一个人走到哪里都有收获思想与智慧的可能。唯有故乡才会给人以灵魂和血肉。钢构的团风一定是我们钢构的坚韧顽强的故乡。

我在干校的童年

地阅读·情感卷

钱道波

　　在干校的童年生活早已镂刻成心版，四十三年过去，一次故地寻访，我的心幕霍然开启，往事纷至沓来。

　　那年我七岁，在武昌阅马场小学读一年级。突然间，所有省直机关单位都关闭了，几乎所有干部职工都要下放到干校。父亲是省文化局副局长，首当其冲地列在了劳动改造的第一批名单中。就这样，我随家人来到了这个陌生的地方——沙洋"五七"干校。

　　童年的沙洋是遥远的，但童年的心充满向往，倒是喜欢沙洋的新奇。沙洋，顾名思义，沙的海洋。满地深灰色的沙子细腻柔软，走在上面如同踩在羊毛毯上，特舒服。随便下点雨是不用穿胶鞋的，雨水落下来马上被沙土吸收了，布鞋的鞋帮也不沾一点儿水气。常常看到的情景是，人们戴着斗笠，穿着布鞋，行走在雨中。

　　沙洋除了当地百姓，既是好人改造的地方，也是坏人改造的地方；好人住叫作干校，坏人住叫作劳改农场，住的地方没有区别。刚到干校时，有一部分劳改犯还没来得及迁走，他们在机耕队大晒场上晒花生。一次，我随父母从那儿经过，一个犯人突然伸过手来，吓我一跳，慌忙躲到大人的身后，探头去看，原来他手里抓着一把花生要递给我，我们谁也不敢接。这之后，妈妈交待我们姐弟几个，不能要他们的东西，离他们远点，以防拉拢腐蚀。童年的心里从此就多了一分警惕。

跟文化局干部同时去沙洋的还有省文联的叔叔阿姨们，同样拖家带口。大家作为文化战线的人编在同一个团里，起初他们是六团九连，我们是六团六连，后来统一合并成二团二连。合并后，学校和食堂也随之搬到二团二连，我们家离连部多了小半里路程。

干校是简陋的，大部分干部及家属住在用芦苇秆搭建的草棚里，少数家中有老、弱、病、残者的，可照顾住进砖瓦房，我父亲是爱国民主人士，也属照顾对象，所以住进了砖瓦房。砖瓦房是红色的，一排两栋，共有四排，第四排房子后面有一片小毛竹林，公共厕所在毛竹林的外面。我家住一排一栋，左边紧挨机耕队，那里有一个大仓库，仓库前面就是那个晒花生的大晒场。晒场周边有好多个垛子，花生藤的，麦秸的，棉秆的，就像一个个大蒙古包，我们常在垛垛之间躲猫猫。砖瓦房右边是一口两级台阶的水井，水井旁放着一只打水的吊桶。用吊桶打水是一门学问。有一天，我去井边打水洗鞋，水桶怎么都沉不下去，急得不行，一位过路的叔叔见了，上来帮忙，只见他娴熟地将绳子摇晃两下，手用力一抖，三两下就拉起一桶水来，让我很惊讶。接着，又发生了一桩令我至今想起来忍俊不禁的趣事：这位叔叔一边往我的盆里倒水，一边问："倒满吧？"我说："我是道波，道（倒）满是我弟弟，您认识他？"我的回答让他茫然愣住，而我即刻意识到了误会，连忙说："倒满倒满，谢谢叔叔！"

起初，干校里没有我们小孩子的学校，大人们一时忙着为我们搭棚建校，我们玩得不亦乐乎。在这个新天地里，一切都让我们欣喜。很快，我知道花生是生长在地里的，棉花里面还有籽粒儿，大片大片的绿苗不是韭菜而是麦苗。我们还学电影《小兵张嘎》里的情节也成立了儿童团，拿着自制的红缨枪站岗放哨，防止阶级敌人（劳改犯）搞破坏。每次我都要带着弟弟玩，他比我小一岁，虽然聋哑，口齿不清，但他非常聪明可爱。为了做一杆红缨枪，他把妈妈的红手帕剪了当红缨，把家里的晾衣竿锯了当枪杆，妈妈严厉教训他时，我缩在一旁，替他辩解说：这是阶级斗争的需要！差点没把妈妈气晕过去。不久，小学教室搭建好了，松散的日子结束了，我们要开学了。弟弟依旧跟着我，上学也不例外。在新草棚教室里，没有课桌，我们每个人从家里自带一个大板凳和一个小板凳当桌椅。弟弟带去一个小板凳，我上课时他就坐在旁边看小人书。老师都是从干部中临时调来的，很随和，有时弟弟会去老师的办公室画画，他画的不是国民党军官就是解放军战士，课间休息时老师们就逗他玩，指着国民党军官问这是什么，他立刻伸出小拇指说"坏的"，如果指着解放军战士，他就伸出大拇指说"好的"，他的口齿和童真惹得老师们捧腹大笑。

第一批到干校的孩子不是很多，学校让一年级新生和我们这些一年级老生合并在一起上课，加起来也就 20 多人。一年级老生在武汉上过半学期学，课堂上讲的内容都学过，大家就开小差，不是低头玩沙子，就是抠糊在芦苇墙上的泥巴，有时互相交头接耳讲小话、彼此逗逗打打，整个教室里闹哄哄的。我干脆趴在大板凳上画小娃娃。有一天，教室里突然鸦雀无声，我抬起头，一下子傻住了：一位年轻女老师站在我们面前，白净秀气的脸庞，大眼睛、高鼻梁、薄嘴唇，一对长辫子很随意地垂在肩的两旁，自然卷的发梢，穿一件蓝底白花的上衣——好别致好漂亮啊！这位漂亮老师就是我们班新来的吴芸真老师，教算术课。只要是吴老师的课，教室里总是异常安静，同学们都听得非常认真，有次吴老师上课用启发性的方式说：

"同学们，1+2 等于几？"，大家异口同声地回答："3"，"2+3 呢？"，"等于 5"，"3×3 呢？"，"等于 6"，"嗯？我说的是乘 3，不是加 3，等于几？有哪位同学知道？"，我平常最怕被老师点上台的，这时候也把手举得高高的，希望被老师点上台。因为我们班大部分是新生，没学过乘法。吴老师可能看我的手举得最高，就让我站起来回答，我先还不自信小声地说："等于 9"，"别怕，大声地告诉同学们等于几"，"等于 9"。"同学们，知道为什么吗？因为是 3 个 3 相加"。这天之后，吴老师亲自复写了 20 多张乘法口诀表，发给大家，要求同学们要背得滚瓜烂熟。

而我，自从见到吴芸真老师那一刻起，她的漂亮就印在我的脑海里，拔也拔不走。这是一种怎样的美，那么让人着魔，后来才知道那是与生俱来的高雅气质，由内而外的。也就是从那以后这种美就一直刻在了我的心里，遗留于我现在的生活中，让我对蜡染的蓝底白花衣情有独钟，以至于我姐给了我一件旧的蜡染蓝底白花棉袄，我拿它当宝，穿了几十年，褪色了，露花了，也舍不得扔，至今保留在衣柜里。

在干校小学，教我们语文的是张忠慧老师，也是一位令人尊敬羡慕的女老师。吴芸真老师和张忠慧老师当年都是《长江文艺》的编辑，后来，当我讲起我的启蒙老师时，有人说我的起点高，也有人开玩笑说：那是高射炮打麻雀呢！幸运的是，若干年以后我居然跟吴芸真、张忠慧两位老师成了作家协会的同事。当年跟父亲一起去干校改造的，还有文学界德高望重的徐迟、碧野、骆文、洪洋、欣秋、刘岱、田野、吴耀崚等前辈，自然后来我也是他们的同事。

其实，在"干校"那些年的大部分时间里，家中只有我们姐妹仨。父亲下放"干校"不到半年，又被送到省委统战部参加学习班，我妈既要照顾我父亲，又要照顾我们姐妹，常常是带着弟弟在沙洋武汉两头跑，有时跑不过来，就给我们姐妹仁寄 10 块钱生活费。家中的大小事务就由 14 岁的三姐掌管；小姐 10 岁，负责养鸡种菜；我 8 岁，承包"三臭"——臭鞋子、臭袜子、臭痰盂。

干校的不幸和惊恐不安是我必须独自隐瞒的一个"污点"——

一天下午，我经过那片房子后面的毛竹林，发现林地里长出许多小细笋，不由联想到小时候去咸宁姨妈家，表哥带我上山挖竹笋的情景，好兴奋的，就随手在地上捡起一根竹条刨起来，然后一支支掰掉……忽然，林子外一声大吼："好哇，终于让我抓住了，你是谁家的小孩？哪个班的？你这是破坏公共财产，是犯罪知道吗？"一个中年男子将我手里的竹笋夺下，抓住我的手就往外拉："走！找你家大人去，我还要告诉你们学校，把这件事记在你的档案上，让你走到哪儿，这个污点就跟到哪儿！"我一下子吓蒙了，连哭声都没有，只知道死死拽住一根竹竿不走，带着哭腔央求："叔叔放过我吧，我真的不知道这里的竹笋是不能掰的，下次再也不敢了，千万不要告诉我们学校……"那根竹竿帮助我坚持了很长时间，直到天快黑了，那个叔叔才放我回家。

回家后，我不敢吭气，闷闷不乐地傻呆着，夜里躺在床上翻来覆去，心里一直想着：那个叔叔万一告到学校，怎么办？那些天，真是吃不香睡不安，整天蔫不拉唧的。妈妈以为我生病了，要带我去校部医院看病，我不敢说出自己的"污点"，只好跟随，结果还真瞧出了一点毛病：可能是因为受到惊吓，多日没有好好休息，医生说我肝脏稍微偏大！脏大要多吃糖，妈妈破天荒给我买了一斤奶油硬糖。要是在平时，这就是因祸得福，肯定让我高兴坏了——我可是从来还没有得到过这么多的糖果的！但是，这一次我怎么也高兴不起来，嘴里含着糖，一点也感觉不到甜味，因为每天惶惶不可终日，生怕被老师单独找去谈话。

为了洗清"污点"，我在学校拼命表现，由于每次课间广播体操都做得非常认真，老师表扬了我，还选我在班前做领操。积肥劳动也很积极，我拎着箢箕，到处寻找鸡粪、猪粪、牛粪。弟弟道满也像侦察员一样，帮我到处侦察，发现路边有头牛正在拉屎，就大叫"好的"，如果遇上别的同学为了"表现"去抢，我就赶紧用手去捧。

有一次，学校组织全校师生到农村听老支书讲革命家史，在屋场上，各班级同学席地而坐，我所在位置正好有一摊糖鸡屎，本想挪动一下，又怕被同学看见，心想前面的"污点"还没洗掉，又加上一条"资产阶级思想"可怎么办？正犹豫着，突然听到老师点名，吓得我一屁股就地坐在鸡屎上，一动不动。听完革命家史，接着吃忆苦饭，很多同学连一个粗糠野菜团都吃不下，而我一口一口地猛咽，硬是吃了两个，噎得直翻白眼。这天列队回去的路上，我身后的同学因为总是掉队被老师点名批评，但我心里知道，他是闻到了我身上的鸡屎臭味呢。回家洗裤子可苦了三姐，打了三次肥皂，用开水烫了两次，还是去不掉鸡屎的臭味，气得她说我真是"三臭"又加"一臭"。

臭味总比"污点"好，我得继续努力。不久，学校组织野营拉练，每个人背着背包徒步行军十几里路，路上还要不时搞防空演习，警报一响全体卧倒，这时老师就抛出一个用粉笔灰做的沙包，沙包落在谁身上，谁就是伤员，接下来用担架抬着走。沙包不曾落到我身上，但我每次都会抢着去抬担架。那时我个子小，抬起担架得弯着胳膊往上提，一会儿，胳膊无比酸痛，时间长了，手上又快磨起水泡，好几次想放弃，但一想到"污点"，总是咬牙坚持住。最后一次卧倒时，我感到头重脚轻，生怕站不起来，在心里默念："下定决心，不怕牺牲，排除万难，去争取胜利"，终于硬撑着站了起来。

拉练解散，三姐让我回家拿饭菜票准备打饭，我回家后倒在床上，再也起不来。不知什么时候，小姐的同学丫丫洗完头来找我，抓着我不停摇晃，让我起来帮她梳头，我睁开眼，感到房屋在旋转，头痛欲裂，禁不住放声哭了起来。隔壁的舒阿姨听到，拄着拐杖过来，见我满脸通红，连忙折回家拿了体温表给我量，量完一看，吓得惊呼："妈呀，高烧42度！"就急忙让丫丫去附近水院医务室把杨大夫找来，向他求情，给我打了一剂退烧针，开了一些药。水院医务室平常只给水院的老师看病，不对外的，这回得亏了舒阿姨。三姐没等到我送去饭菜票，赶回家一看，见我病得这么重，顿时急得大哭。因为手头没有多的钱给我看病，三姐只好托人给临时回到武汉的妈妈发电报。妈妈还没回来，三姐既要上学又要照顾我，每天就含着眼泪背我去学校，将我放在二连收发室，托值班的夏伯伯临时照看，到了晚上再背回家。收发室有一张床，我每天躺在床上等三姐放学。那些天，我特别脆弱，想起身上的"污点"这么害人，委屈得默默流泪。夏伯伯以为我想妈妈了，拿糖哄我开心，可不管他怎么哄，我就是管不住自己的眼泪。直到有一天，妈妈出现在面前，我抱住妈妈放声大哭，妈妈摸摸我的头，见我已退烧，不知缘由地说："真是老话说的，孩子遇到娘，无事哭三场。"

生病在家掉下十几天的课，再去上学碰上了默写新课文毛主席诗词《七律·长征》。下课后，老师叫我到办公室去，吓得我两腿打颤，浑身冒冷汗，心想准是掰竹笋的事被告到了学校。可是，当我磨磨蹭蹭地走进老师办公室，得知是我默写的课文全对，老师不相信，让我单独再默写一遍，不由暗自长舒一口气。我把《七律·长征》默写完了，交给老师，老师很高兴，摸摸我的头，问："你的病是不是还没好？"我想，一定是老师看见了我头上的汗珠。几天后，老师在班上表扬了我带病坚持自学的精神。我为此既窃喜，又愧疚，因为这首毛主席诗词我在上学前就会背诵。

开春了，学校响应毛主席"向雷锋同志学习"的号召，每个班都做一个"百宝箱"，同学们捡到什么东西，先交给老师，再由老师放到"百宝箱"里。那段时间，班上几乎每天都有同学捡到东西，不是硬币就是钉子，还有扣子和缝纫针。捡到东西的同学受到老师的表扬，还会在墙上的名字下贴一朵代表拾金不昧的小红花。两周过去了，眼看同学们的名字下都贴了小红花，有的贴了好几朵，而我一朵都没有，不由着急起来，心想别人怎么都能捡到东西，我怎么什么都捡不到？于是，每天上学或放学回家的路上，我都低着头，瞪大眼睛，像雷达似的满地探寻，绝不放过每个角落。几天下来，仍没捡到东西，就转而跟在得到小红花最多的同学后面走，向先进学习。时间一天天过去，我终于一无所获，后来焦急地向先进请教，经先进提示，回家在抽屉里翻出一颗扣子，带去学校交给了老师，总算得到了一朵小红花。不过，这事让我欠了三姐的一个人情，因为那颗扣子是她衣服上掉下来暂时放在抽屉的，要钉扣子时，她翻遍了抽屉和床底下，怎么找也找不到了，而我，当时必须向她隐瞒这个秘密。

我的努力没有白费，老师推荐我第一批加入红小兵，我当上了优秀少先队员，还被同学们选为了班长。直到 1972 年，我将随抽回武汉的父母离开干校，去学校办理转学手续时，特意向老师问起我的档案，老师奇怪地望着我说："小学生只有成绩单，哪来的什么档案。"那一刻，我茫然无措，眼泪汹涌而出……好像要把所有的压抑和委屈都随着眼泪冲走，压在我心里的石头终于落地了。这年，我11 岁，上小学四年级。

四十三年过去，仍然记忆犹新。的确，当时我所有的表现，所有的坚持，只是想减轻压在我心中的这块石头。我在干校的童年一直面对着一块石头，这块石头降临在童年的欢乐中，搁浅在童年的心头，而我，一直都在默默地跟这块石头战斗，我的努力或许本该不是这样的，但这样努力毕竟也是努力——因为它，没有失去天真和向上！如今回首童年，那过去的都是亲切的回忆……

父亲的创意

地阅读·情感卷

尔
容

　　我父亲当了多年的小学校长。我小学五年级的时候，他教我们自然课。一次，他两手各举一根细竹棍，棍上连着白色的硬纸板。左手是一只镂空的小鸟，右手画一只鸟笼。两手各自飞快地旋转，鸟竟然活灵活现地钻进笼子里了。全班顿时爆出一片惊奇的嘘声。他用抑扬顿挫的语调解释说：这就是速度对视觉成像的影响！

　　在我父亲的课堂上从没人打瞌睡。总是铃声响起，全班同学都扒着窗子翘首以待。他也总是无一例外地拎着一只小竹篮走进教室。那里面正是他亲手制作的科学魔方，它能出其不意地轻易地帮我们打开一扇扇知识奥秘的门。

　　在教学条件简陋的年代，父亲给学生自制教具成为一种习惯。以致后来，父亲被迫害，不得不从教师岗位上退下来，仍把这种习惯保持到生活中，让我们在艰苦的年月一享朴素创造的优越。

　　那时没有电视机，更没有电风扇。电视似乎可以不看，炎热的夏天暑热难耐，成为困扰很多人又似乎无计可施的难题。往往蒲扇不够瓜分，而且照顾了老人，照顾不了小孩。我母亲说：恨不得有一把铁扇公主的扇子！我父亲笑道：就是给你一把，怕你也抢它不动！我母亲回敬道：你是孙悟空，倒是给我变出一把来！不久，我父亲悄悄从后院砍了几根竹子，划成薄片，纵横交叠，织成一个一米见方的篾栅子，然后正反两面糊上白纸，纸上用油彩分别画上三条龙和一只凤，再用两根麻绳把它吊在堂屋的横梁上，又在纸板左右两边系上细绳连到一根主绳上。父亲坐在前面来回拉这根主绳，奶奶、母亲、两个哥哥、一个弟弟和我都只管在吊着的扇下坐着，风便一排一排波浪般地涌来。一会儿的工夫，汗就逃得无影无踪了。我父亲给它取名为：手拉纸风扇。我母亲抢过绳索，一边开心地拉，一边呵呵笑道：还真比铁扇公主的扇子好使！

很快，全村人都知道我家有这样一个纸风扇。到了歇工的时候，他们便一拨一拨地挤到我家来，人声鼎沸，水泄不通，把我家弄得跟会场一般。他们在纸风扇下开心地闲聊，后来干脆吃饭时也把碗端到我家，齐聚一堂，吃吃笑笑。人走客散，往往饭渣、泥灰、纸屑遍地。我父亲像个不厌其烦的清洁工总要默默地打扫好半天。

渐渐地，一村的人都熟络起来。往日兴奋的话题一天天冷却了，你看看我，我看看你，要不就是老生常谈，炒现饭。我父亲见他们坐在扇下闲极无聊，就教他们识谱唱歌，赋诗作对。我家很快成为年轻人的诗社。其中有他原来教过的学生，更多的是他不认识的农村社员。父亲在人群中穿梭，脸上始终洋溢着无比惬意的喜色，像枯木逢春，沐浴在清晨的阳光里，无比灿烂。那时，他才三十多岁。

后来，渐渐地村里几乎家家添置了电风扇，我家便冷清下来。前几年村里好些人家陆续安装了空调，父母家也装了。房子也一再更迭，由平房到楼房，由楼房到商店，像雨后春笋，让我每次回娘家都有新的惊喜。家里偶尔也有过往的人闲坐，父亲的笑却似看惯了沧海的夕阳，平静得有些波澜不惊。

每次回去，我都会绕很远的路去凭吊那间早已作古的老屋。站在老屋的旧址上，记忆的风一浪一浪轻拂我的脸庞，像那只能把全村人的欢声笑语吸拢来的手拉纸风扇，那么遥远，又那么亲切。

如今，父亲老了，有时看到他反剪着手臂在房前屋后悠闲地打转儿，我就问他：您还记得那只手拉纸风扇吗？纸风扇？父亲摇头。好一会儿，他似乎终于费力推开了锈迹斑斑的记忆仓库，一股呛人的霉味让他微微蹙眉，继而笑道：那有么用！还是改革开放好，现在的日子原来做梦都想不到。

我也摇头。我知道父亲极力想抹去的是那些不堪回首的日子的苦。我要谨记的却是即使在发展的脚步一日千里的今天，父亲的创意仍是我人生的行囊里弥足珍贵的财富。父亲那只小竹篮里飘溢着土腥味的教具，老屋里那只嗜好热闹的纸风扇，仿佛岁月的墙壁上挂着的一串清脆悦耳的风铃，给我的未来灌注着永不寂寞的梦想。

地阅读·情感卷

昔日重现

叶梅

　　想到你就想到一条透明的小河。淙淙地流淌着不知疲倦，将一点点晶莹的浪花高高地抛向蔚蓝的天空。河水流过的地方，有碧绿的草地，开满了红黄紫千般颜色的小花，在轻柔的风儿里摇曳。

　　我仍然是这样切切地思念着你，二子。

　　你就在一片无垠的天地里，微笑着向我走过来了。一个健壮的大男孩，穿一身洗得发白的军衣，满脸顽皮亲昵地微笑，额前分明还耷拉着一绺软软的黄头发。

　　你说兰，我来了。

　　你说兰，我背背你，还是像从前那样背着你。我们去看山，我们去舱河，去到好高好高的山顶上看圆圆的红日冉冉升起……

　　我说你终于来了二子哥，你终于来了。

　　你曾说太平洋的水干了而我对你的情意不会变。我就是这样相信的。我相信无论走到天涯海角你都会回来。

　　二十三年前你写给我的第一封情书像一只洁白的小鸽子从你还给我的书中幡然落下。你写道："兰，我想同你交一个朋友你愿意吗？如果不愿意就算了，你千万千万别生气。"

我不生气但我吓坏了，我才 15 岁，是一个腼腆内向的女孩。爸妈在我年幼时就分居了，我跟妈妈冷冷清清地生活在一起。妈管教很严，希望我功课好品德好长大成才，妈再三告诫我不能过早同男孩子接触。但我和你是邻居，我每天必得从你家门前走过。

你悄悄地拦住我，你说兰你看到了吗？你生气了吗？我红着脸急急地逃开。我已经把那张纸条极其秘密地给我最好最好的女同学——一个比我年长几岁的大姐姐看了，她在我心目中是一个阅历丰富十分可靠的人，她叫珍。珍皱着眉头反复咀嚼了数遍，她说别理他。我点头，但心的深处有难以言说的失望，我其实是喜欢你的。喜欢你刚强的性格，喜欢你的高大、有力和生气勃勃的样子。

你从遥远的北国来到我们这座南方的小山城。来时你才十来岁，穿一套妈妈做的黑裤袄，显出比我们两栋木楼里所有孩子的高大结实。你言语不多，带着弟弟上学、回京。你们家最显眼的是一张大床。显然是北方大炕的再现，铺着平板的被褥子，进屋就盘腿上床。你们弟兄几个虎头虎脑地围着炉子吃白菜炖粉条。木楼的孩子们起初以为你是老实可欺的，他们起着哄跟在你们弟兄身后，学你走路，学你浓重的北方口音。你一直不予理睬，终于有一天在楼道上你突然转过身来，你平静地对他们说你们谁再学一遍？为首的男孩个头与你不相上下，他做了个鬼脸油腔滑调地又学舌一遍，你一言不发朝前走了两步，照准他就是狠狠的一拳。他似乎弹跳了一下然后颓然倒下，女孩儿似的嚎哭起来。你爸爸进来向你怒吼叫你道歉而你一声不吭，他火极了狠揍了你一耳光，你倔强地站着连眼皮都未眨。你就是以那样一副神态而最早叫我心动的。

可我们一块儿住了好几年都很少说过话。直到我们升初中了又停课了，满世界的大人乱纷纷地忙着游行写大字报，你才开始拘谨地踱到走廊的尽头——我和妈妈的小屋门前。那实际上与你们家只有一步之遥，但你使了好大好大的劲。你嗫嚅道，兰你们也停课了吗？我说，是啊，我们不都是停课了吗？你说，兰我们在一块温功课吧。说不定马上就会复课的。我说，好哇好哇。我们就欢天喜地铺开课本练习本，虔诚地背每一篇课文，苛刻地互相挑错，工工整整地将代数题做了一遍又一遍。桌上的小闹钟嘀嘀嗒嗒地伴着我们。

后来，就有了那样一个字条。

我一连好多天不理你。你急坏了像做了一件天大的错事。珍嘱咐我关紧门不要让你进来。你看不见我，你爬上木楼对面的小山，久久地站在山顶上像一块岩石。你后来说兰，我在山上可以看清你的门和窗户，可以捉到你晃动的影子。我好一阵感动。

那时我表面上矜持着，可心里十分为你的失魂落魄而疼痛，眼巴巴地期待珍能给一些宽宏大度的理解。我对自己实在没有把握。我害怕在这种情形下同你说了话就会是一个坏女孩，一个不知羞耻的女孩。珍后来终于默默让了步，她有一天望着你的背影慢慢地说：二子这人不坏。

于是，后来我们就不知不觉说在一处，玩在一处了。我们常是三人一块讲故事下棋。棋有两种，一是跳棋，二是军棋。下跳棋你老是给我铺路搭桥，让我一路遥遥领先。下军棋你当裁判，我总是赢了珍。珍的军棋实际下得很奸，她很善于策划调动，因此极不服气。那天我们又摆开战场。不几个回合，我一个工兵出马，横冲直撞所向披靡。珍的脸色越来越不好看，她撑着下颌沉吟良久突然扳倒我的工兵，她一看勃然变色，兰的工兵怎么连我的师长都吃了？你这个裁判怎么当的？珍大怒而去。你红着脸对我直吐舌头。我跑着去追珍，一个劲地赔小心。珍嘴里喊喊地气得说不出话来。过了好多年，珍还清楚地记得这件事，她戏谑地说，二子为了你真是什么都做得出来。

　　我在脸盆里分苹果，盆底光滑苹果一歪，小刀落在左手的中指上，血像一点晶莹的红宝石盈盈地冒出。我大惊小怪地叫起来，你闻声从隔壁赶过来，脸色发白。你一把捏住我的手指就放到嘴里吮吸。你一个劲地说别怕，兰，一会儿就好了。你手忙脚乱地找纱布剪刀，厚厚地裹了一层又一层，弄得左手又粗又壮地雪白，我妈下班回来猛一见大惊失色，以为出了大祸，连声问要不要上医院，我心里好惭愧。

　　后来，我们一道去打石头。你爸和我妈工作的单位是公路段，单位的孩子可到采石场去挣钱，每天一块二。对我家来说还不在乎这钱，但我总希望同你在一块儿。其实是很苦的，每天要步行十几里，去那高高的山坡上，在一片光秃秃的乱石丛中任烈日烤晒，将一块块发烫的石头掀下山打成碎块然后装上汽车。但我们不觉得苦和累，一天天过得好快活好充实。我和你半夜轻手轻脚爬起来，你敲响我的门轻轻叫，兰，我们走吧。我这时已将水壶草帽准备就绪，我踮起脚尖努力不让门板发出声响。然后与你摸索着走下楼梯，来到夜深人静的马路上。我们使劲地跳跃起来，争着说是我先起来的是我先起来的，于是向远远的山巅奔去。我们一路唱着歌，在静悄悄露水湿润的黎明前夕，手拉着手。十几里地不一会儿就有声有色地过去了，不觉得已经走了很久很久。当我们来到那座耸入云际的山峰跟前时，万籁俱寂的夜空之中突然响起了金属般的动人音响，小城的广播响了。天地间那一刻似乎只有我和你，我们全身心地浸透在无垠的空间里。这时有一缕淡淡的彩霞从山洼里跃然而起，给你无瑕的脸抹上一层动人心魄的力量和纯真。我紧紧地依偎着你，我们对着彩霞一动也不动地站着，心被一种神圣和庄严所胀满。那时我真想就这样到永远永远。

　　那时我看着你，真正地领悟到我爱你，二子！我默默地想我要与你美好地生活在一起，我们一同劳作一同追求，你会给我源源不断的力量，我会永远好好地爱你。

突然，就在一个夜里，大人们又打起火把举起标语牌上街欢呼游行，要把自己读高中初中的子女送到乡下去。我们第一次离别，我到了一处远离县城的山沟里。我们没办法通信，那时许多约定俗成的观念规范现在想起来滑稽可笑，但当时却是一本正经，堂而皇之的。我只能装作无意却是煞费苦心地辗转打听你的消息。听说你报名去参军，接兵的连长看了你的个头很满意，说你是块当兵的料子。我于是给你绣了双鞋底。我是在妈妈的书堆里长大的，我没有学过针线活。只是看到别的女孩子用一颗小小的银针理了红的紫的花线，绣出一双双的鞋底，我试想我一定要为二子哥绣一双，让你穿着什么时候都能想起我。我笨拙地在油灯下拿起针线，针刺了我好多回，钻心地疼，我吮着手指上的血，我想二子你要能替我吮吮就好了。鞋底终于绣成了，厚厚的，我不知道细细的针怎么能穿透了它。我给你寄去了。可是后来听说你没有当上兵。因为有人检举你爸爸过去在旧军队干过。

后来，我被抽调到县里演样板戏。回家还没见到你，妈就郑重地跟我说：你不准再和二子来往听见没有？我们两家大人之间的观点又对立了，对立到十分敌视的程度。

在大人们严密防范下，我们连说说话都很难很难。那晚我们演出完坐在县委会招待所里等着吃夜餐，你突然挟着一股冷风闯了进来，众目睽睽之下你镇定地说兰，你出来一下。我羞臊得无地自容。但我乖乖地跟了你出来，在一个小学校的篮球架下站定，高大的球架阴影掩住了我们。我开始说二子你别来找我，我害怕，我妈知道了不好。而且文工团是不准谈恋爱的。你低头看定我，你说别怕，兰，有我在你什么也别怕。我就真的不怕了，四肢不再发凉。在漫漫月色里，我们绕着小城走啊走啊，甜甜地说着与爱情无关的许多废话，不知不觉东方发白。

但后来你终于远去了。因为你爸爸的病故，你妈妈决计带你们返回北国。你爸爸是在那个疯狂的年代活活气死的，你妈妈是内蒙古人，不愿意再停留在这块使她伤心的土地上。在一个寒风凛冽的冬日，你搀扶着你不幸的妈妈，脸色阴郁，你是一个心地善良的儿子，你知道这个没有父亲的家不能再没有你。你就那样阴郁地走了。飞扬的黄土很快将远去的汽车变成一个越来越小的黑点。我痛痛地哭了。

从此，我二十年里没有见到过你。虽然我们后来整整通了六年的信，但我们却没能像热恋的少年男女一样互相依偎。你只是一刻不停地活动在我心里。你占据了我全部的心灵。我感觉到你的呼吸，你跃动的身影，你爽直的言语，我和你偷偷地说话，我说二子我想你好想你。

你说兰我也想你想得心里好痛好痛啊。

我们忘我地爱着，没有觉察到有一堵巨大的石墙正在多年未能见面的你我之间缓缓竖起。

我们顾忌着两家大人的反对，多年的交往一直瞒着他们。但你复员了不可能不回到家里，一连串极其现实的柴米油盐、住房、工作调动等等问题摆到了你的面前。母亲改嫁你不得不寄人篱下，你每月只有 38 元的微薄收入，而出于自尊你什么也没告诉我。我沉浸在一片诗情画意之中，一个劲地要求你上进，要求今后我们要过得比谁都好，我完全没有意识到这种种理想化的要求一次次给你的自尊投下阴影，你苦恼你无法达到我们希望的境界，你鼓起勇气说快来吧兰，我们结婚。我说不，我们还年轻还要为事业打一番基础。那时，我正绒毛鸭子初下河，兴致勃勃地学着写文章写剧本，对你在千里之外的困窘毫无了解。

　　你太自尊太好强，你生怕我跟你受苦，你含着泪下决心走开，让我去选择另外的幸福，你说兰我们别再通信了。

　　连接着你的两千多个日日夜夜就是这鸿雁似的书信，它们给我多少欢乐多少期盼，但你就在一时间折断了雁的翅膀。我在如焦似焚的感觉中煎熬，一分一秒像在刀尖上踩过。一天又一天，我终于痛不欲生地意识到，你是真正地离开我了。我痛苦地喝了许多酒，哭着不知遮拦地呼唤你的名字，吐出好多好多黄连一般的苦水。

　　二十年后我们见面时，世界在一刹那间停止了所有的喧嚣，你在灯光下站起来。你说兰，我知道是你来了。从今天黎明开始我就想到是你来了。你说，我那时多么希望你能不管不顾地跑来找我，但你一个女孩子怎么可能呢？二子我从前没看到你哭过，但后来我看到你时你流了很多泪，你说我们个性都太强了。兰，你说二十年里我一天也没忘记过你，我把你的照片一张张夹在小本里贴胸放着，你说兰我只有下辈子变匹大马让你骑着，你抽我打我，我真恨我在你面前要什么自尊。

　　我说我到处寻你，茫茫人海之中偶尔会觉得找见了你，但仔细一看完全不是，二子，你就是你，天底下只有一个你啊。

　　人的一生那么短暂，而我最美好的青春年华是在与你的相遇相知之中度过的。我一点也不为此懊悔，二子，我把它深埋在心底，像一枚味道无穷的橄榄，让我时时咀嚼体味，让我感受到人世间无论春夏秋冬还是风霜雨雪都无法抹去的一片真情。它不在于我们的结合，而在于我们永远永远的相互关注。

　　虽然隔了那么多山，虽然隔了那么多水，但它时时给我温馨，给我勇气，使我珍视生活，珍视人与人之间宝贵的情感友谊，使我耐心地思考整个的人生。

　　这样真好，二子！

父
亲
的
形
象

地阅读·情感卷

芥川比吕志

　　我八岁那年，父亲去世了。在此之前不久，我刚能借助母亲或祖父的讲解，一知半解地读读父亲写的童话。不过，我并不是对故事本身有什么兴趣，而是出于孩子的好奇心，想了解一下父亲在我颇陌生的心里是什么形象。寄给父亲的《赤鸟》和《金星》等杂志，都用牛皮纸紧卷成筒状，撕去外面的牛皮纸时，总得留神别把其中的杂志一起撕破。杂志被卷后，纸张不能平舒，当我一页一页翻弄着这些不易翻过去的书页时，突然会现出"芥川龙之介作"的字样，这使我兴奋不已，而故事本身给我的感受，就相形见绌，像水一样淡而无味了。因为我当时还没有能力欣赏这些故事。

　　而当我溜进父亲的书房时，心里也会出现这种兴奋。父亲的书房在二楼，有八铺席大，我基本上是不去的。我从昏暗的楼梯口向上看，只能看到拉门上的半个圆窗，这让我感到非常地可亲。有时候，我见父亲不在家，便不让任何人察觉，轻手轻脚地溜上楼去；悄悄潜入父亲的书房。这书房与家中的其他房间迥然不同。在这间书房内，有一种秩序井然又安静的感觉，我一跨进书房，会感到自己也变得不同寻常了。尽管书房的墙边也放着柜子，却不像其他房间那样总是收拾得整整齐齐，而是到处堆着各种书籍。书房中央的明亮地方铺着青色的地毯，互为直角地放着紫檀木做的小桌几和长火盆，背后的两侧堆着一些作废的草稿、炭笼、书堆、置放信件的木盒和藤的字纸篓。桌几对面放坐垫的地方，很自然地形成低洼状，它给人留下了父亲不在这房间的感觉。墙壁处的书架上，同样排满了书籍，只是略高处的壁龛前，放着壶和盆。我记得自己总是不胜惊奇地望着这书房里丰富多彩的内容。我也总是感到这里有一种令人心旷神怡的香味，这是烟草香、书香以及另外什么香味的混合体。为了品尝一下阳光透过拉窗沐浴在地毯上的暖气，我有意把脚紧擦着地毯，拖行了一阵，想留住这气味。

不知为什么，父亲去世后，我对父亲的书房更加迷恋了，也更喜爱看书了。随着年龄的增长，我也渐渐能看懂父亲所写的作品了。比如那篇童话《白》，无非是一则奇妙的故事，说一只白狗变成黑狗，后来又变回白狗。但是不知不觉中，我发现这是一则悲壮的故事，它是写一只胆怯的狗不拯救朋友，后来遇到了一系列痛苦的事情。除了童话之外，我也有意去接触父亲的其他作品。我读《孩子的病》和《蜃气楼》之类的小说。这大概是因为这些小说中写到了我所熟悉的母亲、弟弟、祖母等人物的关系吧。同时也说明我依然想听听父亲在我所熟悉的范围里讲了些什么吧。

我小时候进过圣学院附属的幼儿园。在我的印象中，幼儿园是相当远的，我总是由祖父或女仆接送。在孩子们的接送者中，有的是坐等孩子们唱歌、游戏等活动结束后一起回家的；有的是先回家、到时再来接的；而在等着接孩子的时候，人们往往待在院子里织毛线或看书，也有人爱走到教室外的走廊上，透过玻璃窗户观看孩子们上课的情形。每到将要放学的时候，走廊上的人会越聚越多。这时，孩子们总是忍不住要往窗户外瞅瞅，于是，时常遭到老师的训斥。

圣诞节到了，我们要演圣诞剧，我饰牧羊人。我的台词只有一段："啊，瞧那圣光，听那圣乐！大家跪下来听神的教导吧。"为了能大声并形象地背诵，我努力地练习着。

一天，我们像平时一样排练着圣诞剧——五个牧羊人同羊群一起献丑、天使们翩翩起舞、三位博士登场、合唱团唱起赞美歌……排练顺次往下进行，最后，大家跟随着高声奏出的管风琴声，围成一个大圆圈，载歌载舞地前进。这时，司空见惯的教室也好像在随着我们的旋律旋转，给人一种新奇的感觉。

有一天，我沉醉在这种像玩旋转木马似的兴奋中，眼前晃过弹管风琴的老师、选贴在墙上的图画、走廊上的人群、火炉、滑梯、枯了的藤蔓棚架、留声机、白色的窗帘、管风琴……这些景物随着歌声一并进入我的视线，继而一一逝去，然后再度出现。突然，父亲的面影出现在这些景物中，使我不胜吃惊。歌声仍在继续，我一面随着歌声前进一面努力回头朝窗户外的院子方向张望，但是光线不对头，玻璃窗外的景物有一点看不清楚。不一会儿，我又转到了管风琴旁，能够瞧见玻璃窗外的情况，我突然看到了父亲。

父亲夹杂在三四个像是畏寒而挤成一排的接送者中，身子略向前倾，透过玻璃窗户望着我。在那些接送孩子的妇女中，高大的父亲鹤立鸡群，这使我感到纳闷：从前我怎么会没有发现这一点呢！父亲身穿黑色的和服外套，没有戴帽子。在我俩的目光碰到一起时，他轻轻地点点头，脸上露出了微笑。当我又转往远离院子的方向去时，我已没有什么不安，不但没有回头探望，反而有力地挥舞着手臂，大声地唱着赞美歌向前舞去。转到管风琴前，我见父亲仍在微笑，仍在向我轻轻地点头示意。

我似乎重新认识了我的父亲。父亲的这一形象之所以会特别清晰地铭刻在我的脑际，看来是由于发生的地点和情况都很特殊的缘故吧。在平时见惯的多为妇女聚集的窗外走廊上，突然看到了父亲的身影，这是我做梦也没有想到过的事。在我的思想里，父亲到幼儿园来这件事本是属于不可能发生的。看来，父亲是把我在幼儿园里的形象视作他的未知世界里的儿子的形象，正如我把二楼书房里的父亲视作我的未知世界里的父亲一样。

不过仔细想想，在父亲去世后，我也屡屡经历过与此极相似的感受。我在中学求学时，从教科书上读到了父亲写的《戏作三昧》，我觉得简直没有兴趣读第二遍。后来，我把这篇小说的全文读了，还是没有多大的感受。不料几年之后，当我第三次读它时，我总算，而且是突然在其中辨出了父亲的形象。这种情况并不限于《戏作三昧》，也并不限于学生时代。时至如今，我也会在读父亲的作品中顿时领悟到那出乎我意料的心境。特别是读他的晚年作品，这种现象所在多有。

父亲的形象是客观存在的，问题是自己当初没有读懂而已。

我曾同父亲一起上街散步。黄昏时的大街上，有不少衣着华丽的西洋人在漫步。父亲曾给我买过蓝色、黄色的洋蜡烛。

但是，我同父亲在轻井泽的那段没有任何家人在场的生活，父亲基本上把我丢在一旁了。而我也没有感到特别地不满，每天清晨望望笼罩着山壁并缓缓飘动的雾气，也是新鲜而有味的事。

有一天晚上，父亲对我说：

"爸爸今晚有点儿事，得出去一下。"

"到哪儿去呀？"

"同一个叔叔一起吃晚饭，你要听话，乖乖地待在屋里。"

我伫立在楼下房间里垂着厚质窗帘的地方。不远处有一只台球盘，三四个客人在打台球，不时传来台球撞击时发出的清脆响声。我不由得害怕起来，把已经旧了的大窗帘裹在身上，望着黑的窗外。

窗外的常春藤在风中摇曳。这时，身后的台球盘那儿突然爆发出一阵笑声，使我联想起在别人家的屋子里听众多，来客喧哗、大笑的情景，这同外国电影中的宴会场面十分相像。我觉得父亲也夹杂在其中大笑，不禁悲从中来，裹着窗帘，放声哭起来。因为我感到父亲离我是那样地远，我感到他同那些我根本不认识的人在一起。

当时，父亲的朋友堀辰雄闻声跑来，不放心地问我："怎么啦？你怎么啦？"

也不知过了多长时间，我看到父亲走进屋来。

父亲走近我身边，说道："是爸爸不好，是爸爸不好。喏，爸爸回来了，不要再哭啦。"父亲轻轻地拍着我的脊背，反复地说着这些话，并慈祥地看着我微笑。

几天后的一个清晨，门被猛力推开，住在附近的叔叔直奔中庭。踏脚石绊了他的脚，他踉跄着撞在松树上，水珠像雨点似的摇落下来。叔叔踢掉脚上的木屐，性急慌忙地奔进来，一眼看到祖父从吃饭间里出来，便抱着拉门，放声大哭了。

当时，我愣愣地看着这一切，不清楚死究竟意味着什么，我没有怎么悲恸。

从鹄沼来的外祖母在走廊上看到我，把我紧紧搂在怀里，她的脸贴近我的肩膀，说着："小比吕，你爸爸……死了呀。"她强忍悲痛，压抑着哭泣声。我感到胸中像压着一块硬东西，也不明情由地泪水汪汪了。我真想说："我难受，我要走。"于是，我推开外祖母搭上来的手，独自藏到库房的阴暗处，不准自己流泪。说真的，我并没为父亲的死感到悲恸，而是长辈的悲恸感染和影响了我。当我听到有人对我说："你爸爸还在睡觉，你要听话呀。"我是完全信以为真的。接着，他又对别人说："过些日子，还是把孩子带到鹄沼去吧。"

父亲躺在楼下的八铺席大的书房里，这间书房是后来增设的，比二楼的书房暗得多。他安静地闭着眼，挺直身子仰卧着，不过，嘴巴张得有点儿异常。我觉得父亲这样躺着，好像个孩子。

我觉得，自己从来没有这么近地看过父亲，简直是纤毫无遗。父亲呢，他也不会因为我的仔细观察而产生任何反应。当时，我见父亲胸部的衣服往上高高鼓起，心里不胜诧异。边上的人告诉我，这是因为父亲把手交叉着放在胸前的缘故。这时，我见一位身穿和服的长辈坐在父亲身边，俯首哭泣，还屡屡用手指擦拭泪水，加之父亲胸部高高鼓起的异常形态没有一丝改变，这不得不使我感到：父亲是有些不同寻常了，父亲身上是不是发生什么事情了。

父亲去世 19 年后的 7 月 24 日，我在想，父亲要是活着的话，今年应是 55 岁。但我无法描绘出 55 岁的父亲该是什么模样，再说，追求这种形象又有什么用呢？田端町的老家已经不复存在，位于鹄沼的旧居，从前是："院子角落的铁丝网里侧有好几只白色的莱克亨鸡在静静地散步""可以望见远处墙篱外的松树林"，现在呢，周围的房屋纷纷拔地而起，院子里种有各种蔬菜，唯有不变的是，屋内的桌几上仍放着父亲写下的那不会再改变的全集。

乡土情结

地
阅
读
·
情
感
卷

柯
灵

> 君自故乡来，应知故乡事，来日绮窗前，寒梅着花未？
>
> ——王维

　　每个人的心里，都有一方魂牵梦萦的土地。得意时想到它，失意时想到它。逢年逢节，触景生情，随时随地想到它。海天茫茫，风尘碌碌，酒阑灯㷇人散后，良辰美景奈何天，洛阳秋风，巴山夜雨，都会情不自禁地惦念它。离得远了久了，使人愁肠百结："客舍并州数十霜，归心日夜忆咸阳，无端又渡桑乾水，却望并州是故乡。"好不容易能回家了，偏又忐忑不安："岭外音书断，经冬复历春。近乡情更怯，不敢问来人。"异乡人这三个字，听起来音色苍凉；"他乡遇故知"，则是人生一快。一个怯生生的船家女，偶尔在江上听到乡音，就不觉喜上眉梢，顾不得娇羞，和隔船的陌生男子搭讪："君家居何处？妾住在横塘。停船暂借问，或恐是同乡。"辽阔的空间，悠邈的时间，都不会使这种感情褪色：这就是乡土情结。

　　人生旅途崎岖修远，起点站是童年。人第一眼看见的世界——几乎是世界的全部，就是生我育我的乡土。他开始感觉饥饱寒暖，发为悲啼笑乐。他从母亲的怀抱，父亲的眼神，亲族的逗弄中开始体会爱。但懂得爱的另一面——憎和恨，却须在稍稍接触人事以后。乡土的一山一水，一虫一鸟，一草一木，一星一月，一寒一暑，一时一俗，一丝一缕，一饮一啜，都溶化为童年生活的血肉，不可分割。而且可能祖祖辈辈都植根在这片土地上，有一部悲欢离合的家史，在听祖母讲故事的同时，就种在小小的心坎里。邻里乡亲，早晚在街头巷尾、桥上井边、田塍篱角相见，音容笑貌，闭眼塞耳也彼此了然，横竖呼吸着同一的空气，濡染着同一的风习，千丝万缕沾着边。一个人为自己的一生定音定调定向定位，要经过千磨百折的摸索，前途充满未知数，但童年的烙印，却像春蚕作茧，紧紧地包着自己，又像文身的花纹，一辈子附在身上。

"金窝银窝，不如家里的草窝。"但人是不安分的动物，多少人仗着年少气盛，横一横心，咬一咬牙，扬一扬手，向恋恋不舍的家乡告别，万里投荒，去寻找理想，追求荣誉，开创事业，富有浪漫气息。有的只是一首朦胧诗——为了闯世界。多数却完全是沉重的现实主义格调：许多稚弱的童男童女，为了维持最低限度的生存要求，被父母含着眼泪打发出门，去串演各种悲剧。人一离开乡土，就成了失根的兰花，逐浪的浮萍，飞舞的秋蓬，因风四散的蒲公英，但乡土的梦，却永远追随着他们。"慈母手中线，游子身上衣"，这根线的长度，足够绕地球三匝，随卫星上天。

浪荡乾坤的结果，多数是少年子弟江湖老，黄金、美人、虚名、实惠，都成了竹篮打水一场空。有的侘傺无聊，铩羽而归。有的春花秋月，流连光景，"未老莫还乡，还乡须断肠"。有的倦于奔竞，跳出名利场，远离是非地，"只应守寂寞，还掩故园扉"。有的素性恬淡，误触尘网，不愿为五斗米折腰，归去来兮，种菊东篱，怡然自得。——但要达到这境界，至少得有几亩薄田，三间茅舍作退步，否则就只好寄人篱下，终老他乡。只有少数中的少数、个别中的个别，在亿万分之一的机会里冒险成功，春风得意，衣锦还乡——"富贵不归故乡，如衣绣夜行，谁知之者！"这句名言的创作者是楚霸王项羽，但他自己功败垂成，并没有做到。他带着江东八千子弟出来造反，结果无一生还，自觉无颜再见江东父老，毅然在乌江慷慨自刎。项羽不愧为盖世英雄,论力量对比,他比他的对手刘邦强得多,但在政治策略上棋输一着：他自恃无敌，所过大肆杀戮，乘胜火烧咸阳；而刘邦虽然酒色财货无所不好，入关以后，却和百姓约法三章，秋毫无犯，终于天下归心，奠定了汉室江山，当了皇上。回到家乡，大摆筵席，宴请故人父老兄弟，狂歌酣舞，足足闹了十几天。"大风起兮云飞扬，威加海内兮归故乡，安得猛士兮守四方！"这就是刘邦当时的得意之作，载在诗史，流传至今。

　　灾难使成批的人流离失所，尤其是战争，不但造成田园寥落，骨肉分离，还不免导致道德崩坏，人性扭曲。刘邦同项羽交战败北，狼狈逃窜，为了顾自己轻车脱险，三次把未成年的亲生子女狠心从车上推下来。项羽抓了刘邦的父亲当人质，威胁要烹了他，刘邦却说：咱哥儿们，我爹就是你爹，你要是烹了他，别忘记"分我杯羹"。为了争天下，竟可以丧心病狂到这种地步！当然，战争有正义与非正义之分，"国家兴亡,匹夫有责""匈奴未灭,何以家为""四方丈夫事,平生铁石心""男儿何不带吴钩，收取关山五十州"，都是千古美谈。但正义战争的终极目的，正在于以战止战，缔造和平，而不是以战养战、以暴易暴。比灾难、战争更使人难以为怀的，是放逐：有家难归，有国难奔。屈原、贾谊、张俭、韩愈、柳宗元、苏东坡，直至康有为、梁启超,真可以说无代无之。也许还该特别提一提林则徐，这位揭开中国近代史开宗明义第一章的伟大爱国前贤，为了严禁鸦片，结果获罪革职，遣戍伊犁。他在赴戍登程的悲凉时刻，口占一诗，告别家人："苟利国家生死以，岂因祸福避趋之。谪居正是君恩厚，养拙刚于戍卒宜。"百年后重读此诗，还令人寸心如割，百脉沸涌，两眼发酸，低回唏嘘不已。

安土重迁是中华民族的传统，我们祖先有个根深蒂固的观念，认为一切有生之伦，都有返本归元的倾向：鸟恋旧林、鱼思故渊，胡马依北风，狐死必首丘，树高千丈，落叶归根。有一种聊以慰情的迷信，还认为人在百年之后，阴间有个望乡台，好让死者的幽灵在月明之夜，登台望一望阳世的亲人。但这种缠绵的情致，并不能改变冷酷的现实，百余年来，许多人依然不得不离乡别井，乃至漂洋过海，谋生异域。有清一代，出国的华工不下一千万，足迹遍于世界，新兴资本主义国家的金矿、铁路、种植园里，渗透了他们的血汗。美国南北战争以后，黑奴解放了，我们这些黄皮肤的同胞，恰恰以刻苦、耐劳、廉价的特质，成了奴隶劳动的后续部队，他们当然做梦也没有想到什么叫人权。为了改变祖国的命运，孙中山领导的革命运动发轫于美国檀香山，第一代中国共产党人，很多曾在法国勤工俭学。改革开放后掀起的出国潮，汹涌澎湃，方兴未艾。还有一种颇似难料而其实易解的矛盾现象：鸦片战争期间被清王朝割弃的香港，经过一百五十年的沧桑世变，终于回到了祖国的怀抱，这是何等的盛事！而不少生于斯、食于斯、惨淡经营于斯的香港人，却看作"头上一片云"，宁愿抛弃家业，纷纷作移民计。这一代又一代炎黄子孙浮海远游的潮流，各有其截然不同的背景、色彩和内涵，不可一概而论，却都是时代浮沉的倒影，历史浩荡前进中飞溅的浪花。民族向心力的凝聚，并不取决于地理距离的远近。我们第一代的华侨，含辛茹苦，寄籍外洋，生儿育女，却世代翘首神州，不忘桑梓之情，当祖国需要的时候，他们都做了慷慨的奉献。香港蕞尔一岛，从普通居民到各业之王、绅士爵士、翰苑名流，对大陆踊跃输将，表示休戚相关、风雨同舟的情谊，是近在眼前的动人事例。"美不美，故乡水，亲不亲，故乡人"，此中情味，离故土越远，就体会越深。

科学进步使天涯比邻，东西文化的融会交流使心灵相通，地球会变得越来越小。但乡土之恋不会因此消失。株守乡井，到老没见过轮船火车，或者魂丧域外，漂泊无归的现象，早该化为陈迹。我们应该有鹏举鸿飞的豪情，鱼游濠水的自在，同时拥有温暖安稳的家园，还有足以自豪的祖国，屹立于现代世界文明之林。

怀念我家的老黄牛

　　当春风吹过重峦叠嶂,吹过屋檐下树梢上挂着的冰凌,冻土化开,被野火烧过的、炭黑的土地上,点点新绿破土而出。喜鹊、麻雀、锦鸡、白头翁,还有戴胜,在湿润的泥地上踱步、觅食、欢叫和飞翔。

　　爷爷驾着牛,一声吆喝,尖锐的犁铧划开了大地的肌肤,深褐色光滑的泥土翻过来。鸟群呼啦一下飞过去,围在爷爷身后,啄食泥土里的蚯蚓。

　　这画面,在我脑海里久久不能散去。是因为牛年到了吗?我常常想起爷爷,想起我家的那头老黄牛,有谁知道,我这样的一位"美女"是拽着牛尾巴长大的呢?

　　小时候有几年,好像是七八岁吧,我总是很拧,不管家里人说什么,都要反着来。有一年暑假,吃早饭时妈对我说:"你待会就去放一下牛吧。"其实我当时也是这么打算的,同村像我这么大的孩子都开始放牛了,在村子里都找不到一个玩伴儿了。可她这样一说,我就觉得非不去不可。吃完饭,我就开始哭闹,躺在打谷子的稻场里翻来滚去,就是不去放牛,家里的大人拿我没办法,做别的事去了,我躺在那里下不了台阶,直到屋后的春元爹走过来,他说:"你看你看，你们家的老牛都饿坏了，你再不起来去放它，它就要把绳子挣断了来踢你的屁股呢！"我慌忙一骨碌爬起来，顺着春元爹的手指看去，只见我家的老黄牛饿得哞哞直叫唤，鼻子上系的绳子绷得紧紧的、它围着树直打圈，好像想从树上挣脱一样。旁边的小牛也无精打采地蹭着妈妈的肚子，一副饿坏了的样子。看着这一幕，我呆了呆。

春元爹又说："你看，这农忙时节，牛都累得要死，你已经吃了早饭，它却饿了一晚上了，半夜还给小牛喂奶，待会还要犁田……牛是造孽的畜生啊！"

我听了他的话，似懂非懂，实在不忍心，只好赶着牛上山去，这是我第一次放牛。有了开始，就有了后面的很多次。

我家是头温驯的母牛，我觉得它是我们村子里最漂亮的一头黄牛。它一身乌黑的毛发，个头适中，但身体十分健美，头和肚子形成完美的弧线，四条腿修长结实，肩胛有点突出，很像时下流行的骨感美。眼睛又大又圆，我仔细观察过，还是饱满的双眼皮呢，睫毛乌黑浓密，一眨一眨的时候像和我说话。

那时候我们放牛，就是把牛丢在山上，然后自己去玩，只要提防着它们去吃庄稼就行了。山附近的地里种的都是旱庄稼，暑假里有芝麻、红薯和花生。有些牛比较爱去地里偷吃红薯和花生藤，而芝麻这时节已经长得很高了，杆很硬，大概刺嘴而不好吃，牛都不爱吃。

最有趣的是去寨北门放牛，我们把牛赶上山，就放下自己从家里带来的小板凳，坐在山顶的土墙上——那土墙一说是李闯王打天下时垒的，一说是抗日时的，我也不知到底是怎么回事，反正只知道是用来打仗的——因为山很大，那一整个上午或下午，我们都不用管牛群了，坐在不远处，看着它们吃过去，等看不见了，就挪近一点。我们在树荫下吹着山风，说话或玩游戏，阵阵松涛不时从耳边呼啸而过。

有时我们会垒一个土灶，去地里挖一些红薯花生烧着吃。那时候我们还没读过《故乡》，但也知道像双喜一样每块地里审着挖，以逃避庄稼主人的责骂。每当吃得正高兴，玩伴们总要看看自己的牛，担心牛们也跑到地里偷嘴了，而我却从来不用，我家的老黄牛一直低着头勤勤恳恳地吃草，真正的是一头老黄牛的态度。

夕阳西下，火辣辣的太阳变成一个大大的鸭蛋黄的时候，我们就一起赶着牛回家。回家之前，必定比比谁家的牛吃得饱，看牛的胃，不是牛肚子那里，而是肚子到后肩胛骨之间的那个凹地。我家的牛总是吃得比较饱的，它总是一副很满足的样子，如果牛也有微笑的表情，我想那么此刻它一定是眼里微漾着笑意。不用鞭赶，我只用跟在后面左手牵着牛绳，右手把绳子长出来的一截折过来像甩跳绳那样甩着，它就很听话地顺着来路、迈着轻快的步伐回家去，它踏在干燥的黄土小路上，发出十分清脆悦耳的哒哒声，那种点地马上又弹起来的步子真是让人觉得赏心悦目。——我家的老黄牛像一个启蒙老师一样让我真正明白了轻快这个词的含义，直到现在我看到模特走台步还会想起它那时的样子。——那年，我们村接进来一个能干漂亮的新姑娘，她高兴时走路也是那样，我对妈妈说："妈，玉香姨走路就像我们家的老黄牛！"我妈听了，狠狠剜了我一眼。其实，她哪里知道，这在我心里是最高的赞美啊！

回家的队伍里，小牛总是最调皮的，它们不是撒开四蹄冲到队伍最前面，就是蹦跶到最后面。吃草时也是到处戏耍，要不就跑到庄稼地里搞破坏，不过，没有上辔头的小牛是不用管它的，即使庄稼的主人看见了也不会说什么，因为它们对庄稼的损伤不大，旱庄稼它踩坏不了什么，也不会认真地吃上两口，而是叼着玩，它们就像一个精力过剩的半大孩子，到处折腾，乐此不疲。

一个暑假过去了，牛身上由于双抢而伤的元气慢慢恢复过来了，小牛也长大一些了，可是山上的草已经枯萎了，即将到来的是一个萧瑟的冬季，为了让牛能蓄点秋膘，刚开学的那几个星期天（那时候好像全国人民都只休息星期天），我把作业做完了，而爷爷又没有空的话，我就会牵着牛去田埂上放。

这时双抢插下去的晚稻已经长得快一尺高了，为了挑稻子好走而砍干净的田埂也长出一截青草来，尤其是挨着水田那边的一种水草，长得绿油油的，又细长又浓密，我家的牛专挑这个吃，它吃得十分香甜，连头也不抬一下，舌头伸出去左甩一下右甩一下，一嘴巴一嘴巴地把草"割"干净，一回忆到这个场景，我的耳边就回响起它吃草时的声音：嗞嗞……嗞嗞……嗞嗞嗞嗞，按摩着我的耳朵，让我觉得这草一定是甜的。这个时候它也偶尔馋嘴的，迅速地把嘴伸到禾苗上扫两口，我一拉牛绳，它又马上乖乖回来，继续低头吃草，像什么也没有发生似的。禾苗当然比草更美味，而且很少有机会吃到，它偶尔的调皮也能得到我的原谅。

从那个暑假开始，每年夏天放牛的任务就都交给我了，随着一天天长大，我和老黄牛的感情也越来越深，慢慢地明白了春元爹那句"牛是造孽的畜生"的含义了。

一年一年长大，我慢慢变成了听话的乖孩子，这也不是我真的懂事了，而是我为了保持三好学生优秀学生等一系列荣誉的原因吧。我渐渐成了一个真正的小农民，家里割麦子、割油菜、打麦子、割谷、抱谷、插秧等农活，我都要参加。

又是一年双抢，连续几天十几个小时弯腰驼背的插秧，让我苦不堪言，我的屁股、大腿、腰都疼得受不了，眼睛也因为倒立肿了。

吃饭前，我去上厕所，看见我家的老黄牛就系在我第一次注意它的那棵树上，几天不见，它看上去瘦骨嶙峋，身上的毛发也乱糟糟的。小牛还在旁边吃奶，它把头伸到老黄牛的肚子底下，拼命地吸着，不知是奶水不够还是怎么着，它一下一下地顶着老牛的肚子。老黄牛低垂着头忍耐着，它身上爬满了苍蝇，可它的尾巴也只是偶尔有气无力地甩一甩，仿佛是在应付差事。它不时地打着响鼻，摇着耳朵，好像在辅助尾巴赶苍蝇。看见我来了，它似乎认出来了，抬了抬头，看了看我，又把头低下去，我顺着它的眼睛，看见它眼角下方有两条湿润弯曲的线条，难道牛会流眼泪？我有一丝难过，看见它的大眼睛里蓄满了泪水，写满了悲戚。它就用那样的眼神看着我，我战栗了一下，呆住了，想去抱抱它，可又不敢。老黄牛看了我一会儿，仍然慢慢把头低下去了。正在这时，妈妈喊我吃饭，我飞快地吃完饭，说了一句："我们家的老黄牛好像在哭。"也不知道有人听见了没有，就把碗一放，倒在竹床上睡着了。

过了年，开了春，小牛长成半大牛了，就要上辔头了，上了辔头，爷爷就要教它干农活了，爷爷在田里喊"驱——哯——圆圆转"的时候，我的心就开始难受起来，小牛学会干农活了，就意味着它马上要卖到别人家里去做劳力，它无忧无虑的快乐日子也结束了，我家的老黄牛又要经历一次生离死别。

果然，没过几天，小牛被牛贩子买走，他牵着牛绳，拿枝条抽打着小牛的背，要把小牛赶到一个陌生的地方去，小牛哞哞叫唤，不停地回头，老黄牛叫得更大声更惨切，它被系在树上，它一边叫还一边踢着地，焦急地围着树不停地转，干燥的黄土地被它踢起一片片烟尘，它一声一声"哞——哞——"唤儿回来，牛贩子的枝条越抽越紧，把小牛抽得小跑起来，它不知道自己要去一个遥远的地方，要开始当牛的一辈子，而且这辈子很有可能再也见不着妈妈了。如果它知道了，它还会跑吗？

可是，我们家的老黄牛是知道的，它隔一年就会生一头小牛犊，再隔一年，它的小牛犊就会被卖掉。牛活动的地方就是村子周围，不出方圆一里，从此天各一方，它们母子再也不能相见。老黄牛还在一声声唤着，可是，它的头低下去，声音也低下去，它是不是知道了再叫唤小牛也听不见了，再叫唤它也回不来了？

开始的一两天，老黄牛不吃不喝，可是，春耕一开始，繁重的劳动由不得它悲伤，因为爷爷和所有驾牛耕田的把式一样都有着长长的鞭子和孔武有力的臂膀，我不敢再去看老黄牛的眼睛，它眼角底下是不是还有弯弯曲曲的湿润的痕迹？

那一年，我要小考了，家里出现了更大的变故，于是，我又一次忽略了老牛的伤痛。

后来，我如愿考上了重点中学，开始去镇上念书，每个周末回家一次来拿 10 元钱的生活费和一罐咸菜，新鲜而紧张的初中生活让我渐渐忘记了老黄牛。

直到有一天，我看见弟弟牵的是一头我不认识的水牛，我惊讶地问："亮，我家的老黄牛呢？"弟弟奇怪地看着我说："卖了。""卖了？卖给谁了？"我一时不能接受，大声问。"打牛的。"说完，他系好牛，跑出去玩了。怎么就卖了呢？就这样把给我们家做了十来年苦力的牛卖了？我一时还不能接受这个事实。要知道，牛贩子买这样的老牛回去就只能送到屠宰场去呀，屠宰场！

我不能想象，在面对屠刀的那一刻，老黄牛是怎样的一种眼神？它的肉一定很老很老，很难嚼，因为它那么瘦、那么沧桑，而它的皮……又包在哪双脚上，驮着谁在行走天下呢？

我的眼前又浮现了老黄牛悲戚的眼神和眼角下那两条蜿蜒着的湿润的痕迹，那湿润的亮晶晶的东西再也遏制不住从我的眼角里慢慢流了出来。

岁月有道

    杨毅老师是我的初中语文老师，毕业时的班主任。在学生眼中，杨老师帅气，就像鄂东浠水家乡的向日葵，挺拔、意气风发，课更是讲得精妙，春有百花、冬有雪的，他像有某种魔力，将一群少男少女的求学生活掌控得有声有色，昂扬有序……

    离开杨老师的教诲，辞别家乡散花镇中心中学的豆蔻年华，忽忽已四分之一世纪有余。在这漫长而又感觉眨眼的时空里，我越来越深地体会水滴石穿的时光力量，越来越强烈地感受到万物有情，亦有道，比如岁月。

    杨老师淡淡回忆自己的人生："我们是不幸的一代，生在'四年三灾'，学在十年动乱。"是的，像我们当年那般年龄时，出生于二十世纪五十年代末的杨老师和他的同龄人是被亏欠的。在长身体、长知识的中学时代，杨老师他们以稚嫩的身骨挑矿石、打地基、围湖造田，"学生的口粮是每月28斤或40斤稻谷，仔细一算，每餐也只有三四两稻谷。就算连米糠一块儿吃，也不可能填饱我们这参差不齐学生的辘辘饥肠。"更要命的是，学校"没有图书，没有教材，我们的大脑如同一张白纸，如同一片荒漠。没有作业的烦扰，没有考试的压力，像脱缰的野马……”整个高中时代，杨老师和他的同窗们就这样承受着物质和精神的双重贫乏。

以今天的眼光来看，杨老师他们是在不可思议的状态中完成成年礼的。他们实在太被亏欠了，尤其是在恢复高考的第一年。那是1977年，草深叶青之夏，他们拿到了知识含金量可怜的高中毕业证；初冬，他们突然听到一个天大的喜讯——当年的冬天全国将举行中断十年的高考。“朝为田舍郎，暮登天子堂”，转变命运的良机来了，在校时语文靠读社论、数学靠翻印教材的他们，却已来不及复习，他们来不及好好准备，就匆匆赶考，去翻越“穿皮鞋”和“穿草鞋”的分水岭，去挤千军万马的独木桥，这注定了他们中的绝大多数将在短暂兴奋紧张后,体会日后长长的失落和从此挥之不去的感慨……

但是，但是啊，杨老师和他的昔日同窗们，并没有让亏欠他们的时代失望。在随之而来的改革开放大潮中，他们紧握命运的金箍棒，在波翻浪涌的岁月里左冲右突，逐渐变身为杨老师平静回忆中的“科学家、大学教授、公务员、企业家、乡村教师、武术教练、工程师、文艺工作者、能工巧匠……”曾经饥饿、负重的少年们无知无畏地野蛮生长，开花结果了，至此，从教一生、育人无数的杨老师自豪地写下如此文字：“我们不怨天尤人，我们自强不息……我们是这个时代的佼佼者。我们无愧于这个伟大的时代，我们无愧于自己的人生。”

读此，真的令我震动。

不能不被深深打动。

这个被时代亏欠的人，却说不怨天尤人。

这群曾经被亏欠的人，同类似被亏欠的人们一起，在后来改革开放的年代，责无旁贷地发挥各条战线的中坚作用。他们躬耕于田野，就积极实践当时的家庭联产承包责任制，并将“知识改变命运”

的理念深深传达给他们的下一代；进入工厂，他们就把握机会，将自己锻造成各行各业骨干、高管，为了企业发展，他们做过光荣的劳模更做过后来的下岗排头兵；跨进高等学府，他们便如饥似渴地求知，去身体力行，努力改变中国人才青黄不接、百废待兴的局面；而跻身政界的，便在承上启下的众声喧哗中，最终带我们走进唱响"中国梦"的今天……

这群"生在'四年三灾'，学在十年动乱"的人，被时代的巨手无情抟弄，又竭尽全力、全神贯注地塑造着时代本身——这形成了他们极具特色的个人价值，并彼此呼应成时代大价值。

所以，身为其中一员，化身普通乡村教师的杨老师，才在我们懵懂年少时，呕心沥血地为我们释疑解惑，恨不得把全身知识储备都奉献出来；热诚地为我们将真善美窗户一扇扇推开，让学生细细领略深处风景；不辞辛劳起早贪黑地监督我们朝读、晚自习，唯恐调皮捣蛋者辜负好时光……这种平凡岗位的日积月累付出，应该是一种反哺，一种个人对时代的不计前嫌的反哺，通过反哺他们也达到了自己对人生、对时代的无愧。

而我，我和我的同学们，就在这种芳芬四溢的反哺和无愧中，一天天成长，一天天被熏染，成长得那样快乐、茁壮，被熏染得那样健康、五彩缤纷！

感谢杨老师，在他活力四射的青年时代，勤勉地为我们点亮知识的明灯，给我们以后的人生打下健康、结实的底色；感谢杨老师，在他阅识丰富的智慧日子，以自己的沧桑、坦然，再次润物无声地启发我：天行健，君子以自强不息；地势坤，君子以厚德载物。

她阅读·情感卷

第四章　盛年流苏

四个买菜的男人

我爸

　　我原先一直有个印象，居家过日子，男人是不要去买菜的，他不是不肯做事情，他只是不耐烦与人交道。这一点印象全从我爸得来。

　　我爸买菜常常使我妈惊怒交加。他们一道去市场，看见农民模样的小伙兜售他的洋芋，自行车驮了两大竹筐。我妈问价钱，小伙羞愧地说了一个数，但又强硬声明：我们自己屋头种的，吃不完才拿出来卖，婆婆你懂行你挑嘛。我妈笑笑，表示既不愿承情更不肯上当，轻蔑道：前头那个摊比你还相因①些。实际上我妈停在这里半晌不走，就已经表明了购买意向，说什么并不重要，这是买菜卖菜之间的默契，小伙也聪慧地拎起了他的土秤。可我爸看不惯，愤而道："前面便宜你去买前面的好了！你说人家做什么？"

　　我爸这人我不要太了解，他对那种唯唯诺诺做小伏低的农民模

　　　① 相因：成都土话，便宜。

样的人怀有泛泛的怜悯，为了防止自己流露，他甚至不朝他们看。所以我妈这种口气在他看来简直是欺凌，他必须发出义勇的声音了。

我妈恼道：你是哪边儿的啊？然后拔脚就走甩掉叛徒，挑好的洋芋又滚回筐里。我爸愣住，旋即厚着脸皮尾随而去。我后来问他农民小伙气不气，有没有抱怨，我爸说没有，"他惊呆了，大概没见过这么复杂的家庭纠纷。"可又说："我要是他我就不卖给你妈！——没想到他这样自甘堕落。"

我妈不愿一起去买菜，我爸赌气自己去。他从事美术，买菜的乐趣在他是享受色彩：朱红的海椒，酱紫的茄子，莹如羊脂的萝卜和湖绿的西兰花。然而这些在我妈看来是：带疤的海椒，蔫茄子，糠心儿萝卜和花期已过的西兰花。"他们不卖给你卖给谁？卖给谁？卖给谁？"我妈控诉道。

我大伯

我爸买菜买得坏，他的亲哥哥却堪称大师。我大伯的职业是研究元史，但买菜的专精使他更负盛名。"挑不出第二个"，他的老朋友们说的，故意不给出表示范围的状语，全办公室？全单位？全国？不说，意思是不拘哪个范围都"挑不出第二个"。

我妈认为我爸有天分可以把普通菜贩改造成为奸商，而我从大伯身上看到一种力量，他能激励一个奸商走上正道。

有次大伯带我去菜场，为晚饭的鱼头汤买鱼头。一路他就讲那个鱼贩怎么好，别人卖鱼头使劲带脖子肉切，好多占一点分量，而他不。大伯一边说一边在自己下巴上抹了一下，意思是那鱼贩与众不同，切一个一点脖子不带的净鱼头。我赞这鱼贩厚道。大伯却说："一开始也一样，他还耍小聪明斜着切，后来我跟他讲道理，把道理讲给他听，我是这么样讲的，我讲：(此处省去 800 字)。——道理讲明了就好了，他听的。"

本来那天我们就去晚了，菜场眼看要闭市，偏偏大伯自己不争气，内急起来。找到厕所急蹿而入，嘱咐我独自去买鱼头。

"第三个摊啊！"从围墙里传来他的喊叫。

我临危受命，十分忧惧。

鱼摊只剩一摊，摊上只剩一人一头。然而那鱼贩竟然不肯卖我，说等个人。

"等个老先生，我给他留的。"

"哪个老先生啊？是不是姓杨？"

"姓啥我不知道；老先生特好，特能讲道理，呵呵我们这儿都怕他讲道理。"

"啊对对！我就是老先生——派来的！"

他只是笑，并不松口。幸好大伯及时赶来，两人激动地相认一番，方交割完毕。我拎鱼头细看，果然到腮边戛止，不带一丝脖子肉，再问价钱，果然讲道理。

我姨父

我爸要买整个菜场最烂的，而我姨父，我姨妈恨道："要买整个菜场。"姨妈所言不虚，她家从不缺菜，缺一个堆栈。

我姨父对蔬菜的爱，不仅是对食物的爱，他还怀有敬意，看着阳台上成捆的红油菜白油菜，论打的菜脑壳，扎成垛的莴笋，三十个青番茄，他常常要唱赞美诗。

"蔬菜多么伟大你知道吗？它们把无机转化为有机，赐给所有动物生存所需，它们是这个星球的恩人……"

"最会乱整！你吃得完啊？吃得完啊？"姨妈吼他。

没用。姨父才不听，他像一堵棉花墙。他惧内是装的，反正姨妈也装没识破。什么也干扰不了他对蔬菜的敬爱。

大年初三，我们全家去磨盘山给外公扫墓，起了大早，却在山脚下耽误了半天，因为姨父在路边发现一溜长摊，堆满了这个星球的恩人。他扑上去，谁也拦不住。二十几分钟后大家急了打发我去催。那时他正对着豌豆尖和冬苋菜掏心掏肺。

"姨父，走吧，今天我们是来给外公扫墓的啊！"

"还早噻。"他说，又仰头看看公墓方向，低声道："外公又不会不等我们。"

姨父甚至对菜贩菜农也一往情深，这大概跟他年轻时有过短暂务农的经历有关，而且我们四川人就算生在城里，根系也都是在附近乡坝头铺开的。他对他们不是怜悯，是依恋。一般买菜顶多弯腰挑拣，他不，他会蹲下，因为居然能聊起来。你的茼蒿几点摘的？五点啊？天还没亮嘎？哦你的青菜安逸，我一坛只泡得下它一棵。你从哪边过来的喃？籍田？我咋不晓得？早先我们表舅在那边，但早就死了……

姨妈本来最不耐烦他跟他们套辞，总觉得他们敷衍他就是为了赚他的钱，可后来出了"报恩红苕"那件事，她就没法再给他脸色看了。

那是二十世纪八十年代末，姨父买了一辆带斗的三轮车，常得意扬扬蹬着去菜场转。在那个人们羡慕永久飞鸽的年代，一个哲学系教师快乐地蹬着三轮，车斗里有泥巴、稻草和烂菜叶子，一个系的同事碰见了都不敢相认。有次他居然很阔气地邀请我坐在斗沿儿上"去耍"，吓得我严词拒绝。那时我已上高中，懂得要脸了。

一天他在菜场，听见某人怯生生地叫"哥子……"。原来是个熟脸的菜农,想借三轮车运东西。三轮车虽然丑陋,但毕竟是一项财产,又是姨父心爱的坐骑,我料姨父不肯。然而他马上就跳下来,说了家里地址,好教菜农知道往哪里还。菜农话也少,点头"要得要得!"就蹬走了。过了一会儿我想起来问:"那人叫什么名字啊?"姨父突然愣住。"啊——! 不不不记得——不晓得!""哈哈哈哈"我心想,又去向姨妈报了信儿。姨父在懊恼和姨妈的数落中度过了两天,人家果然没还他嘛。然而第三天,楼下传来嘶哑的叫喊:"哥子——!那个哥子——!"不仅车还回来了,千恩万谢地,车斗里还装了大堆的红苕,根本吃不完。我们家也分了好多,有多多呢,这么说吧,我就是从那以后不再吃红苕了。

另外这个菜农叫李毛娃,我们全家都不得不知道了。

我丹叔叔

"当然当然……不过你自己不觉得稍微贵了一些吗?"

这句话是丹叔叔对菜贩子说的,很多很多年前了,他听见菜贩子报价以后发的一个问。现在白口这么一说,好像也没啥,但逢年过节家里人吃饭,饭桌上我就要讲这个段子,还是笑得不行,笑了多少年还没笑够。因为都了解丹叔叔,都觉得即使他站在那里,什么也不说什么也不做,顶着一头卷发,瞪着一双相隔遥远的大眼睛,脸上是那种天然的惊骇、骇呆,就已经让人前仰后合。

二十八年前的那天是这样:他去培根路的菜场买菜,带着我。菜贩子说的价格我不记得了,光记得丹叔叔的惊骇骇呆:"当然当然……不过你自己不觉得稍微贵了一些吗?"

我和菜贩子一时间都愣了,还快速对视了一眼,这叫什么话?这种句型在菜市场上千百年来都没有出现过。像电影里的台词,译制片的台词，上译厂译制片的台词。菜场有菜场的规矩，嫌贵你可以上来就骂脏话：×××啊！×哦！相因点儿！也可以挖苦讽刺：嘚，菜叶子金子打的嗦？也可以巧妙地抬高对方激起怜悯心：大哥，我今天买了明天就只好吃白饭了……也可以自来熟套近乎：今天你一个人来的啊？婆娘喃？在屋头带么儿？少点儿嘛哈！——但你不可以拷问人家的灵魂。

"当然当然……不过你自己不觉得稍微贵了一些吗？"——不可以不可以。什么叫"不过"？什么叫"你自己"？什么叫"稍微"？什么叫"吗"？意思是我不说，你扪心自问，夜深人静的时候你对着镜子、看着自己的眼睛问，用莎翁的口气问。

丹叔叔常常因为在日常里使用异常词句而被误认为外语系或者哲学系的老师，但他实际上是数学系毕业的物理系老师。跟我姨父姨母做了十年邻居，交情极深。我们子侄辈也沾光，大都被他辅导过数学和物理，都喜欢他尊敬他。但背地里也都笑他。我们跟他有一种默契，我们知道他的学问很大很大，大到我们不知道的程度，就干脆忽略不计了，我们也知道我们在他眼里是很蠢的，再努力或者再躲藏也没用，所以也干脆忽略不计了，那么剩下的就是看他的笑话，就像世人津津乐道于陈景润的笑话。而丹叔叔并不以为忤，他连整个世界都能宽恕。

丹叔叔的身世是惨痛荒诞的，俗话说"一个时代的缩影"，用来概括他合适极了。他是大学教授的小儿子，自幼受西式教育，吃饭不能说笑，洗很多澡，送去学田径，弹琴弹的是斯坦威，冬天穿镶毛毛领的西装袄子，常常被牵到耀华吃西餐，等等。所烦恼的就是裤子上没有补丁怎么见同学。然而运动一来，这一切戛然而止，生活的巨变几乎就是一天之内。没钱了，食物不够了，父母生病了，他17岁时父母都去世了。丹叔叔靠做送水工勉强养活了自己，天天吃厚皮菜就稀饭，直到几年后考上大学，有了助学金，进了学生食堂。

他很少谈起往事，顶多提起一两句：你们知道吃不饱是什么感觉吗？但他知道我们不喜欢这个话题。又偶尔对我们这帮半大不小的子侄说：你们万一将来没饭吃，就来找我。我们那时都笑道：没饭吃？那就下碗面嘛！包子也行。他对我们的轻浮愚蠢只是笑笑。

我前几年央他看《三体》，他看了。我问：你为什么没有像叶文洁那样？他很认真地看了我一下，我在他眼睛里看到一种感慨，大约是感慨我们这帮没心没肺的蠢孩子中终于有人问出了一个像样的问题。他说：

"我理解她，但我不会——但我理解她。"

我清楚地记得他这句话里有两个"但"字，和他两手十指交叉挡住自己半张脸的小动作。这使我意识到，我们在他身上发现的种种呆气，滑稽，不合时宜，大概都是一种创伤的反应，他永远没法跟这世界讲和，因为他跟叶文洁是一边儿的。他只是选择不像她那样做，他努力，或者说努力看起来像是，宽恕了这个世界。

咦，我本来是要说他买菜的。

假如看丹叔叔是少爷出身，做派又像陈景润，就以为他在生活上很低能就错了。生活其实是他的强项，因为他用他可怕的专业知识和专业精神生活。

"你说今天这边的红油菜比那边贵一块钱？这个表述非常不严谨啊，首先红油菜本身的质量你没有描述。其次同一质量的红油菜在上午、下午和傍晚是不同价格的。而且贵这个字不够中性，已经带有批评的色彩，这在条件不具备的情况下怎么可以下这样的结论？还有，贵一块钱这个说法很含糊，我建议你采用百分比，相对准确一些。"

这是上周我在菜场见到他时他临时为我开辟的一个论坛。我一直用微笑憋着大笑，像小时候上他的课一样不懂装懂频频点头。

"您买什么菜啊？"我问。

"芹菜啊！"他很热切，我记起来他从来就很喜欢芹菜。"我太喜欢芹菜了，简直莫法。"他承认。

"芹菜也喜欢您。"我嬉皮笑脸打趣他。

"当然当然，这么多年它应该看出来了我是它狂热的追求者。"

丹叔叔的私生活很隐秘，只听说似乎是独身者，但他那么优秀，长辈们岂肯放过他。导师的女儿想留给他。姨妈的干妹子想说给他。邻居的远房侄女忘不了他。还有些学生的家长也惦记着他。然而也听说他只是笑而不允。

看着他一根一根挑选芹菜的专注，和极其克制也克制不住的狂热，我真心希望芹菜能为其精诚所感，转世成人来嫁给他。

在一朵花里遇见

李雪非

　　我喜欢花，喜欢看那些从漫长寂寞里长出来的花蕾，在时光的浸润里缓缓睁开眼睛的样子，她是那么地干净，以至于让你不敢用指尖去碰触。你听得见她芬芳的呼吸，看得见她在晨光里苏醒时娇媚的容颜。她总是安静而缓慢地展开，一层层，一片片，直到每一片花瓣都舒展在温润的阳光里，那鲜嫩的花蕊才扬起脸，等待蜂蝶的亲吻。

　　我相信每朵花都是一个故事，是一段长途跋涉的旅程。从来没有一种语言可以真切描摹花朵初绽时，所有黑暗与寂寞瞬间被点亮的样子。我们从来只看到她外表的娇艳美丽，并不知那深藏在内里的孤寂与寒冷。她是从一粒种子里走出来的。一粒种子，是落进肥沃的泥土还是被风吹送到荒野石缝里，从来不由自己选择。当她终于扎下根，在漫长黑暗里蛰伏生长直到遇见温暖阳光时，便没有犹疑地，只选择开放。风雪中零落一季又一季的绿，抱拥着脚跟的泥土，只等暖风唤醒枝头沉睡的朵朵笑靥。所以，一朵花只是一个故事的高潮，春天因此而来临，秋的果实由此诞生，而所有伏笔铺垫与惊心动魄的情节却隐匿在漫长的冬季，被皑皑白雪覆盖消融，不留一丝痕迹。

　　我相信每朵花里都藏着爱情，藏着前世今生的期盼与等待。为了宿命里的遇见，她一遍又一遍复制自己，日复一日年复一年直到把自己变成一条蜿蜒的花茎，或一片沉默的花海。那含羞抑或灿烂的笑，那低垂的眉晶莹的泪，都是她的诗，她的歌，她的从不喧哗的华美篇章。她把每一个清晨和黄昏装扮成梦中花园，大地甘愿做她的舞台，天空被白云反复描摹成温柔的背景。当风拂过，她总是微微颔首轻舞裙裾，在低首与回眸间，芳香流转，光阴凝聚，一刹那，爱已永恒。

　　我相信一朵花里藏着你我，藏着他、她和它，藏着生命全部的秘密和不为人知的世间永恒。当你的眼神与她相触，你便融入了她。你的心跳你的脚步，你的欢笑与哭泣，挣扎与呼喊，忧郁与迷茫，瞬间都走进她的缄默。她的花瓣多么柔软，使你不敢相信她从坚硬的岩层里走出。当你触摸她，世间所有生命便在指尖温热，万物的苏醒与葳蕤，衰亡与新生，命运不可预知的洪流，灵魂永不停息的吟唱，轮回里不变的誓言，都归于她的真她的善与美，归于她的沉寂。无论含笑枝头还是零落成泥，她始终是安静的，时光在她容颜里衰老，而生命已抵达永远。

　　我相信一朵花里藏着一个世界，一个辽阔深邃而又丰繁无比的宇宙。贴近一朵花，你会嗅到泥土亿万年沉淀的芬芳，那是大地孕育万千生命的深沉与温柔，是地层历经千万次裂变的疼痛与新生。你会听见寒武纪大海的浪涛此起彼伏，奥陶纪末冰层撞击岩石的砰砰巨响，第四纪鸟儿啁啾虫儿低吟，听见悠长岁月的喧哗与沉默，寻觅和遗忘。一朵花里有一片无垠的天空，盛着日月星辰无量的光芒与温暖。阳光是清晨的厚礼，在她浅浅的笑靥里酝酿成一闻就醉的酒。她如此贪恋阳光，正如贪恋爱情，贪恋孤独中一个深情的拥抱，和那万世轮回里不变的温暖。多彩的阳光是她生命的颜色，是无论怎样的境遇里都怀揣的梦想与触手可及的真实。而黑夜，在她无边的寂寞里缀上月亮和星星，不必抬头，就能看见它们的微笑，那是亘古不变的爱，寂静深处的思考，无垠时空里遥遥相对的眼神，穿过茫茫星云，穿透宇宙黑洞，在幽微与深邃里抵达最初的真实与最终的归宿。

我喜欢花，喜欢她在暖暖阳光里静静开放的样子，也喜欢她在风中悠悠飘落的样子。她开在尘埃，开在空寂；开在眼前，开在渺远。在一朵花里，我遇见了真，遇见了幻，遇见了生与灭，遇见了过去、现在和未来，遇见了无边的时空。在一朵花里，我看见，生死同一，天涯咫尺，刹那永恒。

伞

影

　　每每在春雨飘然的夜色里，眼前便晃来一片片伞影。红的、绿的、灰的，唯有那片沉沉的黑色，总是在眼前晃着! 晃着! 勾起我挥不去的思忆。

　　二十世纪的七十年代，我在社队企业出公差，既不是工人，也不像农民，大家有时自嘲地笑着说，工字出了头，还是个土字。但这些土人从事的并非祖宗传下来的农活，成天风不吹雨不洒，脚不沾泥，很让人羡慕。那时的公社采石场，起初专门炸片石，卖给山坡机场砌墙脚，后来与武钢签订了加工耐火炉石的业务。虽说片石照卖，主业却以加工石器成品为重心。当时要挑选一批青工学石匠，看是技术活人人都抢着做。我家成分不好，首先难过政审一关，但我人缘很好，后来几经领导变通，暂作试用，才最终入选当了学徒。

　　相传石匠是鲁班的大徒弟，论工艺是一项顶尖的技术活，很多古代石雕，都成了祖国的艺术珍品。比如狮子含绣球，球嵌在狮子的口中能任意转动却取之不出；用一整块石头雕成一把算盘，珠珠能拨动演算，却拆之不散；还有不用墨斗弹线，凭手感用钢钎低头朝后打，直凿出一条长度超过十丈似光射而不曲的线条……尤其后者，看似简单，若无超人的心智与炉火纯青的功夫绝难做到。这些精湛的工艺，深深地吸引着我。从师几年，我不仅能打出一些小巧玲珑的石器，且掌握了浮雕的入门功夫。从磨刀石上的小花小草到门楼匾额上的龙凤鸟鹊，从各种动物到繁复的碑文……我从众多青工中脱颖而出，师傅们给我起了个"一把锤子"的绰号，特别是年轻人喊得最起劲。

搬石头是份力气活，起初，场里全是男工没有一个女人，我们都将采石场自封为"快乐的和尚庙"，快乐地说话历来用不着顾忌。既然是一群和尚，还怕什么风月呢？

后来，一场洪水淹没了农场，场里分来了几个女工，一向平静的生活便掀起了涟漪。双十年华的岁月，浑身散发青春的气息，爱美、爱俏，青年人本能地不甘落后。我穿下装爱着黑色，那时，花掉一个月的津贴，才能穿上一条新裤子。有一天我去石垱里抬石头，上坡时脚下滑了一跤，把新裤子摔破了，膝盖处洞开了天窗。瞅着那个漏风的洞，我一声不吭地脱下新裤子，无奈中又换上了那条旧的。第二天傍晚，心中勾起那个破洞，顺手拿起裤子再瞧瞧，原来随手窝在床边的裤子，却被整整齐齐地叠在床头边。抖开一看，破洞不见了。从那天起，我换下的衣服，总是被人悄悄地洗净又叠好送回床边。

那天，我二十岁生日，下午放工我便请了假，回家看看父母。第二天回场，夜来不经意翻动枕头，见一幅白绸子上绣着一对栩栩如生的鸳鸯，不由暗感新奇。美丽的羽毛，欢活的情调，并蒂莲花芬芳四溢，一派生机盎然。绿草飘荡，小鱼戏水，构思精细，针法灵巧，方寸之间流动着爱，我不禁怦然心动。倚在床头，思绪万千，一夜梦在玫瑰色的诗意中。

那段火红的年月，生活色彩单调，男人穿着清一色的国防服或中山服，女性也提倡不爱红装爱武装。那年冬天，流行一种新款的猴式棉袄，反卷的棕色毛领，蓝色的卡机面料显得很阔气，那种时髦的服装让鄂南煤矿的一些青工几乎都成了帅哥。农村的青年大多只有望洋兴叹的份，偶尔有一两个干部子弟能穿上一件猴式袄，就顿时变成鸡群中的鹤了。我看着眼馋，便把平时的积蓄全掏出来，去百货店里买了一件。穿上新袄子，沐着温暖的阳光，走在回场的路上，脚步比往日轻快多了。正当我走上龙王庙水库的斜坡上，突然与她对面相迎。"好漂亮啦！"看她如花的笑容与夸奖，我的脸唰的一下全红了。因坡路太窄，我主动站在路边，她带着微笑像一缕春风般飘近前来，突然伸出两手捧着我的脸，疯狂地献给我一个吻。她出乎意料地大胆，霎时如春雷贯顶，令我在欢快的震颤中傻了眼。一吻过后她头也不回地飞奔而去，望着她如烟飘远的背影，回味中我举目四望，幸好周边无人。那时，还不兴涂口红，我的唇间却留下了一片销魂的悠香，还有那片永远烙在心中的初吻。

世上没有不漏风的墙。生来缺少放荡不羁的个性，一贯处事略偏谨慎，近来与她触电的事我绝不会张扬，相信她也不会随意露风，每次走进我的寝室或靠近我，她都备好了一个阳光般的理由。日子并不太久，微微的风雨就在我们的侧面或背地里飘来，特别是我与她同在的场合，有些人就用探照灯似的眼光轮换着在我们的脸上扫描。我只好借故埋着头，使劲地挥动铁锤，用铿锵的敲击声淹没难以镇定的窘态。

在一个美丽的夏夜，男男女女十几号人，都散坐在场前那块平坦的草地上。记不起是谁提的头，也不知话题怎样就转到了摔跤的游戏上来。很快有一两双对手走进场中，战火虽然瞬间燃起，不到几个回合便草草收场。从来不爱起哄，我也没有太多的失望，安然靠着小椅，任微风吹拂着凉意。后来，我记得还是那个滑稽多舌的炳，在挑逗中煽动她与我挑战，情势急转直下。慌乱中我仔细思索，只要能牢牢地稳住阵脚，她应该不会主动请缨，如此一想，心中便已泰然。那天大家似乎出奇地兴奋，掌声，笑声，嘀嘀的起哄声不绝于耳，一浪高过一浪。她显然已激动，一副跃跃欲试的样子，我心中暗呼不妙。大家一边倒地为她呐喊助威，用贬义的言词与眼光来刺激我。此时，我才觉察到这有点像个早已布好的局，醉翁之意不在酒，起初那几场只是序幕。她已经从座椅上站起来，浑身都被激情鼓荡着，眼看她一步步地踏进局中，心想这下可完了。她终于冲破了女性柔弱的防线，毫无顾忌地走到我的面前。战火只在千钧一发，我极尽所能地用目光与她传递着抑止的信息，盼她赶快恢复平静认清这个局，不然就晚了。正所谓当局者迷，一切都无济于事，她已经主动地拉住了我的手，我也被迫地卷进了局中。事已至此，我想虚迎几招敷衍过去，结果却为我始料不及，她紧紧地攥着我，无论如何都甩她不脱，不由人心中犯急。要用力甩脱她并不难，只怕万一有了伤害，我于心不忍。我们俩像粘胶一样黏在一起，单薄的衣衫早已肌肤相接，摩擦的热度如触电般传遍全身，连心跳的频率也已清晰可闻。场面上的情绪达到了空前的热烈，欢呼声、尖叫声如大海狂澜。成功者的骄傲，围观者的雀跃，入局者的痴迷，把大伙都淹没了。这没完没了的战局应该尽快鸣金收兵，孤掌难鸣的滋味，使我生平第一次感到两难中的无助。她将我攥得更紧了。我理解她，她眼中放出的光芒，她那超越女性的胆色与不懈的力量，均来自人类不可抗拒的天性。她压抑得太久了，想借今天突如其来的机遇，喷发久憋心中的火焰，陷入局中也在所不惜。明知别人布了局，她却想将计就计而以真作假。虽然落入局中，我心中一直很清醒。突然想到挠痒是少女通性的弱点，于是便悄悄地把手伸到她腋下。她开始慢慢颤抖，尔后痉挛，却依然不甘松手，直至在几乎虚脱中才落下这场战局的帷幕。看她无力地坐在草地上，怜惜中也不便抚慰，我独自走回宿舍。那天我一夜无眠。

在一个春风催着春雨的傍晚，我们跑到几里路外的省煤矿看露天电影。一部《闪闪的红星》像一把火，把大家都烧热了。临近电影场，她一把拉住我，两人相靠在最后角的那棵电线杆旁，她小鸟依人般偎在我的肩头，悠悠的气息在脖颈间缭绕。

曾经几次，她邀我去月光下散步，我都忍心地婉拒了她。那时家庭成分不好，她又是军人的未婚妻，弄不好不仅毁却一生的前程，抑或还有牢狱之灾。我不能拿青春去赌博，只好狠下心来，任凭心中碧波千顷，面上也要佯装不解风情。虽然心中有谱，但我总害怕对视她的目光，生怕自己的防线崩溃，又怕伤她太深。

电影看了一截，她用柔柔的纤指在我肩上一捏，轻声约我回程。看她两只流着火花的眸子，我触觉到那股即将爆发的激情，两颗心在剧烈地碰撞着。这种来自生命深处的冲击，如泥石流般势不可挡。我浑身燥热难耐，体内如万蚁游走，麻麻酥酥的痒痛滋生石破天荒的欲渴与亢奋。顷刻间，理智与信念却又牢牢地筑起了一道铜墙铁壁，我的思意被无情地抛在高高的浪尖，又重重地摔在铜墙铁壁之上。心中似有一位狂人在疾呼！千万、千万不要……

一场猛烈的暴风雨终于艰难地过去了，我强拥着刚刚复归的平静，木然地向她摇了摇头。

摇篮里缔结的亲事像一副沉重的枷锁，给了她无边的压抑与痛苦，她试图冲破那道世俗的篱笆，企望我给予她以热情与力量。可是，我却不能。我感念她的爱，却只能把她那份真情锁进心里，辜负了她一颗炽纯之心，我只能让自己心痛。仁慈的主啊，让她快快退出爱的误区，请给她以帮助与幸福吧！

她独自站在路旁足有一刻钟，见我无动于衷的样子，她眼中噙着泪，随着一声低得只有用心灵才能听见的叹息悴然而去。她手擎着那把黑色的雨伞，伞影在我眼前晃着！晃着！终而消失在春夜的雨幕里。

做个书香女人

她阅读·情感卷

梅玉荣

很喜欢一句名言："假如你有两块面包，请你用一块换一朵水仙花。"这世间，温饱之上，必是对美与爱的追求。于我而言，滋养我心灵的"水仙花"便是阅读与写作。

早在读书时代，我就喜欢文学，尤其是诗歌，喜欢顾城的浪漫、舒婷的自信、北岛的大气、海子的忧伤。那时的我，爱做迷离的梦，常有莫名的思绪和朦胧的理想，与志趣相投的同学谈诗谈艺谈人生。在一阵诗歌浪潮的席卷之下，"席慕蓉"这个名字进入了我们的视野。这是个奇异的台湾女子，祖籍内蒙古，深受中西方文化的熏陶，有着良好家教和幸福婚姻，她以其丹青般的妙手，为女孩子心中共同的"心灵庄园"抹上了油画般的色彩，添上了牧歌样的情调。

当时，我和一群同龄人都为之倾倒。一时间，她的《七里香》《无怨的青春》《时光九篇》被争相探讨，辗转传抄。"溪水急着要流向海洋，浪潮却渴望重回土地"，"在绿树白花的篱前，我们曾那样轻易地挥手道别"，"当你走近，请你细听，那颤抖的叶啊，是我等待的热情"……至今，我还能随口念出这些让当年的我感动不已的诗句。凄美的离情被永恒定格，再也无法忘记；随着时间的流逝，我们才知道岁月风沙可以掩盖任何妄图挽留的脚印；那一丝怦然心动的感觉，永远铭刻在青春的版图上。

阅读，是我恒久不变的习惯。我从小酷爱古典诗词，有意无意背诵了许多，也读一些世界名著，为自己打开无数张望多彩世界的窗户。读陶渊明，我似乎看到他"采菊东篱下"悠然闲适的身影；读鲁迅，我感受到深沉热烈的爱国情感；读鲍尔吉·原野，如掬起一捧清新纯朴的泉水，洗掉心灵的俗尘；读泰戈尔，我发现这位亲切的老人有一颗多么可爱的童心；读梭罗，我似乎看到一个澄澈的瓦尔登湖……

我一直比较执着于"捧书而读"的阅读方式。虽然经常在网上广览美文，感受无纸化阅读的方便快捷，然而在潜意识中，又觉得这种方式有些缺憾：文章美则美矣，却因屏幕之隔，给人一种莫名的排拒感。真正的书籍则不同，一册在手，首先动人心神的，是它厚重可触的质感，摩挲其封面，轻捻其内页，会因亲密接触而带来无尽的满足。翻动书页时，那清亮而妥帖的"哧啦"声，有如朋友的一声轻唤，那是心灵与书页的对话，是时间与空间的交融。然后，当你全心投入书中，定然忘却周遭世界，如莲步款款，渐入花丛。

不知为什么，我最喜欢夜读。经典的醇香常在深夜散发。夜虽静，却可以听到金戈铁马的厮杀，听到情侣爱语的缠绵，花开花落的呓语，禾苗拔节的响声，岁月车轮的碾压。静夜读书，城市的喧嚣越来越远，心中的那个世界却正是春暖花开。那种天人合一的意境，恐怕只有在真正的夜里才能达到。

"醉挽清风织帐幔，漫裁明月作天窗。"这是我曾写过的两句诗。清风明月相伴，坐拥书城而乐在其中，该是人生的一大享受吧。世间太多名利纷扰，让人不胜其累，书中却有如许清风天地，明月乾坤，走进夜的湖心，走进书的世界，别是一番胜境，怎不令人陶然?

　　人各有所好，很多女人喜欢美食，喜欢华服，喜欢逛商场，喜欢美容院。我也喜欢这些，但我最喜欢的，还是读书。我认为，书对女人来说，在于心灵的熏陶，在于气质的培养，在于神韵的修炼。读书的女人，心有琴弦，纵然是独自漫步，也并不寂寞孤单，有清风明月邀约，有花香白云为伴。读书的女人，心有一盏明灯，守得住心灵这个宁静的港湾。

　　与书为伴，心灵不会倦怠，智慧不会枯涸。我愿做一个满面春风、内心清澈的人。

　　同时，我也是一个游走于文字间的女人，我热爱写作，正像作家乔叶所说，"这种爱，古典得像一座千年前的庙，晶莹得像一弯星星搭起的桥，美好得像春天初生的一抹鹅黄的草。"在无数个静谧的夜晚，或悠闲的午后，一边品茶，一边在电脑上写字。写每一个花开的细节，每一个落雪的日子；写对生活的点滴感悟，对人性的迷惘思考，对善良的真诚感动；写围炉夜话的温馨，夏日煮粥的惬意，春夜烹茶的沉醉……在文字的草原上流连忘返，心儿轻柔，如曼妙的绸带飘起，直上云端。

　　文字是一剂时间的良药，可以医治创伤，抚平郁闷。小心地捧着"文字"这团火焰，凭着它的光亮的引导，足以找到自己精神的家园。

　　而游走在文字间的书香女人，可以用另一只眼睛看世界，独拥一份广博的心灵天空，享有加倍的人生蕴藉，这份幸福，自知，自足。

她阅读·情感卷

第五章　情巷深深

暮色中的炊烟

她阅读·情感卷

迟子建

炊烟是房屋升起的云朵，是劈柴化成的幽魂。它们经过了火光的历练，又钻过了一段漆黑的烟道后，一旦从烟囱中脱颖而出，就带着股超凡脱俗的气质，宁静、纯洁、轻盈、缥缈。

炊烟总是上升的，它的气息天空是最为熟悉的了。但也有的时候气压过于低，烟气下沉，炊烟徘徊在屋顶，我们就会嗅到一种草木灰的气息，有点微微的涩，涩中又有一股苦香，很耐人寻味。

这缕涩中杂糅着苦香的气息，常让我忆起一个与炊烟有关的老女人的命运。

在北极村姥姥家居住的时候，我喜欢趴到东窗去望外面的风景。从东窗，还能看见她家的木刻楞房屋。这座房屋的主人是个俄罗斯老太太，我们都叫她老毛子。她是斯大林时代避难过来的，她嫁了个中国农民，是个马夫，生了两个儿子。那个在北极村的儿子为她添了个孙子，叫秋生，秋生呆头呆脑的，他只知道像牛一样干活，见了人只是笑，不爱说话，就是偶尔跟人说话也是说不连续。秋生不像他的父母很少登老毛子的门，他三天两头就来看望他的奶奶。除了他，老毛子那里再没别人去了。

　　那时中苏关系比较紧张，苏联的巡逻机常常嗡嗡叫着低空盘旋，我方的巡逻艇也常在黑龙江上徘徊。不过两国的百姓却是友好的，我们到江边洗衣服或是捕鱼，如果看见界河那侧的江面上有小船驶过，而那船头又站着人的话，他们就会和我们招手，我们也会和他们招手。

　　那时村中的人很忌讳和她来往，因为一不留神，就会因此而被戴上一顶"苏修特务"的帽子。她也不喜欢与村中人交往，从不离开院门，只待在家里和菜园中。她个子很高，虽然年纪大了，但一点也不驼背。她喜欢穿一条黑色的曳地长裙，戴一条古铜色三角巾。她的皮肤非常白皙，眼窝深深凹陷，那双碧蓝的眼睛看人时非常清澈。我姥姥不喜欢我和她说话，但有两次隔着栅栏她吆喝我去她家玩，我就跃过栅栏，跟着她去了。我至今记得她的居室非常整洁，北墙上悬挂着一个座钟，座钟下面是一张紫檀色长条桌，桌上喜欢摆着两个碟子，一只装着蚕豆，一只装着葵花子，此外还有一个茶壶、一个茶盅和一副扑克牌。这些东西展现了她家居生活的情态，喝茶，吃蚕豆，嗑瓜子，摆扑克牌。她把我领到家后，喜欢把我抱起，放在一把椅子上。我端端正正地坐着的时候，她就为我抓吃的去了。蚕豆、瓜子是最常吃的，有的时候也会有一块糖。与她熟了后，她就教我跳舞，她喜欢站在屋子中央，扬起胳膊，口中哼唱着什么，原地旋转着。

　　她旋转的时候那条黑色的裙子就鼓胀起来了，有如一朵盛开的牵牛花。北极村的很多老太太都缠过足，走路扭扭摆摆的，且都是小碎步；而老毛子却是个大脚片子，她走起路来又稳又快，我那时把她爱跳舞归结为她拥有一双自由的脚，并不知道一双脚的灵魂其实是在心上。

　　那些不上她家串门的邻居，其实对老毛子也是关心的。他们从两个途径关心着她：一个是秋生，一个就是炊烟了。人们见了秋生会问他：秋生，你奶奶身体好吗？秋生嘿嘿地笑，人们就知道老毛子是硬朗的。而我姥姥更喜欢从老毛子家的烟囱观察她的生活状况，那炊烟总是按时按晌地从屋顶升起，说明她生活得有滋有味的，很有规律。大家也就很放心。

老毛子在冬季时静悄悄地死了，她是孤独地离开这个冰雪世界的。那几天秋生没过来，人们是通过她家的烟囱感觉她出了事的。住在她家后一趟房的人家，每天早晚抱柴生火时，总要习惯地看一眼老毛子的烟囱，结果她连续两天都没有发现那烟囱冒出一缕炊烟，知道老毛子大事不好了，于是喊来她的家人，进屋一看，老毛子果然已经僵直在炕上了。

从那以后，我再也没有在暮色苍茫的时分看到过那幢房屋飘出炊烟，尽管村子里其他房屋的炊烟仍然妖娆地升起，但我总觉得最美的一缕已经消逝了。

生
命

地阅读·情感卷

Love

韩少功

　　你看出了一条狗的寒冷，给它垫上温暖的棉絮，它躲在棉絮里以后会久久地看着你。它不能说话，只能用这种方式表达它的感激。

　　你看到一只鸟受伤了，将它从猫嘴里夺下来，用药水疗治它的伤口，给它食物，然后将它放飞林中。它飞到树梢上也会回头看你，同样不能说话，只有用这种方式铭记你的救助。它们毕竟是低智能动物，也许很快会忘记这一切，将来再见你的时候，目光十分陌生，漫不经心，东张西望，追逐它们的食物和快乐，它们不会注意你肩上的木犁或者柴捆。它们不会像很多童话里描述的那样送来珍珠宝石，也不会在你渴毙路途的时候，在你嘴唇上滴下甘露。它们甚至再也不会回头。但它们长久地凝视过你，好像一心要知道更多关于你的事情，好像希望能尽可能记住你的面容，决心做出动物能力以外的什么事情。

　　这一刻很快就会过去。但有了这一刻，世界就不再是原来的世界，不再是没有过这一刻的世界。感激和信任的目光消失了，但感激和信任弥散在大山里，群山就有了温暖，有了亲切。某一天，你在大山里行走的时候，大山给你一片树阴；你在一条草木覆盖的暗沟前失足的时候，大山垫给你一块石头或者借给你一根树枝，阻挡你危险地下坠。在那个时候，你就会感触到一只狗或一只鸟的体温，在石头里，在树梢里。

你不再感到孤单的危险，你能感到石块是你的血肉，树梢是你的肢体，而你的一声长啸或大笑其实来自大山那边的谷地。你早应该知道，科学的深入观测已经证明：植物其实有感情，也有喜爱和快乐的反应——当你为之除虫或授粉；也有恐惧和痛苦的反应——当你当面砍伐它们的同类。它们在特殊的"心电仪"和"脑电仪"里同样神绪万般，只是无法尖叫着拔腿而逃罢了。你还应该知道，科学的反复试验还证明：大地同样是"活"物和"动"物，只要你给它们足够的高温，比方说给它们太阳表面的炽热，它们就会手舞足蹈，龙腾虎跃，倒海翻江，风驰电掣，同样会有大怒的裂爆或者大爱的聚合，其"活"其"动"之能耐，远非人类可及。它们眼下之所以看似没有生命的蛰伏，只不过是如同动物的冬眠和植物的冬枯——地球的常温对于它们来说过于寒冷，正是它们的冬天。

你是人。其实人只是特定温度、特定重力、特定元素化合一类条件下的偶然。因此相对于大地来说，人不过是没有冬眠和冬枯的山；相对于植物来说，人不过是有嘴和有脚的树；相对于其它动物来说，人不过是穿戴了衣冠的禽兽，没有了尾巴却有了文字、职位、电脑以及偶尔寄生其中的铁壳子汽车。人是大地、植物、动物对某个衣冠者临时的身份客串，就像在化装舞会上有了一个假面。

你抬起头来眺望群山，目光随着驮马铃声在大山那里消失，看到起伏的山脊线那边，有无数的蜻蜓从霞光的深处飞来，在你的逆光的视野里颤抖出万片金光，刹那间洒满了寂静天空——这是更大的一扇家门向你洞开，更大的一个家族将把你迎候和收留——只需要你用新的语言来与骨肉相认，需要你触抚石块或树梢的问候。你知道。

闷
骚
也
须
防
伪

地
阅
读
·
情
感
卷

毛
甲
申

　　那天看见一个笑话说，一面墙上画了夏娃，取材她刚刚吃了苹果有了差耻心之后，摘三片绿叶子遮住了裸体上的三个敏感部位。一个男子搬个小板凳坐在画前，别人好奇问他干什么，他认认真真地说，等秋风。

　　这个笑话，让我想到了伪闷骚男人，那一句"等秋风"，除了文艺内敛，还包藏色心。之所以说是伪闷骚，是因为这是一种投机，一件外套，一种装扮。

　　而真正的闷骚却湮没在尘世之中的名器，没有什么可以掩盖它的光采的神韵。比如金岳霖，发乎于情，止乎于礼，他认为那只是他自己的事，在林徽因面前，他愿意做爱情的邻居。

　　他爱林徽因，林却是梁思成之妻，他顾不上了，只是爱，仅仅是爱。梁思成二任妻子林洙在书里写道：我曾经问起过梁公，金岳霖终身不娶的事。梁公笑了笑说：……我们三个人始终是好朋友。我自己在工作上遇到的难题也常去请教老金，甚至连我和徽因吵架也常要老金来"仲裁"，因为他总是那么理性……

　　这是真闷骚，真风流。而伪闷骚，其实，就是一种迂回，闷是过程，骚是目的。这个过程夹杂了低调，夹杂了战术。

就像风骚不分男女，闷骚也是一样的，但这里按下不表，只说伪闷骚男人。闷骚男人从奶油小生花花公子中杀出重围，让女子刮目相看惊呼连连，原来世上真有一种内敛温润的男子，那么特立独行。立刻喜欢上了。于是，就有男人装闷骚浑水摸鱼，尝闷骚的甜头！

看到一个故事，一个女子喜欢上了一个沉默的男子，他的目光不友善也不凶狠，不天真也不城府，他还长着一张禁欲的脸。

她示爱，他不接受也不拒绝，其实眉里眼里也有欢喜。她继续爱，或投怀或送抱，他接受，但是从来不主动，有时会叹息一声，问他为什么叹息，得到的却是第二声叹息。女子以为爱是利器所向披靡，到床边了。那男子说，我有女友的，只是不在身边。女子不管不顾说，只是爱他，给竞争一次机会。用矫情的话就是，我爱你，与你无关。男人长长松了一口气，全身投入。女子的感觉如同电影《夜宴》里章子怡跟葛优说，叔叔，你可真会伺候女人。这句话可以成为伪闷骚男人另一面的写真。男女之事开了头，接下来中心思想比较明确了，爱得风生水起。某一日，她去他住地找他，看见另外一个女生。他跟她介绍说，这是我女朋友。而介绍她是这样说的，这是我的一个朋友。就这么一句，干脆利落地撇清了他和她的关系。她不甘心，问他为什么。他沉默，她再问，他说，不为什么。她只能退出，打碎了牙齿朝肚子里咽。

这样的伪闷骚男人，其实就是一只蜘蛛，他织了网，然后坐享其成。或者就像宋国那个守株待兔的人，看上去神秘另类，撞上来的兔子那是一个活该。他的所有低调，用一句形象俗话来说，就是闷头鸡子啄白米，得手是主要目的。

这类男人的典型特征就是，不主动不拒绝不负责，三不男人。他当自个是普照的灯，把女人当飞蛾，你愿意扑火，请便，他摆明了受伤也好，烧死也罢，他觉着自个还是被动的，他不管。

还有一种伪闷骚男人，专挑良家妇女下手，相对上面的"三不"男人还要凶险。他们同样不负责，而这个不负责，建立在制约上，谁来制约呢？当然是良家妇女的婚姻，她的丈夫，甚至她的孩子。于女人来说，整个过程，就是一个哑巴吃黄连。

红杏枝头春意闹，他们所做的就是，等待，红杏未闹，少安勿躁。红杏一闹，立马报到。他们是投机分子，明白女人心思，找到婚姻小小的破绽，然后放大，并且钻成空子！

不可否认，闷骚男人有些神秘，像是一个包了很多层纸的糖，让人有打开欲望，或者像是一个古老的谜语，总让人有掀翻老底的冲动。

问题是，不管是甜蜜还是苦涩，不管猜得中还是猜不透，不说验明正身，起码得弄清这个男人的来历出处，而不是盲目投入。爱情这件事，同心同力，一个巴掌如果拍得响，那是自欺欺人。

一句话来总结，明骚易躲，闷骚难防，伪闷骚更难防。

树丛中的红枫

地园读·情感卷

林师

　　我家的楼前楼后各有一片小树林。当然，这几片小树林都是人工移植到小区的。当年挑选这个小区作为安家的所在，就是看中了这里的绿化。对久居城市的人来说，能够出门见绿，出门见草木，是一种奢侈，更是一种幸运。小区的绿化在我们这个城市里算得上是一流的。移步户外，虽然不能说步步是景，那是夸大其词；却也可以称得上是美不胜收了，这是实话实说。

　　小树林的面积不是很大，甚至算不上大。但树木品种繁多，少说不下二三十种。除了桂花树、柚子树、山茶、紫薇、广玉兰、棕榈、香樟等十来种我叫得上名来，多半出离了我对植物的认知。尽管我对植物知识孤陋寡闻，却打心眼里对树木喜爱有加。我始终认为，草木单纯，没有人心的芜杂。那些绿色的、经络分明的叶片，载着满满的自信，吸纳阳光的暖，汲取月色的美。令我最为喜爱的，还是它们那纯净不染的心。每当心浮气躁，我便会把目光投向这片小树林，一种清新澄澈之感，看似不经意，却在刹那间温润了眼眸。那种舒心的安然和沉静，不可言说。

　　小树林中间植着一棵碗口粗细的小枫树，枫树虽然小，却也枝繁叶茂，持了它的秉性。这是我去年深秋时节的偶然发现。

现在的四季不再分明，尤其是江南的秋天，总会或多或少存留着夏天的影子。没有几场威风凛凛的寒霜，它是绝不会轻易就屈服的。只有过了"霜降"的节气，真正意义上的秋才会服帖地俯首称臣，才会显现出肃杀的景象，满地横陈着被霜箭射落的枯叶。

霜降之前的某一天，具体时间我记不清了。那一天下楼散步，从小树林边走过，一处让人心动的美景猛然撞进怀来，先是意识张口结舌，后是瞳孔蓄满惊叹。这极致的美，来自树丛中的一棵红枫。时值深秋，它兀自傲立着，犹如一个酩酊的醉汉，脸膛酡红，在风中摇摇摆摆难以自持。周边树木的绿色已经消失殆尽，取而代之的是黄、褐的色系。在一片黄色和褐色的包围之中，猩红的枫叶愈发显得独树一帜、鹤立鸡群般抢眼了。枫树会不会开花我不知道，反正我从未见过枫树开花。我就想，这满枝满桠的红叶大概就是枫树的生命之花吧。

其实，这棵枫树多年前就一直生长于此，只是我每每走过都因步履匆匆而忽视了它的存在。我不由得惶恐起来。有些事情清清楚楚就在眼前，细枝末节纤毫毕现，而我却居然看不见，这不是一般的心不在焉。我的麻木和疏忽让我顿时有了一种歉意，就像是错失了一件珍贵的事物。这种歉意是对自己的，当然也是对这棵红枫的。我由此联想，人真的很容易陷入生活的乏味感，很难从新鲜的角度来感知当下，甚至说不出今天和昨天的差异。这不能不说是一种感觉危机，至少不是一种好的感觉。

小树林的花魂树魄给了我无穷的遐想和启示。我们生活的这个世界真的不缺少美，而是缺少发现美的眼睛和感知美的心。让自己安静下来，让自己慢下来，留意一些往日忽略过的美，就不难发现，生活其实是宽宥的，待谁都不薄，一视同仁，更不会厚此薄彼。在简静的岁月里，安排好自己的一颗心，一半浅喜，一半深爱，就可以将琐碎的日子过出新意。

梦里苦楝花

　　农村长大的孩子可能都有关于苦楝树苦楝花的记忆，那就像苦楝果是苦，而苦楝花却异常美丽一样，艰难和希望始终相伴在我们每一个寻常的日子。

　　童年的记忆，是苦楝的记忆。在故乡，每个父亲或母亲都要为孩子种下一株苦楝，每个孩子窗前都站着一株苦楝。花开时节，村里村外飘满淡淡紫色"云朵"，弥漫着沁人心脾的清香。爱美女孩把它采下来，插在玻璃瓶里，装饰素朴的青春梦。等到苦楝结果，那圆溜溜绿油油的楝果便成了男孩们的弹珠和子弹，满地滚着，漫天飞着，欢乐了清苦的童年。我和一些女孩时常羡慕那些男孩可以爬到苦楝高高的枝丫上，威风凛凛，仿佛君临一切。而我们却听到这样的告诫：女孩不可爬树，会把树"气死"的。我们不信，趁大人不在，偷偷学着爬。终于学会了，终于可以坐在那梦寐以求的枝丫上了，然而我的心咚咚直跳，眼睛直着，往下瞅一眼都不敢。我才明白，坐在高处并不是一件美妙的事。幸好那树没有被"气死"。后来上了小学，操场边上一排高大的苦楝，站成一道绿墙，是孩子们的天堂。一下课，男孩女孩蜂拥而至，抢占枝丫，我也跟着爬，渐渐不再害怕，渐渐越爬越高，渐渐感受到触摸蓝天白云般的快乐。那时候流行电影歌曲，女孩们就坐在树上赛歌，那歌声一阵高过一阵，直冲云霄，久久回荡。当然，最美莫过于和妹妹一起坐在树下分享三分钱一支的冰棒，你舔一口，我舔一口，那甜美滋味，永生难忘。

农家孩子早当家。特别是家中长女，七八岁就得学做饭。我也不例外。第一次做饭的经历惊心动魄。记得当时我将米下到铝锅里，心里想着煮米需要较长时间，就和妹妹出去玩，也没什么好玩的，我们就举着竹篙敲楝果，装在大大的玻璃瓶里。不知过了多久，猛地听见邻居大喊大叫，我才发现我家厨房浓烟滚滚。火是灭了，那只铝锅，被烧焦了，那锅饭，也成黑炭了。母亲第一次打了我，那疼啊，刻骨铭心。后来我做事再也不敢贪玩了。再后来一次做饭不小心，将一锅稀饭弄泼了，烫伤了手臂。我以为母亲回来会责怪我，可她哭了，把我紧紧抱在怀里。

这样的记忆，何止我一人！如果成长是一幅不断更新的画，苦楝便是那不变的背景。苦楝承载着多少农家孩子童年的苦与乐啊！据说现在农村有人认为门前种苦楝不吉利，然而喜鹊又最爱吃楝果。这"苦"与"喜"啊，竟如此难以分割。有如人生，苦乐无常。在故乡，家家户户都种苦楝，都习惯于叫它"楝树"，人们避讳一个"苦"字，是苦怕了，穷怕了。

那饥饿难耐的年代，野菜被吃尽后有人尝试用有毒的楝果充饥，那苦啊，仿佛烙在灵魂深处，永生难忘。母亲记忆里，年幼的小舅面黄肌瘦，在田埂找吃的，走着走着就歪倒了。饥荒之年，多少生命走着走着就倒下了。那颗粒无收的田野，只有苦楝，茕茕孑立，一如既往开花，结果，开花，结果。我瘦弱的小舅有幸活了下来，长成大树，后来参军，在越南战场立下汗马功劳。后来转业进国企，后来下岗，饱尝人世艰辛与苦痛。

　　贫穷与饥饿，是不能结痂的伤疤。我祖父29岁离世，年轻的祖母没有能力养活一群孩子，有好心人上门说亲，劝她将八岁的姑妈送给人家做童养媳。姑妈得知，偷偷跑到村外池塘边，想一死了之，可她害怕水里蚂蟥，只好用手帕蒙住眼，蒙了又解开，解开又蒙上，如此三番五次，最终还是一路抹着眼泪回家了。一个小小女孩，灵魂经历生死挣扎后便格外坚强起来。姑妈清楚地记得祖父临终前说过的话：宁可把儿子送给人放牛，也不把姑娘给人做童养媳。祖母终究没有把姑妈送走。为了一家人活命她不得不带着小叔小姑远走他乡。大伯在外求学不能顾家，年幼的姑妈带着我父亲，姐弟俩相依为命，把极度贫穷的日子过得井井有条。虽然总是饿肚子，但灶门口柴草总是堆得很高很高。那窗前屋后苦楝的残枝枯叶给了孤苦无依的孩子多少温暖啊！那时候姑妈和父亲都在上小学，从来没有课本，总是一本一本抄写。姑妈至今仍为父亲连跳两级而骄傲。父亲一年四季只有一双套鞋，下雨穿，天晴穿，磨破了，打补丁，直到长大的脚再也撑不进去。姐弟俩如苦楝，自生自长，抽芽发叶，开花结果。祖母终于回来，儿女渐长，一大家子人，窄屋浅房住不下，不到二十岁的父亲挑起大梁做房子，那株最大的苦楝无怨无悔用血肉之躯撑起屋脊，撑起一家人的生活与希望。如今均已古稀之年的姑妈和父亲坐在一起拉家常，谈起那段往事总是泪水和着笑，笑里和着泪水。

　　苦楝是苦难记忆里一抹温暖的绿，是父辈在贫穷困苦里种下的春天，是乡村不绝的风景。我相信每一株苦楝都是一个灵魂，受苦受难却坚强不屈的灵魂。春夏秋冬，它默默扎根默默生长成荫默默开花结果，它把所有苦都集聚于小小果实里，从来不曾诉说。它落在哪里就在哪里生长，不能选择出生，却执着地选择自己的活法。它是满脸沧桑安详慈爱的祖父祖母，是勤劳质朴坚强隐忍的父亲母亲，是祖祖辈辈扎根泥土的深情和无尽苦难里从未磨灭的梦想与希冀。

20 世纪 70 年代初出生的孩子没有真正尝过饥饿的滋味，不曾亲尝苦楝之苦，但落后与贫穷似乎是农村永远的代名词，农村孩子的苦日子似乎永远也熬不到头。分田到户时我们正读小学，农忙时节孩子们放学后都急急赶回家帮父母割谷插秧。许多孩子因此而荒废了学业。蒙昧无知，走不出贫穷落后的轮回！然而恢复高考后，我们村还是走出了第一个大学生，仿佛一声春雷惊醒沉睡的灵魂，也就是那时，我突然懂得父母为何要我和妹妹好好读书，为何不要我们像别的孩子那样帮家里干农活。"知识改变命运。"我是在那时突然懂得这句话的。那是 1980 年。我读小学四年级。我开始拼命读书。

正是苦楝果实渐丰的时节，多少个清晨和傍晚，它静静聆听我朗朗书声，像放飞鸟儿那样放飞我的梦想。我渴望蓝天，痛恨脚下这片土地，这祖祖辈辈辛勤耕耘却仿佛永远也不会富饶起来的穷乡僻壤。我甚至开始痛恨苦楝，痛恨它的名字，痛恨它的"苦"。当展翅高飞时，我义无反顾不曾向它挥手作别。而我知道它不会怪罪我，它像宽厚仁慈的母亲，为了儿女幸福默默承受所有孤独寂寞与贫穷困苦。

如今我已离乡二十多年，那株苦楝，一直静立在我童年少年那个窗口，它成为某种梦境，某种源点。我有时不经意想起它，觉得它更像是一位哲人，把过往和现实，清晰指点给我的人生。梦中的苦楝，无声绽放无比明艳的花朵，片片花瓣仿佛一触即落的泪滴。我因此而醒悟到，一切苦难之后的甜蜜是芬芳的，而一切甜蜜之后的警觉也是必须的。这是苦楝的暗示，是苦楝在我梦中的叮咛。我感恩故乡的亲人，感恩故乡的苦楝，感恩生活的苦难给予我们的勇气和力量。

她阅读·情感卷

第六章　心灵救赎

无题

老舍

人是为明天活着的，因为记忆中有朝阳晓露。假若过去的早晨都似地狱那么黑暗丑恶，盼明天干吗呢？是的，记忆中也有痛苦危险，可是希望会把过去的恐怖裹上一层糖衣，像看着一出悲剧似的，苦中有些甜美。无论怎么说吧，过去的一切都不可移动；实在，所以可靠；明天的渺茫全仗昨天的实在撑持着，新梦是旧事的拆洗缝补。

对了，我记得她的眼。她死了好多年了，她的眼还活着，在我的心里。这对眼睛替我看守着爱情。当我忙得忘了许多事，甚至于忘了她，这两只眼会忽然在一朵云中，或一注水里，或一瓣花上，或一线光中，轻轻地一闪，像归燕的翅儿，只须一闪，我便感到无限的春光。我立刻就回到那梦境中，哪一件一事都凄凉，甜美，如同独自在春月下踏着落花。

这双眼所引起的一点爱火，只是极纯的一个小火苗，像心中的一点晚霞，晚霞的结晶。它可以烧明了流水远山，照明了春花秋叶，经海浪一些金光，可是它恰好地也能留在我心中，照明了我的泪珠。

它们只有两个神情：一个是凝视，极短极快，可是千真万确的是凝视。只微微地一看，就看到了我的灵魂，把一切都无声地告诉给了我。凝视，一点也不错，我知道她只须极短极快地看，看的动作过去了，极快地过去了，可是，她心里看着我呢，不定看多么久呢，我到底得管这叫作凝视，不论它是多么快，多么短。一切的诗文都用不着，这一眼道尽了"爱"所会说的与所会做的。另一个是眼珠，横着一移动，由微笑移动到微笑里去，在处女的尊严中笑出一点点被爱逗出的轻佻，由热情中笑出一点点无法抑制的高兴。

我没和她说过一句话，没握过一次手，见面连点头都不点。可是我的一切，她知道，她的一切，我知道。我们用不着看彼此的服装，用不着打听彼此的身世，我们一眼看到一粒珍珠，藏在彼此的心里；这一点点便是我们的一切，那些七零八碎的东西都是搭配，都无须注意。看我一眼，她低着头轻快地走过去，把一点微笑留在她身后的空气中，像太阳落后还留下一些明霞。

我们彼此躲避着，同时彼此愿马上搂抱在一处。我们轻轻地哀叹；忽然遇见了，那么凝视一下，登时欢喜起来，身上像减了分量，每一步都走得轻快有力，像要跳起来的样子。

我们极愿意说一句话，可是我们很怕交谈，说什么呢？哪一个日常用语能道出我们的心事呢？让我们不开口，永不开口吧！我们的对视与微笑是永生的，是完全的，其余的一切都是破碎微弱不值得一说的。

我们分离有许多年了，她还是那么秀美，那么多情。在我的心里，她将永远不老，永远只向我一个人微笑。在我的梦中，我常常看见她，一个甜美的梦是最真实，最纯洁，最完美的。多少人生中的小困苦小折磨使我丧气，使我看轻生命，可是那个微笑与眼神忽然地从哪儿飞来，我想起唯有"人面桃花相映红"差可比拟的一点心情与境界，我忘了困苦，我不再丧气，我恢复了青春；无疑的，我在她的洁白的梦中，必定还是个美少年呀。

春在燕的翅膀上，把春光颤得更明了些，同样，我的青春在她的眼里，永远使我的面温暖。像土中的一颗籽粒，永远想发出一个小小的绿芽。一粒小豆，那么小的一点爱情，眼珠一移，嘴唇一动，都没有了作用，到无论什么时候，我们总是一对刚开的春花。

不要再说什么，不要再说什么！我的烦恼也是香甜的呀，因为她那么看过我。

　　有这样一个女人，小时候得了麻醉症，右腿瘦细；18岁遭遇了一场车祸：她腰围处的脊骨断了三处。锁骨断了，第三第四根肋骨也断了。右腿有11处碎裂。骨盆有三个地方破碎。她虽然在不断的治疗中站立起来，可以行走，可是她却成了瘸子。她虽然可以怀孕，但却总是流产。因此她至死都没有一个健康的身体和一个孩子，可她却留下了一个坚强的灵魂和一批奇异的画。

　　如果你读过她的日记，你会为她所遭受的肉体和灵魂的痛苦而心痛不已；如果你看过她的画，你会为她画里怵目惊心的血腥和伤口中开出的花而震撼。我说的是墨西哥女画家弗里达·卡洛。

　　世界上有无数痛苦的女人，有无数的痛苦存在，但从来没有一个像弗里达这样躺在床上都穿得整洁与惊艳的女人；世界上也有不少的女艺术家，但从来没有一个像弗里达这样阐述痛苦的女画家。弗里达的丈夫里维拉曾从艺术家的角度对弗里达的画做了这样的评述："我钦佩她。她的作品讽刺而柔和，像钢铁一样坚硬，像蝴蝶翅膀那样的自由，像微笑一样的动人。悲惨的如同生活的苦难。我，我，我不相信……曾有过别的女艺术家，在她们的作品中有过这样痛苦的阐述。"

因为车祸的后遗症，弗里达的身体一生中的大部分时光都处在疼痛中。所以弗里达一生都在阐述她的痛苦。她的日记有一些断断续续的文字，"我毫无希望……我不相信幻觉……真是无所适从。一切均不可名状。我不关注形式……被淹死的蜘蛛。生活于酒精之中。孩子是明天而我却终于此。"这段文字表明了弗里达对自己不育的悲哀。这种悲哀是终身的，弗里达在临死的那一年对一位朋友说，"我的绘画承载着那种痛苦的信息……绘画由生命来完成，我失去了3个孩子……绘画是一种替代品。我相信工作是最好的事。"弗里达一生都在用绘画表达她的痛苦。她画中的很多身体都有伤口，带着血腥，有的还有刀、钉子。这些画让人头皮发紧，心中隐隐作痛。在《我的出生》里，女儿在血泊中出生，而母亲在血泊中死去。那只奔跑的《小鹿》身上扎着九只箭，伤口流着鲜红的血。她还画过一张身体上沾着很多铁钉的自画像……这些画，这些画中的利器让人疼，是麻药醒了的那种疼。一点点地升上来，止都止不住。你只能让那种疼一点点地将你淹没，然后在疲惫时倦下去。但整个过程都令人刻骨铭心。看过她的画的人，一辈子都会记得这种疼。它的钉子和血腥提醒我们：我们一直疼着，只是因为麻醉，让我们暂时不知道疼痛。

尽管弗里达的身体一直不好，但是弗里达非常坚强。即便痛得不能下床，在床上她都在画画，或者在床上写日记，写了很多迷离、纷乱的句子，就像一个痛苦中诗人的昏厥与陶醉。以一个诗人的经验，我知道，写下这些句子的人无疑是悲伤而又幸福的。她悲伤的是她身体从没减轻的疼痛，幸福的是疼痛给灵魂带来的奇异的想象。"他来了，我的手，我的红色梦幻。更大。更多你的。玻璃的殉道者。伟大的非理性。柱子和山谷。风之手指。流血的孩子。云母微粒。

我不知道我的好笑的梦在想什么。墨水、斑点。形式。色彩。我是一只鸟。我是一切，没有更多的慌乱。全部的钟。规则。大地。大树林。最大的温柔。汹涌的海浪。垃圾。浴缸。明信片。骰子，手指演奏那渺茫的希望。布。国王。如此愚蠢。我的指甲。线和发。我自由自在的思想。消失的时间。你被从我心里偷走了，我只有哭泣。"

她的日记里的这些美妙的句子，就像一个诗人的断断续续的梦语，清冷又温暖。这清冷与温暖意犹未尽，似一种就要分离的爱情。这就要分离的爱情同样是令人疼痛的。这种疼痛以美丽的服装为包装，以抽烟、喝酒、吸毒、双性恋为表现形式，以绘画为终极目标。

弗里达是这样一位在尖锐的疼痛中过着独特生活的女人，抽烟、喝酒、吸毒、双性恋——爱过许多优秀的男人和女人，也被许多优秀的男人和女人爱过。法国超现实主义诗人及散文家安德烈·布雷顿说弗里达是"一位有着全部诱惑天赋的女人，一位熟悉天才们生活圈子的女人。……没有比她的绘画更女性化的艺术了。为了尽可能地具有诱惑力，只有尽量地运用绝对的纯粹和绝对的邪恶。弗里达·卡洛的艺术是系在炸弹上的一根带子。"虽然弗里达不认为自己是一个超现实主义画家，她的画全是她的现实的反映。更多是疼痛的身体带给她的奇异的想象力。那奇异的想象力落在画上，却是超现实的，魔幻的。她的画就像从身体的伤口中开出的魔幻之花。这花有诡异的气质，艳俗的色彩。

在这诡异与艳俗中，硕大的阔叶，和那些利器与血腥一起在孤独中安慰了孤独的灵魂。我们在隐隐约约的疼痛中，竟会有温暖与心动的感觉。

轰毁你心中的魔床

地阅读·情感卷

毕淑敏

　　魔鬼有张床。它守候在路边，把每一个过路的人，揪到它的魔床上。魔床的尺寸是现成的，路人的身体比魔床长，它就把那人的头或者脚锯下来；路人的个子矮小，魔鬼就把那人的脖子或者肚子像拉面一样拉长……只有极少的人天生符合魔床的尺寸，不长不短地躺在魔床上，其余的人总要被魔鬼折磨，身心俱残。

　　一个女生向我诉说：我被甩了，心中痛苦万分。他是我的学长，曾每天都捧着我的脸说，你是天下最可爱的女孩。可说不爱就不爱了，做得那么绝，一去不回头。我是很理性的女孩，当他说我是天下最可爱的女孩的时候，我知道我姿色平平，担不起这份美誉，但我知道那是出自他真心。那些话像火，我的耳朵还在风中发烫，人却大变了，我久久追在他后面，不是要赖着他，只是希望他拿出响当当硬邦邦的说法，给我一个交代，也给他自己一个交代。

　　由于这个变故，我不再相信自己，也不相信他人。我怀疑我的智商，一定是判断力出了问题。如此至亲至密，说翻脸就翻脸，让我还能信谁？

　　女生叫萧凉，她说到这里，眼泪把围巾的颜色一片片变深。失恋的故事，我已听过成百上千，每一次，不敢丝毫等闲视之。我知道有殷红的血从她心中坠落。

我对萧凉说，这问题对你，已不单是失恋，而是最基本的信念被动摇了，所以你沮丧、孤独、自卑，还有莫名其妙的愤怒……

萧凉说，对啊，他欠我太多的理由。

我说，人是追求理由的动物。其实，所有的理由都来自我们心底的魔床，那就是我们对一些问题的看法和观念。它潜移默化地时刻评价着我们的言行和世界万物。相符了，就皆大欢喜，以为正确合理；不相符，就郁郁寡欢，怨天尤人。

这种魔床，有一个最通俗简单的名字，叫作"应该"。有的人心里摆得少些，有三个五个"应该"，有的人心里摆得多些，几十个上百个也说不准。如果能透视到他的内心，也许拥挤得像个卖床垫的家具城。

魔床上都刻着怎样的名字呢？

萧凉的魔床上就写着"人应该是可爱的"。我知道很多女生特别喜欢这个"应该"。热恋中的情人，更是三句话不离"可爱"。这张魔床导致的直接后果，就是我们以为自己的存在价值，决定于他人的评价。如果别人觉得我们是可爱的，我们就欢欣鼓舞；如果什么人不爱我们了，就天地变色日月无光。很多失恋的青年，在这个问题上百思不得其解，苦苦搜索"给个理由先"。如果没有理由，你不能不爱我。如果你说的理由不能说服我，那么只有一个理由，就是我已经不再可爱，一定是我有什么过错……很多失恋的男女青年，不是被失恋本身，而是被自己心底的魔床，锯得七零八落。残缺的自尊心在魔床之上火烧火燎，好像街头的羊肉串。

要说这张魔床的生产日期，实在是年代久远，也许生命有多少年，它就相伴了多少年。最初着手制造这张魔床的人，也许正是我们的父母。当我们还是婴儿的时候，还是那样弱小，只能全然依赖亲人的抚育。如果父母不喜欢我们，不照料我们，在我们小小的心里，无法思索这复杂的变化，最简单的方式，就以为是自己的过错，必是我们不够可爱，才惹来了嫌弃和疏远。特别是大人们的口头禅："你怎么这么不乖，如果你再这样，我就不喜欢你了……"凡此种种，都会在我们幼小的心底，留下深深的印记，那张可怕的魔床蓝图，就这样一笔笔地勾画出来了。

有人会说，啊，原来这"应该如何如何"的责任不在我，而在我的父母。其实，床是谁造的，这问题固然重要，但还不是最重要的。心理学家弗洛伊德说过，一个孩子，即使在最慈爱的父母那里长大，他的内心也会留有很多创伤（大意，原谅我一时没找到原文，但意思绝对不错）。我们长大后，要搜索自己的内心，看看它藏有多少张这样的魔床，然后亲手将它轰毁。

一位男青年说，我很用功，我的成绩很好，可我不善辞令，人多的场合，一说话就脸红。我用了很大的力量克服，奋勇竞选学生会的部长，结果惨遭败北。前景黑暗，这可不是个好兆头，看来我一生都会是失败者。于是，他变得落落寡合，自贬自怜，头发很长了也不梳理，邋遢着独来独往，好似一个旧时的落魄文人。大家觉得他很怪，更少有人搭理他了。

他内心的魔床就是"我应该是全能的"。我不仅要学习好，而且样样都要好。我每次都应该成功，否则就一蹶不振。挫折被放在这张魔床上反复比量，自己把自己裁剪得七零八落，一次的失败成了永远的颓势，局部的不完美泛滥成了整体的否定。

一个不美丽的大学女生每天顾影自怜。上课不敢坐在阶梯教室的前排，心想老师一定只愿看到漂亮的女生。有个男生向她表示好感，她想我不美丽，他一定不是真心，如果我投入感情，肯定会被他欺骗，当作话柄流传。于是，她斩钉截铁地拒绝了他，以为这是决断和明智。找工作的时候，她的简历写得很好，屡屡被约见面试，但每一次都铩羽而归。她以为是自己的服饰不够新潮化妆不够到位，省吃俭用买了高级白领套装外带昂贵化妆品，可惜还是屡遭淘汰……她耷拉着脸，嘴边已经出现了在饱经沧桑的失意女子脸上才有的皱纹。

如果允许我们走进她枯燥的内心，我想那里一定摆着一张逼仄的小床。床上写着：女孩应该倾国倾城，应该有白皙的皮肤，应该有挺秀的身躯，应该有玲珑的曲线，应该有精妙绝伦的五官……如果没有，她就注定得不到幸福，所有的努力都会白搭，就算碰巧有个好的开头，也不会有好的结尾。如果有男生追求长相不漂亮的女孩，一定是个陷阱，背后必有狼子野心，切切不可上当……

很容易推算，当一个人内心有了这样的暗示，她的面容是愁苦和畏惧的，她的举止是局促和紧张的，她的声音是怯懦和微弱的，她的眼神是低垂和飘忽的……她在情感和事业上成功的概率极低，到了手的幸福不敢接纳，尚未到手的机遇不敢追求，她的整个形象都散射着这样的信息——我不美丽，所以，我不配有好运气！

讲完了黯淡的故事，擦拭了委屈的泪水，我希望她能找到那张魔床，用通红的火将它焚毁。

谁说不美丽的女子就没有幸福？谁说不美丽的女子就没有事业？谁说命运是好色的登徒子？谁说天下的男子都是以貌取人的低能儿？

心中的魔床有大有小，有的甚至金光闪闪，颇有迷惑人的力量。我见过一家证券公司的老总，真是事业有成高大英俊，名牌大学洋文凭，还有志同道合的妻子，活泼聪明的孩子……一句话，简直人所有的他都有，可他寝食难安，内心的忧郁焦虑非凡人能想象，不知道是什么灼烤着他的内心。

我总觉得这一切不长久，人无远虑，必有近忧。水至清则无鱼，谦受益满招损。我今天赚钱，日后可能赔钱，妻子可能背叛，孩子可能车祸，我也许会突患暴病，世界可能地震火灾飓风，即使风调雨顺，也会有人祸，比如"911"。我无法安心，恐惧追赶着我的脚后跟，惶恐将我包围。他眉头紧皱着说。

我说，你极度的不安全。你总在未雨绸缪，你总在防微杜渐。你总觉得周围潜伏着很多危险，它们如同空气看不到摸不着，却无处不在无所不能。

他说，是啊，你说得不错。

我说，你内心可有一张魔床？

他说，什么魔床？我内心只有深不可测的恐惧。

我说，那张魔床上写着：人不应该有幸福，只应该有灾难。幸福是不真实的，只有灾难才是永恒。人不应该只生活在今天，明天和将来才是最重要的。

他连连说，正是这样。今天的一切都不足信，唯有对将来的忧患才是真实的。

我说，每个人都有过去，现在和将来。对我们来说，无论过去发生什么，都已逝去；无论对将来有多少设想，都还没有发生。我们活在当下。

由于幼年的遭遇，他是个缺乏安全感的人，惊惧射杀了他对于幸福的感知和欣赏。只有销毁了那张魔床，他才能晒到金色的夕阳，听到妻儿的欢歌笑语，才能从容镇定地面对风云，即使风雨真的袭来，也依然轻裘缓带玉树临风。

说穿了，魔床并不可怕，当它不由分说就宰割着你的意志和行为的时候，面对残缺，我们只有悲楚绝望。但当我们撕去魔床上的铭文，打碎了那些陈腐的"应该"，魔力就在一瞬间倒塌。随着魔床倒塌，代之以我们清新明朗的心态。

魔由心生。时时检点自己的心灵宝库，可以储藏勇气，储藏智慧，储藏经验和教训，储藏期望和安慰，只是不要储藏"应该"。

她阅读·情感卷

陈智富

爱与执念

　　成见，人皆有之，但各人的成见又千差万别，有时候并没有什么来由。只听说名字，可能会讨厌某人。又或者只见一面，可能会喜欢某人。反之也是如此。

　　人的奇妙或者自讨没趣，就在于此成见，在于莫名其妙的先入为主的观念。我想，成见表述为执念更为合适。

　　执念，如果只影响自己，本无所谓对错。但是如果加诸他人，执念就有了杀伤力，有了破坏力。这时候，执念就需要受到规范，一个人就要懂得有自知之明，特别是要懂得自己有无能为力的时候，自己有不知道的时候，自己有错的时候。

　　而人的执念到底从何而来呢？是从娘胎里带来的，还是在喝孟婆汤前就刻在脑海的，抑或是后天环境里锻造出来的？我想，古往今来的圣贤之人，恐怕都说不出标准答案。

　　凡人皆有七情六欲，情绪万端。喜怒哀乐，喜悦或憎恶，悲伤或欢乐，也许深藏在一个人的内心，也许起意于一念之间，从不会停驻脑海一成不变，总还是要转瞬变化的。每一个情绪的变化，或许在某一个瞬间成了执念的统领。

庆幸的是，上帝是公平的，给予人莫名的执念，同时也给予人爱的能力。人类最纯真的情感——爱，也无法天长地久，也会与日月俱飞驰，一刻不停歇。

人世间，爱之深，莫若母子情深；爱之重，莫若父爱如山；爱之蜜，莫若如胶似漆。或浓或淡，或深或浅，或久或短，爱不会在岁月的长河里溅起同样的一片浪花。

无论一个人有多深的执念，总能在人世间寻找到爱的种子、爱的对象、爱的精神，获得爱的能力。爱跨越任何人为观念的区隔，总能突然冒出璀璨火花，点亮生命的空间。这便是爱的力量。

须知，在爱的世界里，执念不可用强，是非对错不得不退居其次，包容与理解才是第一位的。是非对错是属于理性世界的，如果投入爱的世界，便可能造成毫无必要的比权量力的伤害。

"是非之彰也，道之所以亏也。道之所以亏，爱之所以成。"如果一个人在爱的世界里过分地计较对错，那么彼此遵循的大道理便要被磨损掉了。在庄子看来，这大道理当然是天地万物运行的大道理。要我来说，这大道理也可以说是爱的真谛。如果爱的真谛磨损掉了，偏私、狭隘的爱欲便会泛滥，如猛兽奇鬼一般，森然可怖。

人世间的爱恨情仇之所以走上迷途，大多就是因为欲求欲得、偏执成狂的执念在作祟。有的人误以为是爱，实则误入歧途的禁锢，害人又害己。

反过来说，爱的真谛，不偏私，不促狭，不过分，不极端，而且还要保持开通的心胸、包容的心态、中和的心情，才能呈现出顺畅顺遂的和之气象。

进一步来说，如果懂得了包容与理解，是否就有和之气象呢？我以为不尽然。爱总是变化的，包容得了一时，理解不了一世，人与人之间的爱，需要可持续地演化下去，仅仅是言语的包容、心灵的理解，恐怕还是不够的。

世人都以为，一个完好的东西，从始至终都是完好的，那只是懒癌的幻觉罢了。这个世界上，没有新生之物，也没有完败之物。一切新生之物，蕴藏了败坏的因子。而一切完败之物，也包孕了新生的种子。生之得，死之失，周而复始，循环往复，不会停歇。

而此时此刻，当下，一切真正完好之物，总是在破旧、立新之间不断弥合、努力的结果。爱亦然。要求爱的完好，也需要保持弥合努力的状态，改变不可或缺。为了爱而改变，才是一切爱保鲜的法宝，也是爱的能力的表现。

爱如卵，外形圆满，内在却脆弱。卵看似完整如一，但终究抵不过沧海桑田，裂缝不可避免。爱的裂缝，随着时间的推移，总会慢慢扩大的。如果对于爱的裂缝，熟视无睹，视若不见，那么只能眼睁睁地看着裂缝断裂的地步了。

要让爱保持完好，就不得不日复一日地弥合裂缝。一丝裂缝，对应一份亏损，也对应着一份改变的努力，自然对应着一份爱的能力。

爱的世界无所谓对错，指望别人改变而自己岿然不动，那是不现实的，也是于事无补的。爱的能力，首要的是改变自己的能力。

悲观的时候，我在想，在这个世界上，改变一个人谈何容易？哪怕是你的父亲、母亲、儿子、女儿这样至亲至信至爱之人，改变他们都是难于上青天，何况其他人。每个人执念天生已注定，若想改变，除非是上帝亲自出面斡旋，否定难免要破产的。

改变别人难，那么改变自己是不是很容易呢？我看，也不尽然。如果要我回想自己走过的岁月，想一想自己曾经立下的宏伟目标或者琐碎计划，难保不汗颜羞赧啊、志大才疏、心大劲小，观念与行为之间脱钩过无数次。这不算太坏的，毕竟只害了自己。如若成为了针插不进、水泼不进的深闭固拒的笼中人，那么才是真正的无药可救。一个不可改变的人，宛如一块坚不可摧、至刚至强的石头，也如弃之于污泥粪池之中的茅石，臭不可闻。执拗己见、冥顽不灵、自行其是、我行我素、刚愎自用、师心自用、独断专行……等等就是给人这样的标签。

然而，一成不变的人是不存在的，只要是人存有爱之心，总还是会或多或少地改变点什么。因为爱而改变，便是人之为人的伟大之处。

人之初，本有爱，后来被社会所浸染，有的爱的能力尚存，且愈发强大。有的爱的能力消减，竟至于负数。唤醒爱的能力，且不断加持爱的能量，或许在一念之间，又或许是一生的修行。

一个婴孩纯真无邪的眼神，足以让一个重病缠身的母亲燃起生命的希望。一个女孩楚楚可怜的绰约风姿，足以让一个嗜赌成性的男人燃起回归和睦家庭的愿望。爱可以戒瘾，可以破除执念，可以回归人的本真状态。

为了爱人，也为了爱己，一个拥有爱的能力的人，应该努力改变自己，只有在不断向美向善的努力改变中，才能回溯到自己的本心，回溯到爱的初衷，回溯到生命的本真。如此，一个人才有资格拥有美善的生活，才配得上完满的幸福，才能领悟到生命的真谛。

姑娘，请你记住

地阅读·情感卷

晓旭

　　时间可以让一个女人慢慢爱上男人，但时间却很难让男人慢慢爱上女人。因为男女之间的爱情周期是不一样的。女人的爱情可以通过陪伴、累积而越来越多，而男人的爱情却会随着时间而慢慢减少。男女相处，爱得浓其实没用，爱得久才是好。所以说，爱到浓烈就是尽头，爱如亲人才是永恒。

　　女人，不要为了任何人和事折磨自己。比如不吃饭、哭泣、自闭、抑郁，这些都是傻瓜才做的事。当然，偶尔傻一下有必要，人生不必时时聪明。

　　有些话，适合烂在心里；有些痛苦，适合无声无息地忘记。当经历过，你成长了，自己知道就好。很多改变，不需要你说，别人会看得到。

　　执子之手与子偕老的爱情不是找出来的，而是守出来的。如果只用眼睛找，你很难知道谁可以相守一生。因为只有遇到事情，人性里的善或恶才会被激发出来。所以别用外貌和财富选人，而要用挫折、风波和平淡去选人。扛得起责任、同得了甘苦、守得住寂寞的，才是一辈子的恋人。

你的一生会遇见很多人。有人爱你，有人嫉妒你，有人把你当作宝，有人不把你当回事。你痛了，你累了，你失落了，你错过了，这些统统与人无关，你的未来，统统要你自己负责。

尽量不要去理会那些你心头的悲观，或者说是对前方希望的怀疑，如果对自己的人生没有十分确切的希望和方向，不妨就抱一颗宁可失败也试试看的决心，活给命运看看，和命运一起做。

所谓的原谅，不过是事情真相经过时间的洗礼后，慢慢淡出我们的记忆，慢慢地没那么在乎，慢慢地大家说原谅了。其实，我们并不知道，有时候那不是原谅，而是遗忘或是没有以前在乎了。

想你了，你却不知道。你是我的不知所措，我却只是你的心不在焉。还好，我决定离开了，还好，我还年轻。不打扰，是我最后的温柔。

命运不会偏爱谁，就看你能够追逐多久，坚持多久。

没有人比你更美好，因为这个世界不会再有第二个你。别总是自卑，你永远比你自己想象的要好。

偶尔对自己好些，偷个小懒，抽点小疯，不算伤天害理。

找理解你的人爱，这就是可行的爱情。你理解不了，无论他是猥琐，还是他太美，都不必勉强自己进入不同的物种。

有些人很幸福，一眨眼，就一起过了一整个永远。有些人很幸运，手一牵，就一起走过了百年。

学会自己欣赏自己，每天送给自己一脸微笑，又何愁没有人生的快乐。人生，总会有不期而遇的温暖和生生不息的希望。把自己从过去解放出来，前进的唯一方法是别往后看。

爱一个人最好的方式，是经营好自己，给对方一个优质的爱人。不是拼命对一个人好，那人就会拼命爱你。俗世的感情难免有现实的一面：你有价值，你的付出才有人重视。

因为看轻，所以快乐；因为看淡，所以幸福。我们都是天地的过客，很多事，我们都做不了主。你越想抓牢的，往往是离开你最快的。所以，凡事不必太在意，一切随缘随心，缘深多聚聚，缘浅随它去。凡事看淡点看开些，顺其自然，无意于得，就无所谓失。人生，看轻看淡多少，痛苦就远离你多少。

不做需要男人的女人，而做男人需要的女人。

想你的人自然会来找你，爱你的人会想尽一切办法来到你的身边。

不管世界多么拥挤，都要让心自由跳动。因为生命的每一瞬间都存于心，贮于忆。那些拥有，那些给予，那些珍贵的收藏，都会拥于怀，融于情，长眠于心。一些人，一些情，一些事，都装在心里，会累，会挤，懂得卸载，给心一个空间，让心得以喘息，让阳光给以沐浴。

记住你是个女孩，高傲是你的象征，自信是你的资本，微笑是你的标志。你要奋斗的不是在一个男人面前委曲求全让他看到你的努力，而是好好努力并且等待数年后那个单膝跪地给你无名指戴上戒指的男人。

有人说，男人是有爱情的，而女人没有，女人是谁对她好，她就跟谁走了。我想了半天，发现这句话是真的……

真正爱你的人，不会让你烦恼。该不该说哪些话，做哪些事，也不必担心偶尔的安静会认为是你不在乎。这些统统都不需要犹豫考虑，因为他爱你，懂你，就会让你做自己。

"可以做朋友吗？"是一段故事的开始。"还可以做朋友吗？"是一段故事的结束。

她阅读·情感卷

第七章 青春岁月

人
生
无
约

她阅读·情感卷

宋
安
娜

　　人最难约定的原来是他自己。许多许多年之后我才悟出了这句话。

　　那一年我曾约定了自己此生再不要见他。那一年我十三。他是我读小学五年级时的班主任，他出现在我面前时大约从师范学校毕业不久，刚刚二十多岁的样子，而我，只是一个小学五年级学生。

　　在我的那所小学，五年级就是毕业班了。以一个年轻的师范生来执掌毕业班的教鞭，你想象不出他那时是多么青春逼人、多么意气风发。他长得高高大大，人是很英俊的，但照耀你的不是他漆一样的浓眉和火一样的明眸，而是他讲课时脸庞上那辉煌的自信和讲到得意处忽然就微微一笑时那灿烂的内容。一个能够把自信营造到辉煌、把笑容点燃到灿烂的人，他对周围人们的吸引力和影响力可想而知。

　　那时候我是那么痴狂地爱上了语文课，不仅爱上了课本上所有的课文而且爱上了语文课的每一分时光。在他的描述里，我们民族语言文字的美第一次展示出它的魅力，尽管我不能确定我对文学的兴趣是不是从此开始，但我至今难忘那种美对我的震撼，它就像我的天空上升起的第一道彩霞，它的瑰丽令我眩目似乎近得伸手可得，只要我纵身一跃就可以抓住它——而对于一个小学五年级女生来说，她的天空本该是一碧无边、空无一物的。

我的幸运在于遇到了他这样一位班主任。后来情况起了变化，这变化来源于那场动乱。动乱初起的时候我已经是一个初中一年级的学生了，却还童心未泯，常要拉上小伙伴跑到原来的小学操场上去滑滑梯。

谁也没有注意到那个大人是什么时候出现的，我们发现他的时候他已经贴近了我们。他压低了声音和我们说话，他的声音因为被挤扁划过喉头的时候有嘶嘶啦啦的杂音传出来令人汗毛倒竖。他说他知道我们是哪个班的班主任是谁，他说你们已经不是这个学校的学生了更应该揭发问题。他在说了许多话之后忽然异样地盯住我们看，他说你们的班主任……过你们没有？

这话如果过二十年再问，我会十分理智地面对并且义正辞严地回答，但那时我还只有十三岁，尽管还不懂他这个字的确切含义，然而却从他那异样的目光里真真切切地领受到一种屈辱。我于是怒不可遏，丢下小伙伴也丢下他返身就跑。

接下来的经历恍如梦境。我只记得我一脚便踹开了那扇门。而在一年前我每当来到这扇门前时都会恭恭敬敬地喊上一声"报告"。

我的班主任正在他的房间里整理书籍，书籍散落一地。这景象在那些日子里随处可见，它几乎成了有问题甚至有罪的象征。这景象使我莫名其妙的恶感升腾到极点。我觉得我在大叫，反正那时候恶毒的词语满街都是。

我的班主任没有料到我会以这个样子"卷土重来"。他蹲在地上，并没有放下手上的工作。他只是抬起头，以一个师长对他得意门生的宽容，微微一笑。

这笑容依然灿烂。

事情的结果是我落荒而逃，逃到空旷的小学操场上，躲在一个小角落里泪流满面。当我那像小兔一样慌乱的心镇定下来之后，我才清楚地意识到，我此生再不可见他。

这之后是漫长的知青生活。从冀中大平原年复一年春种秋收的缝隙中返回城市，枯燥的居家生活中唯有读书和看电影能给我带来些许乐趣。每当我从书本上暂时抬起疲惫的眼睛，每当我在电影院黑黝黝的空间里冥想，我都会想起他来。想起他朗读课文的样子，想起他辉煌的自信和灿烂的笑容。我越来越意识到自己丢掉的是什么，我的班主任不仅将文学的美展示给我看，而且用他的自信和进取展示给我一种人生的态度。

然而我却不可再见他。我信守着自己对自己的约定。

二十四年。那事情过去了二十四年。当我用电脑敲打出这些文字，当我想着应该准确地计算一下这段时光的时候，我被我手边的算式惊得目瞪口呆。二十四年，这一回首竟滑过了八千多个日月。日子是一个摞着一个地过来了。我回了城，上了学，后来就进到一家报馆里做事，认识了许多新朋友，也时常要参加各式各样的校友会、联谊会，但是，没有他的消息，我也不去打听他的消息，只小心翼翼地守候着自己的约定。

仍然是一个夏天，一个读小学时最要好的同学走来找我，说是我们的班主任现在在一所小学里做校长。巧得很，这小学居然近在咫尺，就在报社大楼的鼻子底下。我一时竟激动起来，立时立刻便要见他，拉上那位同学就跑。但他并没有在那学校里，他的同事说他被抽调到另一个小学去工作，于是，我们毫不犹豫地蹬上自行车往那里赶。蝉儿在杨树叶子下边鸣叫，毒日头烤得大汗淋漓，然而我却满腔空空，早把自己的约定丢到了脑后。

他正在午睡。我们走进他的办公室时只看到两只旧办公桌拼在一起，没有人。我在走廊里喊他，想不到他却从办公桌后面爬了起来。他是用四把木椅在那里对接成了一张"床"。我望着这个从木椅上爬起来的人。他老了，面色枯黄，眼睑浮肿，尽管身材依然高大如树，青春时期的辉煌与灿烂却像树叶飘落，再也不能复还了。他费力地眯着眼睛，费力地回忆我们小时候的身影，他竟认错了我，把我与高我三个年级的一班学生混在一起。他说那个班的学生很强，现在有不少都有很好的成绩。他没有提那个夏天发生的事情，他早已忘了它，或许从没记起过它。

话是越说越多的，他的兴致也越来越高。二十四年间他教过一千多个学生，他记得他们之中许多人，至今还牵挂着他们之中许多人。他就是一棵树，他把花粉扬向天空，他用绿叶覆盖土地，花飞叶尽，他光裸的枝干和根须才还像只只情缘未了的手，伸向天空，伸向土地，伸向他的学生。不知不觉中他谈起了自己。他谈他读师范时的抱负，抱怨现时师范院校的处境。他说他那时师范是最高理想，现在许多学生考不上全国重点院校才报考师范。这是影响子孙后代的大问题啊，他说。他说完之后又苦笑着说时代不一样了。不过，他还信守着自己的人生原则，勤勤奋奋地教书，踏踏实实地做人。他笑着给我们讲起地震时的事情。唐山大地震后他发现自家屋顶的一根大檩木震落在地上。就在周围的人们都在搭建临时避难所的时候，他和他的妻子一前一后抬起这檩木深一脚浅一脚地在废墟之上寻找派出所和房管站，不为别的，只因为他住的是公家的房。

我觉得有个东西在心上明明白白地撞了下。

走出他的办公室时，夏日骄阳白花花一地。

报社里有个职工的孩子在这所小学里就读，回来说校长在课堂上提到了我并且引我为骄傲。心静的时候，把二十四年的时光串联起来读，才读懂了那个中午为什么会放弃对自己的约定一门心思地要去见他，见一位二十四年没见面的班主任。

饥
饿
的
记
忆

王
毕
文

"腊八"节这一天，我用黑豆、核桃、花生、红枣等食材，精心熬制了一锅腊八粥。给女儿盛一碗，她胡乱吃了两口就不吃了，说：我不饿。

"饿"这个词，在现代人的语言中依然存在，不过表达的往往是想吃某种食物，更多的是一种心理和美食需求，而不是生理和身体需求。

只有真正经历过的人，才知道饥饿的滋味，其带来的不仅仅是身体煎熬，同时也是意志考验。饥饿，曾经伴随我走过了童年、少年乃至青年，其中有三次记忆十分深刻。

第一次"绝食"

许多文学作品都用"十一届三中全会"来描述一个新时代的开启。我在小学作文中，也邯郸学步地用过这个词。

我的故乡是鄂东的一个山区县，那里有庞安时、闻一多等历史名人，有斗方山、策湖、白莲河等风景名胜。但是，这一切离我是如此遥远，在我童年的记忆中，只存有范阁冲那个湾和华桂山那座山——我在这里出生，在这里放牛。我生于二十世纪七十年代末，童年的懵懂记忆，留有分田到户的模糊印象。这是中国广大农村消除饥饿的一次历史性创举。但是，由于每个家庭的情况不同，真正告别饥饿的时间有早有晚，决定性因素是劳动力的多寡。

我的父母都是面朝黄土背朝天的农民，重男轻女的思想根深蒂固。他们在连续生了六个女儿以后，赶在计划生育在农村严格实行之前，生下了我。记得很小的时候，我家狭窄的土砖房里，挤满了一群半大丫头和我这个独苗儿子。七张嘴巴嗷嗷待哺，父母终年劳碌的最大目标，就是填饱我们的肚子。一家九口人，只有两个真正的劳动力，让我们能吃饱饭，几乎是不可能完成的任务。

每次吃东西的时候，都是一次抢夺大战。一锅饭烧好，每人装一碗就见底了；一盘菜端上餐桌，每人夹一筷子就光盘了。没有零食吃，母亲偶尔会炒一盘花生、黄豆甚至芝麻，给我们打牙祭。我和姐姐们一拥而上，每人抢抓一把，放在裤兜里独享。眼不疾、手不快的就没得吃了，更别指望有人会孔融让梨。

遇到歉收之年，半饥不饱是常事。有一年春天，小麦还未收割，水稻尚未播种，我家粮缸已经见底了。父亲托关系，用尽家里所有粮食，换回了一袋麸面粉。此后很长一段时间，我家每餐都吃这种黑乎乎面粉做成的食物。姐姐们没人反抗，五六岁的我却"绝食"了。每到吃饭的时候，我就坐在大门外的石头上，任凭母亲如何哄骗，都不回家。刚开始，父亲还对母亲说：饿饿他，就会吃的。没想到我年纪虽小，脾气挺倔，竟然真的连续几餐不进食。父母这下子才真的着急了，万般无奈之下，把浸泡在池塘里，等着发芽的稻谷种子，掏出一部分，用锅炒干，碾去谷壳，煮粥给我吃。

这是我人生中唯一一次"绝食"，结果却享受了白米粥"专供"。

在那个贫穷年代，父母用并不强壮的双手撑起一间屋子，虽然四壁透风，却毕竟让我们有了安身之所。由于生育太多和常年操劳，母亲在我十岁那年永远离开了我们，我对她的记忆比较模糊。但是，白米粥的"溺爱"，为我的童年打下温暖底色，如同黑夜里一粒火种，深藏心底，怀想一生。

饿得发抖去高考

父亲虽然重男轻女，却比较重视教育。

他一个人翼护着我们，让所有的女儿都读到小学毕业，有几个还读了初中。女孩想继续读书，他是不支持的，唯独把希望寄托在我身上，期望我通过求学，跳出农门，走出大山。

我读初中的时候，姐姐们陆续成年，开始嫁人了。那个时候，农村民风淳朴，女儿嫁人是不收彩礼的，反而要准备一些嫁妆，如餐桌、椅子、衣柜、木箱、被子等。经济条件好的，还会购买一些小家电作为陪嫁。出嫁那天，男方会根据嫁妆的多少，派人来搬抬。抬嫁妆队伍的长短，不仅关系着女家的面子，也关系到女儿以后在夫家的地位，所以嫁妆是不能随便减省的。再加上操办喜事、大摆宴席，嫁女儿对女方家庭是一个沉重负担。

我家每隔一两年就有姑娘要出嫁。父亲操劳的目标，已经从填饱我们的肚子，转移到为待嫁的女儿准备嫁妆，以及供养我读书上了。由于劳动力不足，与同村人家相比，我家一直都比较贫穷。连续十几年的嫁女，更是雪上加霜，最终几乎家徒四壁。在这样的境况之下，我读初中、高中时，除了勉强能交齐学费以外，生活费都是捉襟见肘的，常年处于半饥饿状态。

初中的时候住校，给食堂缴大米换饭票，还要补交柴火钱。吃的菜都是一周两次（周三和周日）自己从家里用罐头瓶装好带到学校里去的。没妈的孩子是根草，没有人为我准备菜，我只能餐餐吃白米饭。为了填饱肚子，我曾向许多同学借饭票买汽水粑吃，还曾向卖汽水粑的教师家属赊账。借新账，还旧账，账滚账，最终成了一本糊涂账。直至初中毕业离校，这本账还没有还清。赊账的教师家属路遇我的父亲，说起欠她饭票的事情，父亲背了一袋米去给我还账。这是我人生中的信用污点，幸亏那个时候没有信用记录，否则会不会影响到我现在申请住房贷款？不过，与我一样为了吃饱肚子而不顾信用的同学还有许多，"三角债"比比皆是。在二十余年后的同学聚会上，这些往事褪去艰辛色彩，成为我们的笑谈。

在县城一中读书的三年，也是饥饿的三年。由于囊中羞涩，曾经有一段时间，我在学校食堂只买最便宜的炒冬瓜，有时只吃免费的冬瓜汤。直到参加工作以后很多年，我嗅到冬瓜的味道还想呕吐。

记忆最深刻的一次是饿着肚子去高考。高考之前，家住县城郊区的姐姐掏出仅有的100元钱，给我做三天考试期间的伙食费，并叮嘱我吃好一点，考上自己心仪的学校。高考第一天早上，近视眼镜意外破碎，右眼也受伤，短时间内一片漆黑，没有做任何处理，我便走进考场。第一门考试——语文，我是眼睛贴着试卷完成的。中午急忙上街配眼镜，在说明情况并再三请求下，店老板以90元的价格，给我配了一副眼镜，声称这是成本价。

只剩下10元钱，3天伙食费，9顿饭，如何安排？好强的我不愿意再向姐姐讨要生活费，决定每天只吃早晚两顿饭，每顿饭2元钱、4个包子。

上午的考试，有4个包子果腹，还能支撑。到了下午，饥饿从肚里爬出，爬到大脑，爬到躯体，爬到四肢，腹中灼痛、浑身乏力、手指颤抖。我在试卷上答题时，字写得都有些变形。心中却有一个声音在说：你必须赢得这场考试，你没有复读的经济条件，你要"一考定终身"地实现自己的梦想。

那一年，我以低于平时模拟考试二三十分的成绩，考进了华中科技大学。这是我第一志愿填报的学校。

冰雪里的长江大桥

我读大学的时候，高校收费已经并轨，大学生再也没有不交学费、国家补贴生活费的待遇了。华中科技大学收费并不高，每年学杂费、住宿费共计 1500 元。在许多城市家庭看来，这笔钱可能微不足道。但对于我家来讲，却是难以承受之重。

姐姐均已嫁人，家里只剩下我和父亲相依为命。父亲年迈，疾病缠身，一天比一天消瘦，基本上失去了劳动能力。入学通知书收到以后，父亲一夜没睡，第二天把所有姐姐叫回家，对她们说：我老了，背不动了，弟弟的学费你们六个人负担吧。

大学第一年的学费，是姐姐们凑份子筹备的，这是我读大学期间唯一一次缴纳学费。此后三年，学费都未能按时缴纳，大学毕业时，学校全部免除。感谢我的母校，她对贫寒学子的真心关爱，让我能走完求学之路。

大学四年的生活费，有一部分是姐姐们周济的，绝大部分必须靠我自己去赚取。学校虽然有贫困生补助，但是我从没申请，不愿意把贫困置于众人视线之中，更不愿意以此去博得同情。我在学校图书馆兼职做图书管理员，在大量阅读书籍的同时，每月能拿到几十元钱的工资；还走出校门，给高中生辅导功课，获取报酬。为了不过多占用学习时间，我只承接了一名高中生的物理课程辅导。两项收入加在一起，勉强能支付每个月的生活费。如果要购买书籍和日常用品，就必须节衣缩食，饿肚子也是常有的事。

记得有一次，口袋里只剩下 2 元钱。当天恰逢月末，按照惯例，我能拿到当月的辅导费。中午从学校出发，前往汉口火车附近的学生家中，途中换乘公交车一次，2 元钱刚够买车票。课程辅导从下午 2 点持续到 4 点。结束后，学生的妈妈非常客气，挽留我吃晚饭。以往此时，我同家长简要沟通学生学习情况后，都迅速离开，从不逗留，更不会留下来用餐。但是那一天，我磨蹭了很久。因为我没钱了，没有返回学校的车票钱，也没有下个月的伙食费。我等待学生家长能想起辅导费这件事，但是她真的忘记了。当年的我，贫穷而又自尊，我没有开口向她讨要，而是选择默默离开。

出门来到大街上，才发现下雪了。鹅毛大雪，飘飘洒洒，城市一片白茫茫。我必须步行返回学校。

写这篇文章的时候，我坐在温暖的空调房里，用手机百度了武汉市地图，软件测量显示：从汉口火车站到华中科技大学，一共 24 公里，半程马拉松的距离。

我迎着寒风，往前走；我顶着大雪，往前走；我踩着冰霜，往前走。晚饭没有吃，肚子饿得咕咕直叫；鞋子进水，双脚冻得失去知觉。这是我人生的马拉松，也是我前进的万里长征。

走了很久很久，我来到了长江大桥上。厚雪覆盖路面，雨水冻结成冰，以往感觉平坦的长江大桥寸步难行。我不得不停下来，倚靠在栏杆上稍事休息。我把鞋子脱下，倒掉渗透进去的雪水，光着脚站在桥边，注视着滚滚流逝的江水。江水似乎也在默默地注视着我。长江大桥上经常发生投江事件，投江者没有经受住江水那双眼睛的诱惑，他们以为水底下有一个温暖而美好的世界。

我不是他们中的一员，我还有很多路要走，还有很多事情要做。我穿上湿透的鞋子，继续往前走。困境如同深渊，意志消沉的人，注定沉沦；困境亦如碧波，心有火种的人，扬帆远航。

24 公里路程，走了五六个小时，终于赶在宿舍熄灯之前，回到了大学校园。当天晚上，我躺在被窝里，高烧不止，瑟瑟发抖。

大学二年级下学期，父亲永远离开了我。我从学校赶回家中，他已口不能言，用一双空洞的眼睛看着我，两行泪水从眼角滑下。办理完丧事后，三姐对我说，父亲在尚清醒的时候，要她转告我：一定要坚持，读完大学。

离开那个小山村的时候，我忍不住放声大哭。委托别人将家里的老房子卖掉，所得费用作为读书期间的生活费。自知没有继续深造的可能，返校后从原来的理工科，转系到本科容易就业的新闻系。故人已逝，老屋异主，故乡只存留在我的梦中。从此以后，我在这个世界孤身一人，再也没有回过家，也无家可归。摆在我面前的只有一条路：继续往前。

2000 年，是一个美好年份，新的世纪向所有人张开双臂，我也完成了大学学业。揣着姐姐给的 200 元钱，只身来到浙江。虽然依然一穷二白，但是我工作了，不会再挨饿了。我要用双手创造自己的世界。

我不喜欢回首往事，因为来路充满泥泞。

这次动笔把它记录下来，算是给记忆一个交代。如同旅途中的人们，清点行囊，丢弃喝光水的空瓶，便于轻装前行。

抬头看看前方的路，天色还不算晚。走吧，迎着太阳，迎着霞光，继续出发。

我的土地，我的河

地阅读·情感卷

Love

别世禹

　　对故乡的感情，有眷念，有暧昧，有纠结。更多的是，它像自己多年失散的情人。

　　"团结河"自监利龚场始，一脉河川流经村头，纵贯溜子垸湖，载着祖辈反复踩踏的足印，浸淫世代的风雨，清澈自己生命的旋律，不舍昼夜地在沃野大地缓缓向前蜿蜒而去，流向东荆河，流向长江，流向远方。

　　我的童年和少年，伴着丰盈的河水和欢腾的浪花长大，那些在河岸边刈草，河水里游嬉，在小木船上英姿勃发地撑起细长的竹竿，划破水面的悠然时光，每一丝每一缕激起的涟漪，都郁积在我眷恋的情感心扉里。

　　儿时，每到冬闲，村民们集体出工，履行政府水利建设任务，担土挖沟，疏通河渠，连绵几十里，从河床底挑着担子"呼哧呼哧"打着粗气，一路往上爬，清理下沉的淤泥，让河道更畅通，河水更透碧。疏宽的河道，在二月的惊蛰下苏醒，发出忐忑的哗哗声，河水溢满河床。季节在躁动不安的风的挑逗下，一夜间惊飞来春天，岸坡边蹑手蹑脚地冒出嫩绿鹅黄的青草，水中赶集似的涌来成群的蝌蚪。不几日，苦蒿、荠菜、红花籽漫山遍野爬满田间地头，在润湿的空中，弥散春的香味。长在河边的水草，尤为葳蕤。定睛看，倏然地钻出几尾泥鳅，轻轻碰出水面，抖动自己曼妙的曲线，昂头吐出一串串气泡，然后打个漩，迅捷地又探入水中，引发我和伙伴们一阵阵"啧啧"的欢叫，稚嫩的笑和着几头吃草的老母牛调情时兴奋的"哞哞"声，仿佛要震裂河流上湛蓝的天。

村子里人口稠密，农田广阔，河边停泊的船只众多，河水清碧见底，船底下游动的鱼也多。鱼儿透过船的缝隙，看外面的世界。青壮年出去湖中劳作，船一动，鱼枭娜着身子悠游起来。赤脚踏入水中，鱼儿在脚边追来绕去。胆大些的，嘴巴在腿上亲昵地嗑上一两口，使人痒痒的忍俊不禁。

奔流不息的河水，用澄澈的乳汁给田头输送生长的养分，给父老乡亲提供衣食的保障，让生命的传承有更好的繁衍。

烟霞落水，星辰稠密的夜晚，青蛙和不知名的虫类，匍匐在水草中，情不自禁嘹亮起歌喉，在漫漫长夜，联袂演奏最美最古典的催眠曲。东方泛白，晨曦初现，点点星光掉落进草丛深处，在河边放牛的任务落在孩童们身上。父亲轻唤我的乳名，于是，掖起自己喜爱的小人书，将那头拴在后院中温驯的老牛牵出屋子，踩着它大腿关节的凸起，翻身上背，随老牛信步踱到河边。牛儿低头自顾自地啃起柔嫩的青草，小人书中的故事吸引了我。《封神榜》《西楚霸王》《七侠五义》《隋唐演义》等里面的精彩情景，让我迷恋得如痴如醉，那些有血有肉的英雄人物，烙进了我幼年的心田深处。一轮红日从东边缓缓升起，草丛中的虫儿还在啁啾，醒来的飞鸟在看不见的方向开始引吭高歌，不经意间，一只喜鹊停歇在牛的背脊上，"嗖"的一下，许是在练习起飞，又像受了惊吓一样飞走。清润的霞光洒满大地，铺展在水面，将一个青春的生命在河流上，在岁月的画布上，投下一组组最美的剪影。

翻过河的南边，是一大片林场，种植着数也数不清的蔬菜、梨和瓜果，那是最让我们孩童惦记的地方。那片果园的主人，比富甲天下的示巴女王还要富有，那些成熟的瓜果，比金银珠宝还要珍贵。瞅一个星光黯淡，月色无华的夜晚，早早学会游泳的我们脱光衣服，细长的手臂和脊背黑得光滑发亮，相约着一同凫水到对岸，伏在草地上，机警地听林场中值守老人细碎的声响，然后一跃而起，动若脱兔地快速上前摘上几个，再凫水回来，来去无踪地蹲在夜锁河流的岸边，像得胜归来的战士，迎风大快朵颐，纵酒放歌。点点星光下，一排排洁白的牙齿，发出咀嚼时清脆的声响。有一次，伏在岸边草丛，睁着一双双觳觫不安眼睛的我们，明明听到值守大爷困倦地说：天黑了，要睡觉了！再无声息。就在我们这些不谙世事的孩童，轻快地步入场内时，老大爷有如神降，小伙伴们动作敏捷，一哄而散，纷纷逃窜进河水里。而我，惊慌失措，竟慢了一拍，皱缩在老大爷长满老茧的手掌下，臊红了脸颊。

年少的岁月如诗如梦，温馨的土地给了我生命，流淌的河水铸育了我的骨血。邻居家的那位丫头，不知何时出落得楚楚动人，皮肤受潺潺清风的滋养，白嫩得渗出水来；一头秀发随风一吹，像飘飞的蝴蝶；走在路上，隆起的胸脯曳动起来妙如轻烟。一天中午，在河岸两边迎亲唢呐的歌子中，羞答答地早早出嫁。而我长大成人，像鸟一样飞走，成了异乡一株游走的植物，远离了那片土地，远离了那条河。

多年后，已结婚生子的我，带着孩子踏上归途，走近那片让我离开十多年却时常魂牵梦绕的地方。我想透过时间的缝隙，让他知道那些年，他的父亲散落在泥土地和小河边青草丛中的痕迹，使他能够与遗失的它们产生一丁点的共鸣。然而，我那悸动的年华，无迹可寻；那晃荡的木船，神秘地失踪；月色下荡桨的欸乃声，戛然而止。曾生机盎然的河面像一位历经沧桑，衰弱无力的老人，寂寂地躺在那里。我站在它面前，找不出一点相似的面孔，它格外残破，格外古旧。一阵风掠过，清寒地增添了沉睡的荒凉。多少绚烂的印记，多少斑驳的光影，多少生命的轮回，都融入历史长河，变成久远的记忆，只剩下孩子疑问和惶惑的神色，以及我迷茫而孤独地咀嚼岁月风化后的苦涩。

有一天，我老了，人们再也认不出我。我还想去河边走一走，看一看。我不说话，只是怅然地望那让我眷恋的河流，那长满一蓬一蓬的青草。新生的人们，他们不会知道，这片土地上，一位少年曾泛舟河上，在"月黑见渔灯，孤光一点萤"的夜晚，光着脚丫立在船头用一尾竹竿划破水面夜的平静。

我的土地，我的河，有我出生的胎记，有我抹不去的记忆。

她阅读·情感卷

戴怡冰

童年的河流

　　透过时间的长野回望童年，在一片烟紫色的雾气里，氤氲着一座四季分明的北方城市，一个方正有型的四合院落，一棵枝繁叶茂的大槐树，一眼甘美清凉的老水井，一盘生机勃勃的向日葵，一株砌红堆绿的指甲花；还有，出了院门，上学路上，一条弯弯曲曲细细小小的河流。

　　小河没有名字，人们只管它叫"河"，妈妈们会说"不许下河蹚水"，小伙伴们会说"我们在河边等你"，仿佛它是世界上唯一的河。小河在一年中会呈现不同的面貌，夏天水大些，冬天完全冰封，春天解冻开河凌晶闪烁，秋天则是涓涓潺潺细波荡漾，上面漂流着缤纷的花枝落叶。小河有着宽大的河床，河床上裸露着形状各异的大小卵石，足见它曾经是一条大河。河床上还参差着杏桃杨柳各种树木，春花秋月演化着多姿多彩的四季风景。河岸上有一条沙土人行路，路对过是一面灰色的长墙，墙上有一些笔划简单的孩童式涂鸦。人行路上只能见到大人们的身影，孩子们都会跑到河床上，甚至直接在河里——寓走于乐。特别是冬天，河面变成了冰面，小河也就变成了冰河，上下学的时候，孩子们便都一个接着一个地"出溜"

着走，因为要保持平衡，个个都夸沙着胳膊，挥动着五颜六色的手套，不时有人东倒西歪，也不时传出女孩子的尖叫声，那景象煞是可观，现今回想起来仍会忍俊不禁。

事实上，小河必是有名字的，至少在城管部门，只是我们不知道，也不需要知道，我们知道它作为小河的存在就够了，听到它泠泠的水声看到它欢快地前行就够了。我们不仅不知道它的名字，我们也不知道它的来途与去向，不知道它经历了怎样的激荡和波折，才和我们短暂相会亲密相逢；我们只知道，对于童年的我们，它不仅是一条小小的河流，它还是一首甜美的歌谣，一支曼妙的乐曲，一个温馨的梦境。

很多年以后，人到中年的我再次回到那座城，切切地找寻那条童年的小河，发现它已然消失得无影无踪，甚至连准确的位置都不能确定了，代之以大片的商业街区，四顾皆是密匝的楼堂和熙攘的人流。疑惑间询问年长的路人，竟也不甚了了，只说"从前——好像——是有一条小河"。虽然有点失望有点怅然，但我知道其实不重要了，那小河早已潜入了心底，流过春天，流过四季，流过岁月与风尘，一直流在我的生命里。

她阅读 · 情感卷

第八章　凭窗凝望

蒸梨常共灶

她阅读·情感卷

故园风雨前

　　去年秋天我们家与失散多年的老邻居取得了联系，还没见面呢，两边的老太太在电话里就哭一回笑一回的。我记得是我刚上学时搬的家，从那个多户杂居的四进大院子搬走，之后就再也没见过他们，听说他们家不久也搬走了，这中间少说也有二十几年没音信。这回是他们辗转找来。

　　他们老太太电话里刚一叫出我妈名字，我妈这厢几乎是同时叫出了她的。我妈又叫我爸接，我爸一来就已经词穷，只会反复叹道：没想到没想到没想到没想到……那边肯定也不是一个人在听电话，老太太叫了儿子女儿轮番上阵，我离老远都能听见电话里的喊叫。

　　我妈耳朵背，声音就大，晚上九点已过，她爆出的哭笑声把楼下那两桌麻将都盖住了。我爸先求她"小点儿声！"继而又多情道："别人还以为是我出了什么事儿呢！"我妈哪理他。

　　到了见面那一天，阵仗不得了。他们家开枝散叶，一来就是十几口子，单单相认就认了好久，坐下来的时候热菜都成凉菜了。然而都吃不下。乳鸽从我这儿转走时是十五块，转回来还是十五块。

　　先说起他们老先生的去世，又说我们家外公外婆去世，两边都伤感，因为音容笑貌都记得很牢。他们家是北方人，爱包饺子，常常叫我外婆带我去吃，我为了饺子说情愿叛逃到他们家做闺女。外婆揭露我：她的话信不得啊！她吃完就跑掉了！我还记得大家都笑。他们家老先生我称伯伯，矮矮胖胖的，喜欢在天井里坐着，看报听广播，印象里他总在摇蒲扇，抿一口茶，从喉咙很深的地方发出长足的一声叹息，表示相当享受。

伯伯古稀过了去世的，按说不应该，都说他不抽烟不喝酒怎么看都是该长寿的，所以他们老太太怀疑在二十世纪六十年代遇到的那个坎，才是老先生的病根儿，使他没能挺过七十三这道坎儿。我妈说我外公最后几年话很少，抽劣质的烟，喝便宜的酒，吃小摊上买来的坏掉的花生米，手抖得很厉害，那情形都知道他是再也没能从愤懑中缓过来。

两边的老太太都哽咽，我也不知道该怎么劝，他们家的大哥大姐二哥小哥也不知道该怎么劝。大哥五十多了，做着一个文艺教育方面的官员，很健谈的样子，我看他想举个杯说个祝酒词，但临时又没能举起来，自己垂头喝了一口。大姐是热烈的女人，我刚出电梯就一把抱着我笑个不停，"街上见到绝对认不到！——你长那么泡膫① 了！"我虽然并不太记得她少女时与我嬉闹的情形，但看她满脸笑纹，又披着一块五彩的纱，热闹可亲，隔着桌子都想去挽住她。她这时也不吭气，纹在，没笑。二哥瘦，脸色也灰，他生在二十世纪五十年代末，哪有东西吃。小哥比我大几岁，婚结得晚，孩子还抱着，是个眼睛咕噜咕噜转的胖小子。小哥我有深刻的印象，曾经我们去很远的地方看人打架，最后天晚了是他背我回家的。两边大人还起意要做娃娃亲，把我们俩恶心坏了。

---

① 泡膫：四川方言，形容植物（也沿用至食物等）苗壮丰茂，体积大而密度小，类似北方话里的暄腾。例如"甘蔗很泡膫""小孩子长得泡膫"等等。

那时我们住的瓦屋，现在想起来必定是早前有钱人家的，一是庭院深深，二是正门、旁门、正房、厢房、天井、后园，等等，元素丰富结构完整，是预备着四世同堂、五世同堂的标准配置。我们至少住进去六家人，其中两家是祖孙三代。另外还剩三四间大房子充公做了仓库。

我们家算小家庭，就三口人，分了一间房，一间厨房，天井和别家共用。那时因为整个院子里除我以外的孩子们都大了，只有我还没入学，还没学习做人的道理，也就没什么廉耻心，所以据说我是唯一吃遍了全院的人。

对那时的生活我印象不深了，只朦胧记得第一进里赵家种了金银花，我喝过他们端给我的金银花水，浅褐色透明的甜汤；第三进的仓库有两只大狼狗守着，有人来喂他们蒸红薯，我也分到一块，我们仨一起吃的；最后一进的何家，有天他们把养了很久的芦花鸡炖了，黄澄澄一锅汤香得人眩晕，但大儿子换蜂窝煤的时候敞着砂锅盖子，一失手蜂窝煤掉进锅里，变成乌鸡汤了，整个下午他站在水龙头下面边哭边洗鸡，鹅黄色的鸡油凝在腕子上。那时各家过日子都紧巴巴没啥余粮的，但那样交情的邻里，好像搬家之后再也建立不起来了。前不久听小孩子念唐诗，《题邻居》，有几句真像冬夜的炉火一样暖热，因特意找到全诗：

题邻居

[唐] 于鹄

僻巷邻家少，茅檐喜并居。
蒸梨常共灶，浇薤亦同渠。
传屐朝寻药，分灯夜读书。

虽然在城市，还得似樵渔。

最喜欢"蒸梨常共灶,浇薤亦同渠。"因为我们差不多就是那样。可惜我们院子里的风光太不美，除了门口的一架金银藤，地上青苔和屋顶瓦缝的蓬蒿就没有别的景致了。成都阴雨天极多，我记忆中的院子，瓦屋，石板地，在天井里喝茶看报的伯伯，所有这些影像都像浸在水雾里，是透明的灰蓝灰绿的色调。

"他每天也就是喝下茶，看下报，没得几句话，我也不懂，脑壳瓜得很，都说不来安慰他的话。"他们老太太说伯伯。

"是啊，我现在想到都后悔，我那时也年轻糊涂得很，他说过日子要细水长流，我就真的节省得很，结果他走之前根本就没吃过几顿好东西，我后来后悔得要死。"我妈说我外公。

整个饭桌上像一支严守纪律的伏兵一样，足足沉默了十几秒钟。

突然小哥怀里的大胖小子大喊一声："要吃莽莽!"大家才又回过神来，他们老太太给他小碟子里夹了一块乳鸽翅膀，又亲他，"我乖吃莽莽吃莽莽!"大哥大姐他们一时也缓过来，纷纷给我爸妈夹菜，我还得到一大块昂贵的什么鱼肉，大姐隔桌喊道：不怕! ——不得胖!

他们老太太转回来对我妈又说了一两句话，结束了这个话题：

"你们家外公走的时候没太遭罪吧？"她说。

"还好，我们都在他边边上。你们呢？"

"他也还好，安安静静的。——都没做过坏事噻。"

——宴席打这儿才正式开始。

渡

口

地阅读·情感卷

谢克强

1

河岸，斧削刀劈。

崖下，汉江穿山而来，又奔腾而去……

这是汉江的一个渡口，一端连着绳一样的山路，一头系着路一样的纤纤的缆绳。

握别的手松了，系桩的缆绳解开了，你回头瞥了一眼站在渡口的我，一步跳上了渡船。

岸在晃动。

三月的阳光雕塑着老艄公古铜色的脸膛。只见他用水淋淋的竹篙拨正船头，一躬身，船便向江心驶去。

我痴望着驶向对岸的船，那载着你走向海洋、走向蓝疆的船，也把我的思念送向遥远……

蓦地，我理解了望夫石的缄默。

2

海风，带着大海的粗犷，轻轻撩起你水兵的飘带；

远处，几只梦一样洁白的海鸥在浪尖上嬉戏；

你站在甲板上，晶亮的眼里闪射渴望，凝视着蔚蓝色的大海深处……

还记得那一只小船吗？

当我捧着你的照片，我便想起那一只小船。

那是怎样的一只小船啊，那天，我和你放学回家，手拉着手走着、跑着。突然，峡谷里吹来一阵微风，惊动溪畔一棵枫树，一片落叶飘飘忽忽，飘落在山涧的小溪里，小溪里有了一只红色的小舟。你望着红色的小舟，眼睛闪亮，忙从书包里掏出几张彩色的糖纸，扎了一只彩色的小船。

彩色的小船追逐着红色的小舟，在潺潺流淌的溪水里前进，你那么兴奋地看着你的船儿在溪水里流动。你说，你的船在航行，你要把你的船送到大海去。

你说，你的船很小，只载得起一颗稚嫩的心。

也许，是那只小小的船，在你幼小的心里，萌生了对海的向往和对理想的思念……

3

窗外，风雨喧嚣的夜一次又一次袭来，吹灭我的灯火。啊，好个巴山夜雨！

划亮火柴，屋里又亮起一豆灯火，我忙用备完的教案掩映灯火。

如豆的灯火，映着我在铺开的信纸上，胡乱的写着你的名字，一笔一画，刻着我的心思；胡乱的心思和美丽的幻影叠在一起……

写着，写着，我捧起你的名字，又轻轻地，就像窗外的夜雨滴落我的窗檐，轻轻呼唤你的名字；于是，我寂寞的夜空，因你的名字而灿烂。

你知道么，我少女的心如花的蓓蕾就要开放；你的名字啊，你的名字就是蓓蕾企盼的雨露，怒放的花儿拥抱的自由的阳光……

4

我把这张彩色的小照寄你。

你看见身后小学山坡上那片灿若云霞的桃花吗？看见了桃花，也许会使你想起那支歌，那支《在那桃花盛开的地方》，不过，我倒是想借那流光溢彩的桃花辉映我微笑的青春……

谁生命的蓓蕾不想在美中开放呢？

不！你说，绚丽的花会凋谢，青春的微笑也会凋谢，只有那一颗流蜜溢情的心永远不老！

读着你的来信，我深深地感谢你，那样深深理解一个少女的心。

5

我有一位知心朋友，她便是从山涧飘来又绕过我的窗口的会唱歌的小溪。

有时，朝霞镀亮我的微笑，我探出头来，总爱对她倾吐透明的心声，她便在我甜美的微笑里，漾起温柔的惆怅，我孤独地倚坐窗口，总爱对她诉说迷离的忧伤，她应着我伤心的泪滴，奏起凄愁的琴弦，缠缠绵绵，吟一支幽怨、哀婉而宁静的相思曲……

年年月月，朝朝暮暮。叮叮咚咚流响的，是她琴一样优美的歌音。

也许知道你在大海，她才那么执着地吟唱，向前流去，流向大海流向你大海般的胸怀。

6

海上没有邮局，你说。

摇晃在吊床上的思念，欲寄无处，你攒了一个又一个星期的思念，差不多要把吊床压沉。

一片白云从你的军舰旁掠过，向海的那岸飘去，你在甲板上深情地笑了，向白云招了招手，托飘动的白云给我捎去一片玉色的离情、一片玉色的思念……

山里也没有邮局。

你问我的相思呀，我的相思是一条会游动的小鱼，悄悄，悄悄，它从渴望的小溪，悄悄向你的大海游去。

告诉你，它想见见世面、经经风浪哩！

有朝一日，我的小鱼会游回来的，它会给我带回大海的秘密……

7

夜，恬静的山村之夜，一片寂寞。

寂寞的夜里，不甘寂寞的，是我那一颗充盈着青春的血的心，于是，孤独的灯火，伴我走进一本书里。

这是一部执着追求与默默献身交织的故事，你读过么，这部题为《山村女教师》的书。

是的，每一个人都是一部书。

一阵风从窗隙里袭来，吹熄了我的油灯，浓重的黑暗也伴着冷风袭来，囚禁我孤独的心。

我划亮火柴，匆匆点亮油灯。灯火又笑了，这光的精灵啊，竟以一豆火光驱逐着沉沉黑暗，映亮你透射出英气的照片。我动情地痴望着你，你也笑了，诱人的笑在我的心中漾起一层层甜蜜的涟漪……

孤独中，我感到你的抚慰。

8

掩映昏黄的灯火，一阵不可言状的喜悦轻舔着温柔的胸脯；我的爱，除了鸿雁传递的信中，便在扑朔迷离的梦里。

瞧，走过缀满含羞草的小路，你蹚响了相思草，悄悄走进我幽深的梦……

你来了，带着大海的爱，爱得那样炽烈、爱得那样粗犷、又爱得那样深沉……

你用你那握过舵轮的水兵的手，轻柔地抚弄着我的鬓发，又伏在我的耳边，低低地浅诉着相思；蓦地，你猛地一把拥抱着我，风扫落叶一般地狂吻……

我醒了，在黑暗的惊恐中，闪烁欢乐又噙着痛苦的眼泪茫然四顾，急急寻觅着你。

披衣起身，临窗眺望湛蓝湛蓝的夜空，只见闪烁的星河里星光灿烂。瞧，那颗站在星河岸边的星，亮着晶亮晶亮的眼睛，似在窥视我心中的秘密……

我想，不知此时此刻，我是否也走进你的梦里？

9

是的，这是一支普普通通的竹笛，是从我们学校山后那片竹林里砍来的紫竹，然后情镶意嵌，几经雕琢，做成这支金色的竹笛。

山里的少女，有自己表达爱情的方式。这不，我把这支竹笛放在床头，当黎明的云雀穿过重重夜空，月夜的夜莺寻觅蔷薇的芬芳而歌唱时，我便为它们伴奏，吹响你离开我时我特意为你吟唱的那一支歌，六个笛眼忘情地喷吐，吐不尽我的心事……

如今，我把这支吹奏过我的心事的竹笛寄给你，笛子会从我的唇上偷去甜美，渗进你的歌里。当孤寂的新月在茫茫的海天徘徊时，请你依在船舷、伴着海浪，用这支故乡的竹笛吹奏一曲吧，吹奏那支你离开我时我为你吟唱的那一支歌。

孤独的新月便不会寂寞了，它会吮吸笛声的甘醇，在美的音韵里，醉倒在大海幽深的梦中……

10

从苍茫的大海深处归来，你带回一只小小的海螺。

你说：送你一支海螺，便是把一个大海送给你了。

真是！这斑斓的、诱人的海螺，瞧它美丽的花纹里，雕下涛痕、刻着浪迹，凝着大海的情思……

啊，我珍重地捧着大海的精灵，又虔诚地把它贴在心房，我仿佛听见那雄浑、粗犷、激越的涛声，海的情感在我的胸中涌动。

我的胸中便是一个大海了。

是啊，爱上水兵的姑娘，谁的胸中没有一个壮阔、雄浑的海呢？

11

风，轻轻与风旗絮絮细语。

浪，缓缓与港岸推拥嬉戏。

穿过风浪起伏的思念，你迎上前来，伸开那双曾搏击风浪的双臂。

你说：让我的水兵之歌轻轻泊在你的港湾，你百合花似的安宁、月光般的恬情、梦一样的温柔的港湾，是可以哄睡疲惫、安息艰辛的啊！

但我不希望你沉溺在我的爱里。你感到我爱的热烈么？

生命的船是属于风浪的，水兵之歌是属于风浪起伏的大海的。你听到黎明的召唤么？

为着爱，愿你永远伫立船头，升起力的风帆，向着波涛翻滚、风烟万里的大海远航……

12

你要走了，送你，我又站在渡口的岸边，站成一棵相思树——凝望远去的船，凝望着远去的流水。

流水，流走了时光，流不走的是根须般深深扎进土里的相思，营养着立在渡口生机盎然的相思树。

悠忽，远天落下一片流云，挂在我摇着青翠的叶子上，当我伸出颤抖的手去轻轻捧起时，一看，是你从遥远的海天寄来的一封信；风，又撩起一片片绿叶；一片片绿叶在风的抚慰里呢喃细语，那是只有你听得懂的话语啊！

啊，年轻的水兵，你还记得那棵树吗？在你故乡渡口的岸边，伫立着一棵执着而多情的相思树！

地阅读·情感卷

彭建新

（一）

悠悠的小南风扇起来了。

又是这小南风，哦，多熟悉的小南风哟！

悠悠的小南风，暖融融的，托举着我，在这广袤的山山水水间漂泊，翱翔——

吾令凤鸟飞腾兮，继之以日夜……

凤凰翼其承旂兮，高翱翔之翼翼……

这在群山间如龙蛇般蜿蜒的，就是我们先辈赖以发迹的汉江罢？

想当初，熊氏部落集团首领少典爱上了蛇氏部落的有娇氏，生下了我们中华的始祖炎帝和黄帝，后来，黄帝部落兼并了炎帝部落，在中原生息繁衍。我们楚人是黄帝这一支脉的。我们这一支，世代都是朝廷的火正：看到火星黄昏时分在东方升起，就点燃火种，开坛祭祀火神，向民众宣告新一年的春耕生产可以开始了；当地里的谷穗儿沉甸甸地低下头，火星在黄昏时分在西方落下了，火正又一次点燃火种,宣告一年一度的秋收开始了——我们的先人,生为火正,死为祝融——祝融,就是火神啊……

看到这蜿蜒灵动的汉江,我仿佛又看到了我们的先祖——

当年,他们,就是沿着这汉江蜿蜒潮润的脚步,从中原出发,拉着柴车,在那绿荫蔽日藤葛织山的荒山野岭,披荆斩棘,寻找一块生息繁衍之地。渴了,掬一抔山泉,饿了,采一串野果,赖以遮羞的草裙,被荆棘划拉成筋筋缕缕——筚路蓝缕,这四个字,浓缩了先辈多少艰辛!终于,在这汉江环抱的荆山,在这中原人称之为荆楚的蛮夷之地,栖岩穴,与熊罴为邻,同凤鸟龙蛇相伴。那时,留在中原的兄弟氏族称我们的先人为荆蛮,我们的先人也就干脆以熊为姓,以荆蛮自诩——蛮夷就蛮夷罢,反正,荆蛮和中原,不都是炎黄一脉么!

中土人说,楚人善歌舞。

是啊,在我的记忆里,青春的岁月,如火的激情,曾有多少横无际涯跌宕多姿的浪漫想象,有过多少峨冠博带、佩兰戴菊、倜傥潇洒、徜徉高歌的日子哟……

(二)

幽幽的麦香,在我周围弥漫开来了。

这甜甜的醇香,暖融融的,托着我,在五月的碧空遨游——哦,醉人的麦香;噢,半酣的精魂……

五月的阳光下,江山如画。

麦香飘荡处,日子被酿得甜甜的。

醉眼迷蒙中,世事如棋。

几缕云絮,绵绵的,朝我偎将过来,似纠似缠,似包似裹,温存一番之后，带了些许联想和遗憾，烟样地去了——

哦，棋局样的世事，如烟般的往事哟……

我曾经是楚国的三闾大夫。说起来，这三闾大夫，官还大着呢，管着与楚王同源的屈、景、宋这些宗室的事务！在公事职务上，我是兢兢业业，殚精竭虑，不敢稍有懈怠，就连我最喜欢的诗歌创作，每每也是在公务途中，即景状物，默记于胸；公事毕了，再于夜阑人寂之际，表情抒怀，书之于简帛之上。即使后来，先遭群小嫉妒、后被主上疏远、最终被逐的日子里，可以创作的时间多了，但我的心，哪有一天可曾离开过家国大事呢？

诗歌，哦，魂牵梦萦的诗歌……哦，还有，还有与诗歌同在的那一双水晶样的眸子——婵娟姑娘……

比我晚得多的后辈诗人，似乎比我有灵气。看吧，"红袖添香夜读书"！这样的句子，我当时怎么就没有写出来呢？我，不是也有过多少这样的夜晚么——

婵娟，你不爱穿红衣，可你的脸，永远是红红的；

婵娟，你慎于言辞，可出语温婉，善解人意；

婵娟，你规行矩步，可衣袂飘曳处，幽香满室……

可惜，很久以来，我没有注意这些。在后来坎坷困蹇的日子里，我忧于国事，颠沛流离，精神崩溃，是你，婵娟，柔柔地默默地伴着我——

哦，婵娟也，你天生的可人幽香，让我清醒地记着：我，是条汉子！

婵娟哦，你还好吗？

（三）

哦，又一抹潮润的云絮，期期艾艾地朝我偎了过来……

哦，是这仲夏收获的喜悦，生成了这股氤氲之气么？

是哦，勤事农桑，民无冻馁；勤于稼穑，强国之础呀！后人们啊，不要忘记我们和我们之后的先人们，何以在秋收后，在享用我们的劳动成果之前，总要设坛祭社——这社，就是土地神，是我们先人的图腾哟……

齐楚韩燕赵魏秦，远交近攻也罢，合纵连横也罢，打打杀杀，分分合合，哪一幕不是为了土地……

俯瞰着下界纵横逶迤、波光粼粼、河渠环抱的土地，我思绪的翅膀，在这氤氲之气的托举中，又扑扇起来，我珍藏在记忆深处的先贤谱，突现出一个杰出的楚才——孙叔敖。

在我们楚国的先贤中，我最佩服的贤相就是孙叔敖了。

出身下层的孙叔敖，当了令尹——这是相当于后世宰相丞相的大官呢。家乡父老身穿破衣、脚着草履、头戴白帽来见他——这哪里是贺喜哟，明明是吊丧么，可孙叔敖却立即掸衣正冠，恭肃出迎。耆老见他礼恭意诚，就不再打哑谜了，语重心长地告诫他："小子也，官位越高，做人的姿态要越低；官职越大，处事的心要越小；俸禄越多，越是要谨慎不贪……"孙叔敖终身牢记家乡父老的告诫，他贵为令尹，而他老婆，终生没有穿过一件丝织品，粗衣粝食度日；他家的马，从不用粮食喂养。他的手下很是不解："为什么不改善一下呢？"孙叔敖的回答很富有人生哲理：我听说哇，君子穿华美的衣裳，仪态更加恭谨；小人穿华美的衣裳，神态更加倨傲。我呀，还没有修养到君子的德行，消受不了锦衣美食啊……

我就是以孙叔敖们为榜样的呀！

可是……可是，我怎么落得个身沉汨罗、抑郁千年不得舒展的地步呢？

哦，我这漂泊的魂灵！

哦，我这不瞑的魂灵！

（四）

思及于此，我的翱翔，就变得很有些沉重起来！

在这株树上歇一歇罢——这是棵梧桐树么？

凤凰非梧桐不栖。我是炎黄的后裔，我是楚人的后代，生前洁身自好，化作精魂之后，渴望如我们楚人图腾凤鸾一样，圣洁美丽，举手投足之间，自有一种高雅的气度……

梧桐的高枝，承受着我轻盈而沉重的精魂，颤悠悠的——哦，皎皎者易污，峣峣者易折。当年我所处的环境，多像此刻暂栖的颤悠悠的树枝啊！

生不逢时。

这四个字，就是我命运乖蹇的写照罢？

孙叔敖能以第一名相的美誉名垂青史，楚庄王"三年不鸣，不鸣则已，一鸣惊人"的英明睿智和他的知人善任、用人不疑分不开。我有什么呢？我有楚怀王——唉，说起来，我这个主上，人倒不坏，就是优柔寡断，耳朵根子又特别的软……哦，我怎么好议论主上呢……哦，耳朵根子软的人，要是周围有几个像我这样敢于说直话的，也还罢了。可怀王他老人家周围，怎么多是些口蜜腹剑的小人呢：什么令尹子兰哪，上官大夫靳尚呀，还有那个贪财的夫人郑袖……

哦，人说君臣佐使，相得益彰。楚庄王英明睿智，际遇了个德行高尚的孙叔敖，正所谓锦上添花；我们的楚怀王咧，围着他转的尽是些巧言令色之徒，简直就是雪上加霜……

（五）

山岚漫上来了。

这乳白的山岚，混合着兰花蕙草松针和麦香的山岚，把我严严实实地裹了起来——是山岚裹着我呢，还是……一时间，到底我是山岚呢，抑或山岚就是我呢……

往事越千年。

近三千年的往事，怎么居然还如这山岚，这般恋恋地缠着我呢？

往事不堪回首，回首痛断肠——

怀王啊，您——你堂堂一大诸侯国的君主，怎么就落得个被骗至秦国，最终客死他乡的下场呢！

哦，怀王啊，难得您开始还听得进我的话。"惜往日之曾信兮，受命诏以诏时"，要我草拟改革方案。上官大夫靳尚，要从我手里把这方案拿走，自己送进宫去邀功。靳尚的德行我还不知道？具体事是从来不做的，出头露面上镜头的机会，从来是不择手段要捞的。

善良的人们噢，如果要得罪人，宁可得罪君子，不可得罪小人，尤其是自诩豪爽高雅的小人。

我有教训。

"只要楚国与盟国绝交，秦国就划出自己最肥沃的六百里土地，送给楚国！"

怀王哦，我的主上，这种连小孩子都不会相信的话，您怎么就相信了呢？

果然罢，当您与盟友齐国绝交之后，派人到秦国要求兑现诺言，张仪那小人又怎么说？

"咦——！六百里？听错了吧！难道我是败家子？那天，我明明说的是六里么！"

我记得，当时，怀王哦，您那个气呀！

好容易求得齐国谅解，准备重新结盟了，可张仪故伎重演，又许诺割地结盟了。

我记得，怀王哦，我的主上，对张仪，您似乎还余怒未息："我不要地，我只要张仪的人头！"当时，恰逢你派我离都公干，看您如此清醒，我就放心去了。可等我赶回来，却听说您把那无德无耻的张仪放了！我一打听，果然是令尹子兰和上官大夫靳尚收了张仪的重金贿赂。张仪还另备了一份厚礼，托令尹子兰送给夫人郑袖，蛊惑她：您可千万不要让我们怀王与齐国结盟啊，我听说了，一旦齐楚结盟，齐国就要送一个年轻美貌的宗室女到楚王宫里来……

唉，要是我没有出差，要是没有令尹子兰，要是没有上官靳尚，要是没有郑袖，要是……要是没有这么多的"要是"，战国的历史很可能就会是另一番模样啊！

哦，铁板钉钉的历史啊，可能就是由许多许多的"要是"拼嵌成的罢……

（六）

小南风，又悄悄地悠起来了。

南风起处，乳白色的山岚，连同我，被托举起来，在明丽五月的天空，漂泊，翱翔……

咦！震人心魄的鼟鼓哦，敲起来了喂！

咦！动人情思的龙船调哦，吼起来了喂！

咦！撩人胃口的糯粽咸蛋哦，香起来了喂！

咦！驱虫辟邪的菖蒲艾蒿哦，插起来了喂……

我的眼睛潮润了，我的心潮润了，潮润感应成一片雨云，在五月的碧空凝结……

我忽然警醒了，我扑扇起翅膀，招呼风婆雨师：啊，啊，二老去吧，去吧，下界正麦收，用不着风雨呢……

是的，我不能让你们扫兴，我楚国的后人们！

是的，我不能让你们扫兴，我的炎黄后裔们！

我知道，我身沉汨罗之后，你们，为了救我，擂响鼙鼓，驱赶鱼鳖；为了保证鱼鳖不咬食我，你们朝湖水里扔香粽咸蛋……

我知道，此刻——千百年来，这种营救，已经蜕变成了一种游戏，可是，我还是要说：感谢你们，热情的后人们！

不禁想起了当年那个渔夫——

"你不是三闾大夫么，怎么到这里来啦，而且，这般憔悴？"

当时，我被放逐到汨罗江畔，的确是颜色憔悴，形容枯槁。

"满世界都这般污浊，只有我是干净的；所有的人都醉了，只有我还醒着，唉，我不被这世界所容哦……"

"众人都脏，你也可以弄点脏泥浇点脏水在身上么；众人都醉了，你不妨也就着喝上几口残酒——何苦独自清高呢……"

"我也听说，才洗过头的人，一定要把帽子掸一掸再戴；刚洗过澡的人，一定要把衣服抖一抖再穿。我是不会苟且做人，与世人同流合污的……"渔夫的劝告我不能接受，可跟他一个山野渔樵之辈，说这些有何用处呢？

渔夫瞥了我一眼，掉转船头，一串橹声咿呀，向烟波浩渺处去了——

"沧浪的水哟，清又清，清清的水哟，洗帽缨；沧浪的水哟，浊又浊，浑浊的水哟，洗我的脚……"

三千年啦，渔夫那亦讽亦劝的歌声，似总在我耳畔回荡……

此刻，俯瞰下界，青山绿水间，只有饱满的麦穗，鼓胀的豆荚，低下成熟的头颅，向养育自己的土地躬身礼拜；只有隆隆的鼙鼓，和着龙舟竞渡的呼喝，伴着高亢的龙船调，浸润着糯粽的甜腻，混着香蒲艾蒿幽兰秀蕙的清香，混着人们的七情六欲，在五月的杲天游荡……

忽然，我有些恍然了，不禁张皇四顾：渔夫哦渔夫，没有虚伪、没有矫情的山野渔樵之人，你，在哪里呀！

听听那冷雨

她阅读·情感卷

余光中

　　惊蛰一过，春寒加剧。先是料料峭峭，继而雨季开始，时而淋淋漓漓，时而淅淅沥沥，天潮潮地湿湿，即便在梦里，也似乎有把伞撑着。而就凭一把伞，躲过一阵潇潇的冷雨，也躲不过整个雨季。连思想也都是潮润润的。每天回家，曲折穿过金门街到厦门街迷宫似的长巷短巷，雨里风里，走入霏霏令人更想入非非。想这样子的台北凄凄切切完全是黑白片的味道，想整个中国整部中国的历史无非是一张黑白片子，片头到片尾，一直是这样下着雨的。这种感觉，不知道是不是从安东尼奥尼那里来的。不过那一块土地是久违了，二十五年，四分之一的世纪，即使有雨，也隔着千山万山，千伞万伞。十五年，一切都断了，只有气候，只有气象报告还牵连在一起，大寒流从那块土地上弥天卷来，这种酷冷吾与古大陆分担。不能扑进她怀里，被她的裙边扫一扫也算是安慰孺慕之情吧。

　　这样想时，严寒里竟有一点温暖的感觉了。这样想时，他希望这些狭长的巷子永远延伸下去，他的思路也可以延伸下去，不是金门街到厦门街，而是金门到厦门。他是厦门人，至少是广义的厦门人，二十年来，不住在厦门，住在厦门街，算是嘲弄吧，也算是安慰。

不过说到广义，他同样也是广义的江南人，常州人，南京人，川娃儿，五陵少年。杏花春雨江南，那是他的少年时代了。再过半个月就是清明。安东尼奥尼的镜头摇过去，摇过去又摇过来。残山剩水犹如是，皇天后土犹如是。纭纭黔首、纷纷黎民从北到南犹如是。那里面是中国吗？那里面当然还是中国永远是中国。只是杏花春雨已不再，牧童遥指已不再，剑门细雨，渭城轻尘也都已不再。然则他日思夜梦的那片土地，究竟在哪里呢？

在报纸的头条标题里吗？还是香港的谣言里？还是傅聪的黑键白键？马恩聪的跳弓拨弦？还是安东尼奥尼的镜底勒马洲的望中？还是呢，故宫博物院的壁头和玻璃柜内，京戏的锣鼓声中太白和东坡的韵里？

杏花，春雨，江南。六个方块字，或许那片土就在那里面。而无论赤县也好神州也好中国也好，变来变去，只要仓颉的灵感不灭，美丽的中文不老，那形象那磁石一般的向心力当必然常在。因为一个方块字是一个天地。太初有字，于是汉族的心灵他祖先的回忆和希望便有了寄托。譬如凭空写一个"雨"字，点点滴滴，滂滂沱沱，淅淅沥沥，一切云情雨意，就宛然其中了。视觉上的这种美感，岂是什么 rain 也好 pluie 也好所能满足？翻开一部《辞源》或《辞海》，金木水火土，各成世界，而一入"雨"部，古神州的天颜千变万化，便悉在望中，美丽的霜雪云霞，骇人的雷电霹雹，展露的无非是神的好脾气与坏脾气，气象台百读不厌，门外汉百思不解的百科全书。

听听，那冷雨。看看，那冷雨。嗅嗅闻闻，那冷雨，舔舔吧，那冷雨。雨在他的伞上，这城市百万人的伞上，雨衣上，屋上，天线上，雨下在基隆港在防波堤海峡的船上，清明这季雨。雨是女性，应该最富于感性。雨气空而迷幻，细细嗅嗅，清清爽爽新新，有一点点薄荷的香味，浓的时候，竟发出草和树林之后特有的淡淡土腥气，也许那竟是蚯蚓的蜗牛的腥气吧，毕竟是惊蛰了啊。也许地上的地下的生命也许古中国层层叠叠的记忆皆蠢蠢而蠕，也许是植物的潜意识和梦紧，那腥气。

　　第三次去美国，在高高的丹佛他山居住了两年。美国的西部，多山多沙漠，千里干旱，天，蓝似安格罗撒克逊人的眼睛，地，红如印第安人的肌肤，云，却是罕见的白鸟，落基山簇簇耀目的雪峰上，很少飘云牵雾。一来高，二来干，三来森林线以上，杉柏也止步，中国诗词里"荡胸生层云"或是"商略黄昏雨"的意趣，是落基山上难睹的景象。落基山岭之胜，在石，在雪。那些奇岩怪石，相叠互倚，砌一场惊心动魄的雕塑展览，给太阳和千里的风看。那雪，白得虚虚幻幻，冷得清清醒醒，那股皑皑不绝、一仰难尽的气势，压得人呼吸困难，心寒眸酸。不过要领略"白云回望合，青霭入看无"的境界，仍须来中国。台湾湿度很高，最饶云气氛题雨意迷离的情调。两度夜宿溪头，树香沁鼻，宵寒袭肘，枕着润碧湿翠苍苍交叠的山影和万缀都歇的俱寂，仙人一样睡去。山中一夜饱雨，次晨醒来，在旭日未升的原始幽静中，冲着隔夜的寒气，踏着满地的断柯折枝和仍在流泻的细股雨水，一径探入森林的秘密，曲曲弯弯，步上山去。溪头的山，树密雾浓，蓊郁的水气从谷底冉冉升起，时稠时稀，蒸腾多姿，幻化无定，只能从雾破云开的空处，窥见乍现即隐的一峰半堑，要纵览全貌，几乎是不可能的。至少上山两次，只能在白茫茫里和溪头诸峰玩捉迷藏的游戏。回到台北，世人问起，除了笑而不答心自问，故作神秘之外，实际的印象，也无非山在虚无之间罢了。云缘烟绕，山隐水迢的中国风景，由来予人宋画的韵味。那天下也许是赵家的天下，那山水却是米家的山水。而究竟，是米氏父子下笔像中国的山水，还是中国的山水上只像宋画，恐怕是谁也说不清楚了吧？

雨不但可嗅，可亲，更可以听。听听那冷雨。听雨，只要不是石破天惊的台风暴雨，在听觉上总是一种美感。大陆上的秋天，无论是疏雨滴梧桐，或是骤雨打荷叶，听去总有一点凄凉，凄清，凄楚，于今在岛上回味，则在凄楚之外，再笼上一层凄迷了，饶你多少豪情侠气，怕也经不起三番五次的风吹雨打。一打少年听雨，红烛昏沉。再打中年听雨，客舟中江阔云低。三打白头听雨的僧庐下，这更是亡宋之痛，一颗敏感心灵的一生：楼上，江上，庙里，用冷冷的雨珠子串成。十年前，他曾在一场摧心折骨的鬼雨中迷失了自己。雨，该是一滴湿漓漓的灵魂，窗外在喊谁。

雨打在树上和瓦上，韵律都清脆可听。尤其是铿铿敲在屋瓦上，那古老的音乐，属于中国。王禹的黄冈，破如椽的大竹为屋瓦。据说住在竹楼上面，急雨声如瀑布，密雪声比碎玉，而无论鼓琴，咏诗，下棋，投壶，共鸣的效果都特别好。这样岂不像住在竹和筒里面，任何细脆的声响，怕都会加倍夸大，反而令人耳朵过敏吧。

雨天的屋瓦，浮漾湿湿的流光，灰而温柔，迎光则微明，背光则幽黯，对于视觉，是一种低沉的安慰。至于雨敲在鳞鳞千瓣的瓦上，由远而近，轻轻重重轻轻，夹着一股股的细流沿瓦槽与屋檐潺潺泻下，各种敲击音与滑音密织成网，谁的千指百指在按摩耳轮。"下雨了"，温柔的灰美人来了，她冰冰的纤手在屋顶拂弄着无数的黑键啊灰键，把响午一下子奏成了黄昏。

在古老的大陆上，千屋万户是如此。二十多年前，初来这岛上，日式的瓦屋亦是如此。先是天黯了下来，城市像罩在一块巨幅的毛玻璃里，阴影在户内延长复加深。然后凉凉的水意弥漫在空间，风自每一个角落里旋起，感觉得到，每一个屋顶上呼吸沉重都覆着灰云。雨来了，最轻的敲打乐敲打这城市。苍茫的屋顶，远远近近，一张张敲过去，古老的琴，那细细密密的节奏，单调里自有一种柔

婉与亲切，滴滴点点滴滴，似幻似真，若孩时在摇篮里，一曲耳熟
的童谣摇摇欲睡，母亲吟哦鼻音与喉音。或是在江南的泽国水乡，
一大筐绿油油的桑叶被啮于千百头蚕，细细琐琐屑屑，口器与口器
咀咀嚼嚼。雨来了，雨来的时候瓦这么说，一片瓦说千亿片瓦说，
说轻轻地奏吧沉沉地弹，徐徐地叩吧，挞挞地打，间间歇歇敲一个
雨季，即兴演奏从惊蛰到清明，在零落的坟上冷冷奏挽歌，一片瓦
吟千亿片瓦吟。

在旧式的古屋里听雨，听四月，霏霏不绝的黄梅雨，朝夕不断，
旬月绵延，湿黏黏的苔藓从石阶下一直侵到舌底，心底。到七月，
听台风台雨在古屋顶上一夜盲奏，千层海底的热浪沸沸被狂风挟挟，
掀翻整个太平洋只为向他的矮屋檐重重压下，整个海在他的蜗壳上
哗哗泻过。不然便是雷雨夜，白烟一般的纱帐里听羯鼓一通又一通，
滔天的暴雨滂滂沛沛扑来，强劲的电琵琶忐忐忑忑忐忐忑忑，弹动
屋瓦的惊悸腾腾欲掀起。不然便是斜斜的西北雨斜斜刷在窗玻璃上，
鞭在墙上打在阔大的芭蕉叶上，一阵寒潮泻过，秋意便弥湿旧式的
庭院了。

在旧式的古屋里听雨，春雨绵绵听到秋雨潇潇，从少年听到中年，
听听那冷雨。雨是一种单调而耐听的音乐是室内乐是室外乐，户内
听听，户外听听，冷冷，那音乐。雨是一种回忆的音乐，听听那冷雨，
回忆江南的雨下得满地是江湖，下在桥上和船上，也下在四川的秧
田和蛙塘，也下肥了嘉陵江，下湿布谷咕咕的啼声，雨是潮潮润润
的音乐下在渴望的唇上，舔舔那冷雨。

因为雨是最最原始的敲打乐从记忆的彼端敲起。瓦是最最低沉
的乐器灰蒙蒙的温柔覆盖着听雨的人，瓦是音乐的雨伞撑起。但不
久公寓的时代来临，台北你怎么一下子长高了，瓦的音乐竟成了绝
响。千片万片的瓦翩翩，美丽的灰蝴蝶纷纷飞走，飞入历史的记忆。

现在雨下下来，下在水泥的屋顶和墙上，没有音韵的雨季。树也砍光了，那月桂，那枫树，柳树和擎天的巨椰，雨来的时候不再有丛叶嘈嘈切切，闪动湿湿的绿光迎接。鸟声减了啾啾，蛙声沉了咯咯，秋天的虫吟也减了唧唧。二十世纪七十年代的台北不需要这些，一个乐队接一个乐队便遣散尽了。要听鸡叫，只有去诗经的韵里找。现在只剩下一张黑白片，黑白的默片。

正如马车的时代去后，三轮车的伕工也去了。曾经在雨夜，三轮车的油布篷挂起，送她回家的途中，篷里的世界小得多可爱，而且躲在警察的辖区以外，雨衣的口袋越大越好，盛得下他的一只手里握一只纤纤的手。台湾的雨季这么长，该有人发明一种宽宽的双人雨衣，一人分穿一只袖子，此外的部分就不必分得太苛。而无论工业如何发达，一时似乎还废不了雨伞。只要雨不倾盆，风不横吹，撑一把伞在雨中仍不失古典的韵味。任雨点敲在黑布伞或是透明的塑胶伞上，将骨柄一旋，雨珠向四方喷溅，伞缘便旋成了一圈飞檐。跟女友共一把雨伞，该是一种美丽的合作吧。最好是初恋，有点兴奋，更有点不好意思，若即若离之间，雨不妨下大一点。真正初恋，恐怕是兴奋得不需要伞的，手牵手在雨中狂奔而去，把年轻的长发的肌肤交给漫天的淋淋漓漓，然后向对方的唇上颊上尝凉凉甜甜的雨水。不过那要非常年轻且激情，同时，也只能发生在法国的新潮片里吧。

大多数的雨伞想必不会为约会张开。上班下班，上学放学，菜市来回的途中。现实的伞，灰色的星期三。握着雨伞。他听那冷雨打在伞上。索性更冷一些就好了，他想。索性把湿湿的灰雨冻成干干爽爽的白雨，六角形的结晶体在无风的空中回回旋旋地降下来。等须眉和肩头白尽时，伸手一拂就落了。二十五年，没有受故乡白雨的祝福，或许发上下一点白霜是一种变相的自我补偿吧。一位英雄，经得起多少次雨季？他的额头是水成岩削还是火成岩？他的心底究竟有多厚的苔藓？厦门街的雨巷走了二十年与记忆等长，一座无瓦的公寓在巷底等他，一盏灯在楼上的雨窗子里，等他回去，向晚餐后的沉思冥想去整理青苔深深的记忆。

凯伦的小屋

地阅读·情感卷

宋安娜

很少有人来吧。尽管它坐落于内罗毕近郊，方向盘打个弯就能到达；尽管它是一部名著和 7 项奥斯卡金像奖的摇篮；尽管它完好如初，忠实地保留着女主人 1914 年——1931 年在这里生活的原貌，但寂寥仍像湿润空气里的微生物一样无所不在。刚刚下过小雨。东非高原执拗的阳光透过百叶窗。阳光里，寂寥与微生物一起飞舞。

那个下午，我们是唯一的参观者。当地朋友在催促上车了，行程安排很紧。可我不忍离去。

很奇妙的不忍。

其实我对她知之甚少。丹麦女作家凯伦·布里森，曾作为白人殖民者在肯尼亚生活，她的《走出非洲》描写了这段生活。两种文化的碰撞，人与自然的交融，她笔下的非洲宛如一个色彩斑斓的舞台，上演着一幕幕撼动人心的传奇。小说曾改编成同名电影，让制片人、编剧、演员、摄影，还有许多幕后的人，获得了巨大的利益。而她，在这遥远的非洲孤零零地寂寥着。

一个女人的过去。小屋后面，一片郁郁葱葱的原始森林，像一排巨人，为小屋阻挡着恩贡山脉的粗糙长风。小屋前面，一片宽阔的草坪，小雨过后，正碧玉般晶莹。小屋通体北欧别墅风格，坡形屋顶耀眼的红瓦与白色门窗、白色游廊交相辉映。穿过前厅，穿过餐室，走向帷幔低垂的卧房。我听见自己的脚步声。凯伦也这样走着吧？裙裾窸窣，不由得心房一热，忽然就觉得与这房子、与这个人，很熟悉，很亲切。

17 年，凯伦在这里。一个女人在这里生活过 17 年之后，这里便成为她的全部。凯伦后来回到丹麦，但她再没有其他生活，也不可能有其他生活了。她就一直写，一部书一部书地写，写她失去的乐园——非洲。

那片郁郁葱葱的原始森林，她目睹过一群大象出没，"明媚的阳光透过茂密的葡匐植物斑斑点点地洒落下来。大象悠然地迈着步子，仿佛它们在世界尽头有什么约会似的。"那片青翠欲滴的草坪上，她举行过一次次盛大舞会，最多时要接待两千多土著客人。男人挥动长矛扮演武士，舞圈内的姑娘不时发出长而尖的啸声，而老人们，则坐在草地上闲聊，话语如涓涓溪水流淌。风从游廊穿过，在白色廊柱间发出回响，恍如那些黑人患者仍等候着她并发出呻吟："瘦骨嶙峋的老人撕心裂肺似的咳嗽着，眼泪汪汪"，"妈妈怀抱着发烧的孩子，小孩宛如枯萎的小花悬挂在她们的脖子上"，而她，每天上午9 点至 10 点，都会走出书房，用自己有限的医学知识为他们剪除病痛。小屋里，地板依然光滑明亮，一如她居住在这里时的习惯打了蜡，让游客行走在上边，不由自主便踮起脚尖，小心翼翼。忽然，铃声想起来，清脆欢快。那是她养育的小瞪羚吧，颈部系一只铃铛，自由自在地走来走去，步态举止文静娴雅，当它在壁炉前卧下，"犹如一位绝代佳人落落大方地拢起裙裾，免得它妨碍别人"。她给它起名"璐璐"。在斯瓦希里语里"璐璐"是"珍珠"的意思。

凯伦，这个女人，完完全全融入了非洲的大自然、融入了非洲的人民之中。凯伦在非洲的生活无比坎坷。她 28 岁与远房表哥布罗尔订婚，次年远行非洲完婚。布罗尔先期到达，用两家的钱购买了一座方圆六千英亩的农场、他们共同经营的咖啡园。但婚姻并不像凯伦想象的那样，她甚至因布罗尔的放荡而染病并导致终生不孕。7年之后两人离异，她独自支撑着农场，种植、采摘、粗加工，咖啡生产的全过程她都亲力亲为。一场大火令她的加工厂损失惨重，第一次世界大战又使咖啡价格暴跌。她破产了，农场被强制拍卖。唯有与丹尼斯的爱情成为她生命中最激越的音符。一个狩猎者，一个飞机驾驶员。她常常与他一起夜宿原始森林去捕猎狮子，一起飞上蓝天俯瞰苍茫大地上角马群奔腾。不幸再一次降临，丹尼斯的飞机在返回她的农场时从 200 英尺的高度坠落，立刻燃起的熊熊大火，机毁人亡。灾难接踵而至，凯伦不得不告别非洲。临行前她变卖了小屋里全部家具，从此再没回来。

而凯伦却走不出非洲，她的心留在那里。在《走出非洲》中她写道："假如我熟悉非洲之歌——一支吟唱瞪羚和非洲新月栖于其背的歌，一支吟唱田间耕耘和采摘咖啡的农夫那一张张汗水淋漓面影的歌，那么非洲是否也晓得一首关于我的歌呢？非洲旷野的空气可曾因见到我昔日衣服的颜色而震颤？非洲儿童发明的游戏里可曾提及我的名字？十五的月轮可曾将一个似我的身影投射在车道的鹅卵石上？恩贡山的雄鹰可曾常常四处将我寻觅？"

凯伦如愿。她的故居先售于内罗毕一家土地开发商，后数易其主。1963 年肯尼亚独立，丹麦政府将她的小屋并周边六英亩土地买下来，作为国礼赠与肯尼亚政府，后来正式建为凯伦纪念馆。

汽车鸣笛。我在小屋窗下一盘石桌旁坐下来。夕阳抚摸着石桌和我，有温暖的回家的感觉。细看，石桌极像一盘石磨，斧凿磨齿依稀可辨，磨齿间隐约透出些褐色斑点，血迹似的，仿佛蕴含着无限人世沧桑。那不忍便愈强烈，隐隐地发痛。当地朋友再次催促。我举起相机，将石桌拍摄下来。回津后找了《走出非洲》来读，才知道石桌果然曾是磨盘，那褐色也果然是血。非洲的石头硬度不够，这磨盘漂洋过海从印度运来，后来印度磨工被人暗杀，鲜血渗入磨盘，再也擦洗不去。坐在这石桌旁，凯伦处理与土著人有关的事务，还曾与她的恋人丹尼斯为非洲高远绚丽的夜空而沉醉。

　　一个女作家的生命信息。曾经的。穿越了历史尘埃。写作让人敏感。但我深知，那打动我的，不仅仅是一部书。

秋
日
情
怀

地
间
读
·
情
感
卷

别
世
禹

月光倾城。

一树叶子在一弯新月的袭扰下,褪了颜色,从树杈间稀疏地滑落。

风拂过,仲秋驾着时节的车轮,在起伏的潮水中翩然而至。

雁南飞。雁群呼朋唤侣向南飞。

独自端坐在城市的光色中,心头泛上一层纤弱的清冷。窗外霓虹闪烁,伫望袅袅的光影,思绪随意地生出一丝寂寥与彷徨。

时光老了!一串串碧水长天,云淡风轻的日子,如淙淙流淌的河水,一去不回。轻轻地,悄悄地,在身后拓下一些朦胧的印痕。

古人云:"人生在世,一杯清茶,三两知己。"与他们一同品茗,观花赏月,谈天说地,看日子慢慢变瘦变老,岂不快哉!然人生飘忽不定,年岁越大,朋友越少。

朋友种种:患难之交,青梅之交,忘年之交,红颜之交,君子之交,狐朋之交,酒肉之交,一面缘交,知己之交等等。当岁月年复一年送走荏苒的光阴,鬓角爬上几许偷生的华发,回顾身旁,心中徒然有了"绕树三匝,无枝可依"的喟叹。

年幼时,一同长大的伙伴,光着脚丫在田埂上奔跑,推搡着一起下河摸鱼，爬上树掏鸟窝。周末，相约着去村东头，低头假装翻看那位花白头发的婆婆，摆放在一间小屋子里整齐的小人书，然后趁隙塞进贴身衣兜内，惊惶而窃喜地跑回家，搔首弄姿地拿出来炫耀。玩得累了，就在清凌凌的河水边，慢悠悠踱步，看飞过头顶的蜻蜓，看飞过蓝天的白云。长大了，我们成了飞远的一朵朵白云，在异乡的天空里飘荡，只是睡梦里，恍然听到那一声声亲密无间的欢闹，流淌在弯弯曲曲的母亲河畔。

年少时，不期而遇的同学，身处校园，朝夕相伴。其中，三两个情同手足，犹记得当时的无碍情深，比肩而行一程。后来，毕业之际，来不及道声珍重，便各奔东西，飘带一样流入尘世烟云。那些有过的经历和临别时留影的相片，在寻梦的人生之旅，慢慢束之高阁，尘封在记忆深处，如同年轻的一颗心，孤苦而迷失。有些时候，偶然翻开夹在书页里的照片，怔怔地看着，想轻剪灯下的温暖，重温往日旧梦，却少了当时的澄澈和悸动。我认不出他们的名字，逝去的时光尘殇，大多数人都散乱成烟，成了无法破解的谜底。

中年了，令人揪心的年龄，揽镜顾盼，脸上不经意被日子的风雪烙上了成熟与沧桑。几番浮沉，多年漂流，生活动荡不安。穿行在俗世的泥淖与对未来美好生活的祈愿中，即使自己打着灯笼想邀人一路同行，倾心而交，也少有人问津。渐渐地，自己如一朵羞怯的昙花，在夜里静开，一些纯真率性的情感在纷争的利益里已经芬芳不在，端庄的品德在实用的价值观面前一折而弯。人们的内心高深莫测，纵使一同出入高楼的邻里，也形同孤立，彼此不知道各自的名字。偶然地碰上面，面无表情，擦身而过！徒然地感觉每一个人都是一大隐于世，喑哑淡然的隐者。

再过一些年，物是人非，生命之路越走越窄，我会耐不住岁月的风霜，衣冠楚楚，雄姿勃发的自己被生活的沙漠无情地吸干。我所在城市的一间小屋子楼下，就会出现一个步履蹒跚，头发花白，满面褶皱的老人。他慢吞吞走过时，也许有人会像忽略一株草木；也会有人察觉，投过来一丝思量或者议论的目光。他们暗地里指指点点：这个老头消瘦枯槁，沉默不言，怎地经常会碰到，就是不知道从哪儿来，叫什么名字？有一种遗世的孤独和不为人知的秘密！而那个时候，我会感受到自己的空落和光阴稍纵而逝的不可思议；或者，还会浮上一丝丝萎落尘泥的往事云烟。

无论怎样，我珍惜世间所有承载过的风吹雨打，珍藏流散在梦里的每一缕缭绕烟火，感恩路途中邂逅执手一程的人们。他们有的来自生活，有的来源于网络。有近在咫尺的，有远隔天涯的。尽管不多，却弥足珍贵。这些友人，有知道我一时生活得不如意，将深沉绵长的牵挂，倾吐在真挚的安慰与温馨的祝福中；有知道我爱好闲暇舞文弄墨，赠予我几支名贵毛笔；有著作等身的学者鸿雁传书，拱手相送，为我寄来自己的著作及书画。这份情，相交甚欢；这份温暖如潮水，在我心底里浓如醇浆，日日漫溢。

像一首歌中唱道："别管以后将如何结束，至少我们曾经拥有过。"是啊！年岁越大，朋友越少，但走进我内心情感大坝的友人，每一个，都让我不会有孤独的苦恼；每一个，都缤纷了我生活的况味；每一个，都是我世界的增大。

禅师说："八风吹不动,端坐紫金莲。"翩翩蝶舞的时代，繁华锦绣，喧闹汹涌，就静静地清寒地坐着，记住一世亲历的绚烂，怀念一些分离的不舍，看叶子在秋风中轻轻飘落，淡然地浅笑，让自己的生命划向岁月深处。

她阅读·情感卷

第九章　红男绿女

假如我是女人

她阅读·情感卷

梁晓声

　　我愿自己来世为女人。倘若有"轮回"，我很希望能转换了性别角色，重新体验我以男人之心和男人之眼所感知的一切世事，并重新思悟与我生命同在的一切困惑与迷惘。最好，仍能保留着一点点我曾是男人时的记忆。似乎，也只有这样，我才能真切地理解身为男人和身为女人究竟有多少人生况味的区别。

　　那么，我不祈祷自己花容月貌，不敢做婵娟之梦；我想，我应该是寻常女人中的一个。

　　那么，假如我是一个寻常的女人，我将一再地提醒和告诫自己——绝不用全部的心思去爱任何一个男人。用三分之一的心思就不算负情于他们了。另外三分之一的心思去爱世界和生活本身。用最后三分之一的心思爱自己。不自爱的人无自尊可言。唯爱自己的人不能获得别人的真爱。以全部的心思爱任何一个男人的任何一个女人，其代价必是全部的自尊。而丧失了自尊的女人，最得意的婚姻状态也不外乎是男人最得意的附庸。

　　那么，假如我是一个寻常的女人，我将不会拒绝做一个贤妻良母。由于我寻常，我必更需要一份较稳定的职业维护我的独立。由于我寻常，我必为此辛劳。同时，而做贤妻良母，辛劳必是双倍的。于是我需要丈夫的温爱与呵护，需要儿女的敬孝与体恤，需要家庭关系的和睦来安抚我疲惫的心。如果我获得了这些，我想，我也就获得了属于我的那一份幸福吧？

那么，假如我是一个寻常的女人，尽管我是一个寻常的女人，婚前的我酗酒的男人不嫁，瘾赌的男人不嫁，染毒的男人不嫁，拈花惹草的男人不嫁，缺乏教养行为粗俗的男人不嫁，心胸狭窄性情暴烈的男人不嫁，能力有限而野心无限的男人不嫁——爱我的男人必也是寻常的男人。寻常的男人而并没有不寻常的缺点和劣点，也就颇值得寻常的女人一爱了。倘他爱我确实很深，我愿将爱自己那三分之一的心思，一捧捧从心中捧出了回报他。我想，此时我不等于丧失了自尊，而是将一个寻常女人和一个寻常男人的自尊调和在一起了。我想，这样的一对寻常夫妻的自尊，足以在许多情况下牢固地支撑一个寻常家庭的自尊吧？

那么，假如我是一个寻常的女人，我想，我一定要善于用自己的心灵尽量地吸收一切美好事物的营养。外表没有的，心灵所具有的可以弥补。先天没有的，培养所获得的可以弥补。难道，我以十分弥补一分还没有可能么？但凡有可能，我便努力。既为自己，也为居然爱我的一个寻常的男人——

那么，假如我是一个寻常的女人，我想，也只有在我是一个寻常的女人的前提下，我才能以"女人"之心和"女人"之眼重新感知一切世事。寻常是多数。多数中的一个，才能感知多数的感知。寻常的女人说"我们女人"这句话时，一定比美女或不寻常的女人说这句话更有代表性和共同性。

假如我是女人，我想，我不会常言做女人好难之类的话，因为我曾是男人，深知做男人也有种种的难。

你若爱，就会有所害怕

她阅读·情感卷

华姿

有一个女友，虽然青春不再，却依然在吸引别人。当然，别人也在吸引她。然而，就只是吸引而已。在每一次的试探和诱惑面前，她都是，就到这时为止。

她从来都不敢从这里往那里，再走一步，因为她害怕。

虽然有时她也会想：再迈一步吧，就一步，那会怎样呢？会刮大风吗？会下大雨吗？麦子会歉收吗？洪水会爆发吗？都不会。她知道什么都不会发生，麦子不会歉收，洪水不会爆发，甚至连一片树叶都不会落下。但是，她还是害怕。

因为害怕，所以就到这里，只到这里。也就是说，因为害怕，在每一次的试探和诱惑面前，她都站稳了，她没有跌倒，甚至没有移动。

那么，她究竟怕什么呢？怕众口铄金吗？还是众眼铄金？都不是。她怕的，就是身边的那个人。她也不是怕他别的什么，她只是怕伤害他。她生怕伤害那个人。因为那个人爱她，想念她，而她也爱那个人，相信那个人。

她曾经对我说：我不那么做，不是因为我不想，也不是因为我有多圣洁，而是因为我怕。我怕伤害他。我甚至都不敢想象他受到伤害的样子。我怕他痛苦，怕他生气，怕他愤怒。我不忍心，我怕。所以我从来没有那么做过。

其实，在任何一种爱的关系里，一方伤害另一方的结果都一定是：他若受伤，她也会受创；他若心碎，她也会心痛。所以，她伤害他，其实是在伤害自己；他伤害她呢，其实也是在伤害自己。

有一个男子，30出头便已资产过亿。他不单在武汉有豪宅，在香港也有。他开的那款名车，在全武汉，据说也只有两辆。不单如此，他还是一个博士。不单如此，他还是高大、英俊而且健康的。但他从不夸耀，也不争况。他是那么温和、谦虚又慷慨。我曾经跟我先生感叹说，上帝实在太爱他了，他所拥有的，是很多人一样都没有的。

也因此，他常常要面对很多的诱惑和试探，很多。但是他说：一想到在某某街区的某扇门后，有一个纯洁而甜美的妻子在等着他，那么，任何的事，无论在男人们看来是多么的理所当然，世界末日是多么的无所谓，他都不想去做，也绝对不会去做了。因为他生怕伤害了那个纯洁的妻子。

世上的事，很多时候，其实就是这么的简单明了，一点都不深奥，一点都不困难。一桩看起来很困难的事，其实并没有那么困难。比如说，你若爱着，你若真的爱着，就一定会有所害怕。你生怕伤害了你爱的那个人。因为生怕伤害了他（她）自然而然地，你就会克制自己那蠢蠢欲动的贪恋，在诱惑面前时，你自然就会干净利落地说出那个字——"NO"。

如果你不怕，那就说明你不爱，或是你有爱不够。如果你一点都不怕，那就说明你一点都不爱。这个结论并不武断。看看我们的社会里，以及我们的家庭里，为什么总有那么多的伤害呢？也许，除了人性本身的软弱和局限外，就是因为我们没有爱，或者，我们的爱不够。

因为爱他，所以生怕伤害了他。因为生怕伤害了他，所以不做可恶的事，不做可耻的画，不做令他伤心的事，不做令他难过的事，这个他呢，并不只是指你的爱人、或你的情侣。他还可以是你的父母，是你的孩子，是你的朋友，乃至是你的事业和你的信仰。总之，是你所珍视的人、珍视的事。是你所挚爱的人、挚爱的事。

就如此吧，对一个法官来说，如果他真心爱正义，就一定会在每一次的审判中，站在正义的这一边，因为他生怕伤害了正义的心。对于一个作家来说，如果他真爱文学，他写得越多，就越战战兢兢，因为他生怕伤害了文学的心。对一个基督徒来说，如果他真爱上帝，就不会犯罪，不愿犯罪，因为他生怕伤了上帝的心。

而对于一个孩子来说呢，他听话，他努力，都是因为，他知道他的不听话不努力一定会伤害了父母的心。我在少年的时候，一直都是一个听话而努力的孩子，因为我深知父亲的期望，我生怕他失望。

这样一种爱，我称之为害怕的爱。在人所能成就的爱中，有慷慨的爱，有宽恕的爱，有怜悯的爱，但还有这样一种：害怕的爱。而害怕的爱，也是我们这个残缺的人生这个游离的人生所需要的吧？

害怕并非只意味着胆小和懦弱。知道害怕，其实也是一种觉醒。比如说，因为害怕善的审判，所以不敢行恶；因为害怕美的审判，所以不敢作丑；因为害怕正义的审判，所以不敢犯罪。乃至，因为害怕终极的审判，所以一生一世都走在正确的路上，不敢些微偏离。

伟大的教父奥古斯丁说："一个人既爱他的朋友，同时又遗弃他，这是不可能的。"

　　我想，这句话其实也可以写成：一个人既爱他的朋友（亲人、爱人），同时又伤害他，这是不可能的。

寂寞女人花

地阅读·情感卷

胡榴明

　　画面色泽清淡，纸上淡淡地敷了一层薄薄的色，浅浅的棕灰的底色，将原本白得发亮的宣纸的质地盖住，空空的屋子里好像垂下了薄薄的一层丝帘，粉色的石墙和光亮的地坪一下子变得幽暗了许多，淡淡的光柔和地依然弥漫了一室。

　　让人感觉是一个白天，室外的阳光被遮挡住，街市上嘈杂的车声人声也被遮挡住，女人在家，独自一个，闲闲地无所事事地呆着，一个光线柔和的幽暗的静室，隔绝自然，隔绝社会，隔绝世俗，同时也隔绝了男人。

　　安静的房间，安静的女人，画面安静而且干净，因为没有繁杂纷乱的别的什么物体，墨色的线条非常单纯，简单地点染勾勒，简单的器具，墨黑的长方形矮几，墨黑的高脚花几，横竖几条墨线就勾成了一张方桌，大花布面高背椅，木质高背靠椅，湛蓝色的瓷花钵、玫红色的玻璃花瓶、竹编大花篮，一朵花，一枝花，一束花，修修长长几根伸展开的细茎，圆形大叶片或是卵形小叶片。简简单单几笔墨，那些花的形态花的精神已经活灵活现了：白色的荷花，黑色的玫瑰，看似静静地待着，其实一股羁不住的妖媚从纸面喷薄而出。

运用极简的线条来渲染画面蕴藏的情绪，如古人画中的大片留白，留下来的是模糊隐约的蓝色或粉色的印象。

裸女，画家创作的主题，其他，只是陪衬。独自一人，偶尔有两个人，私密的空间，幽闭的静室，有意设置出的一处怀旧的生活场景，线条简洁的古老的家具和姿势张扬的孤零的花朵，这些，都是为着画中的女人而存在的，如一个剧院，舞台、灯光、布景、道具，一切就绪，最后，演员出场，朱丽叶，奥菲丽亚，麦克白夫人，她，出现在舞台的正中，形体、声音、表情、动作，追光在头顶上罩着，剧场内鸦雀无声，观众的目光冰块一样凝固——她才是画中的主角。

画中裸女，寥寥几笔墨线，简简单单的，说是一个女人，其实是一个女人的轮廓躺着，或是立着，或是坐着，姿态各异的，自然，神态应该也是各异的，画家虚化了她们的五官，她们的神情可以任人想象。

抽象的水墨，抽象的女人，平面的女人，简单的女人，简单得只剩下了几根细细的弯曲的线条，但是，这并不妨碍我们对她的存在的感觉，由最简单的线条而生出立体的实体的想象，早已从人类远古时代的岩画开始。

墨黑的曲线在纸上宛然柔和地走动，一个女体出现了，女人的身姿和神态也随之出现，生动地水灵灵地浮在宣纸上，一个洗尽铅华的裸女，没有乌黑飘然的长发也没有秀丽飞扬的短发，没有顾盼流动的媚眼也没有巧笑倩兮的樱唇，剩下的是她们的身体，去掉了她们作为女人的某一些外部特征之后，一个裸露的女体才有可能引起观画人更为凝聚的注意力——偷窥——画者提供给观者的感觉。

她们是性感的，感性的，柔美的身体轮廓，臀的曲线和乳的曲线，还有她们在画中的姿势，躺着或者倚着，或是单膝跪立在一张椅子上，例如《独自》，女人身上一丝不挂，唯一的配饰是脚趾尖上的那一只小巧的拖鞋，你可以感觉到那一只拖鞋在晃动，随时都有可能从她纤细的足尖上掉落下地来……在这种时候，情欲，由画中裸女勾动的情欲已经化作想象，恍恍惚惚的，如同覆盖着一层印度纱丽，女人的魅惑如丝绸翻弄出的光影，在那画上在你的心里，摇曳不定地闪烁。

有意或无意，她用她的身体和她的肢体语言来吸引你魅惑你，你欣赏着她的裸体，虽然只是几根线条，一个太抽象的人的形状，但是她撩拨了你的视觉，你不甘心画面中具象实体的缺乏，于是想象竭尽所能，构造一个你心中的女人，是你让她们从菲薄的宣纸上娇艳如生地凸起，浑圆的臀，丰满的腿，细嫩绵软的肌肤，欲隐欲现的私处，花苞一般圆润的乳——画家用她的技法激发你的想象，给一个空间勾引你的欲望，欣赏的欲望，窥视的欲望，参与其中、深入其中的欲望，由画外进入到画中，和她重叠，和裸女重叠，和画家的意图重叠，在那一个小小的空间里自怜、自恋、幽闭自己，敞开自己，张扬自己，感觉自己，同时感觉着画家的感觉。

平白简单的画面之中隐伏着欲望的峰峦和沟壑，这种绘画构思本身就具备了某一种禅意，如雪白沙石铺砌的日本庭园，枯寂，清寂，冷寂，表面的空白中蕴涵的美的思维，没有约束，想象力的空间可以扩大到任意的地步——东方的绘画，东方的意境，东方的裸女，然后才是东方的观画者，融为一体，融合一体——人各有志，人各有意，以你的情调和你的意境去扩张眼前的画面，成为客体或是主体，成为偷窥者或是被偷窥者，一切都可以随意。

西蒙娜·德·波伏娃在谈到有关女人自恋的心理研究曾经说过："……而女人却知道自己是客体，并且使自己成为客体，所以她相信通过镜子她确实能够看到她自己。作为一个被动的既定事实，这种反映，和她本人一样，也是一种物；当她确实渴望女性肉体（她的肉体）的时候，她会通过自己的仰慕和欲望，赋于她在镜中所看到的特质以生命。"

女人画画，女人观画，其实也就类似于这样一种镜中的映像，使自己成为客体，通过自己的眼睛和心给予镜中映像以生命。自恋是女人原始的生理性情结，外面的世界太残酷，我们退缩自己内心的深处，留一个小小的空间给自己，幽居，独处，欣赏自己，赞美自己，爱自己，呵护自己，将时空关闭在这一张菲薄的宣纸之外（从画面上你是看不出时代的特征的），避开我想避开的一切，只要我愿意。

如落花一般凄清美丽的女人的自恋情结，淡淡的忧愁和表面上的无所事事，生命中经历过的困惑与挫折，爱，试图封闭但是终究封闭不住，如画中的植物一样依着生存的本能张扬地生长着个性独具的枝叶和花朵。

女性的画面，女性的情感，女性的思维，心思绵绵密密，身边空空落落，最要命的是画页间弥漫出的纯女性的情调，环境和人物配合，悠然的空间，悠然的裸女，尤其是裸女的身姿和形态，慵懒、随意、闲散，于不经意间流露出的飘逸和洒脱，也许，如此才能使画中女人显出她们平日隐而不露的妖媚和蛊惑。

在传统水墨面临生存的困境以及西方绘图语式充填了绘画空间的今天，坚持从古老的沉淀中淘出新生的绘画思维，由繁入简，画面干净而美，线条引导情绪，女人的内心，画者的内心，心灵的纯净和对艺术美的追求，一种端庄高雅的情欲的表达方式，尽管在画中，这种欲望表达得十分孤独和寂寞。

裸露我的身体，想象着你的爱，幽闭，与世隔绝也与你隔绝，一年三百六十五日，与花相伴，闭花羞月，谁看见？花娇弱，人更娇弱，细嫩的肌肤，高耸的乳，还有一间静室，独自一人，我消遣，消遣着瞬间即逝的年轻的岁月。

爱情醉在旅途中

地阅读·情感巷

Love

黄自华

　　俏丽优美的文字，氤氲着朦胧幽怨的情韵。山川的峻美和忧伤是迷人的，不但充满了情感和智慧的魅力，而且醇厚、浓郁。它是千百年来人类生命最自然、最本真的吟唱，它在每一个人的心灵深处悠然回响。文字中所有意象无疑是优雅的，它们是如此的精致而巧妙：轻灵的蝴蝶，盛开的鲜花，晶莹的月色，袅袅的炊烟……在如此诗意盎然的景色，生长如此玉就天成的浪漫，又留下如此深情留恋的笔墨。没有用心沉湎过的人，是无法营造出这样的爱情镜像的。

　　云、月、花、影，不仅是他与她缠绵悱恻的欣赏者和守护者，它们自身也是一个充满了生机、谐趣，充满了情爱暗示的完美景象。静谧的夜色中，明月如镜，高高地悬在深蓝色的空中，那是一份孤独。而晚风初起，一缕云彩悄无声息地缠上了这轮孤月，于是，寂静无人的夜空中，月亮变得分外羞涩，月色却更加柔媚。这是他和她两个人的夜。在这样的夜色中，花枝也变得不再安宁，它在摇曳中发现了身下的花影，于是，在风的节奏中，在月的光辉里，他与她时而携手漫步于芳草萋萋的小径，时而相依相偎于蛙鸣蝉唱的溪畔。无边的夜色里充满了爱的温馨，云和月的幽会，优雅中包含了激情。两个人的世界就如一首爱的月光曲：自由、深情、美丽，时光也变得舒缓而绵长，如碎波粼粼的水面，静静地流淌。

有爱情相伴，青山依旧寂寞地葱绿着，风依旧缠绵，花依旧美丽，一双旅途上的恋人，站在空旷的原野，明眸流盼着千古的柔情，婉约的旋律空中飞舞。花儿绽放的是她的柔美，可是再柔也逃不过凋零的宿命，再美也逃不掉枯萎的轮回。带刺的玫瑰花散落一地，刺痛了前行之路，难道亘古的爱恋，就此画上唯美的句号？

一场华丽的邂逅，缤纷了苍白的年华。一次偶然的相逢，埋藏了永久的离别和永恒的孤独，孵化了人生的无限悲凉，开始了生命一种深刻的体验。大洋两岸的遥望不仅是寂寞，还是一种为相思所包裹着的柔软，一种在脆弱而美丽的梦境之后，让人深深感动的期待和飘忽不定的忧伤。也许这些了无着落的期待、飘忽不定的忧伤，正是匆匆来去的爱情的魅力所在。诗意抒写的爱情，或许只是凡尘中的一束倩影，人生风景中一道明媚的忧伤。悄悄地来，又悄悄地去，或许这一去就永远不再回头。然而这样的爱情曾经拥有过，这就足够了。

文字中的峻山幽谷是一般羁旅山川中人都可以看到的场景，但这被爱情浸染涂抹过的一花一草，却深藏着普通游历者所难以体验到的沉湎和依恋。文字中的瞬间形象宁静而悠然，就像醉在爱情中的主人一样，完全忽视了时间和空间的变化。细雨中的小径，山坳里的农家，虽然都是游人的风景，但在作者的眼里，它或许是一种漂泊，是一种实实在在的孤独的人生体验。无论如何沉湎，无论如何陶醉，也不能颠覆这样一个事实：流浪在他乡的爱情。可这又是一种怎样的流浪呢？温柔而甜美，深情而宁静，这样的体验还能算是流浪吗？

　　离别的忧伤浸渍了秋菊的凝香，眷恋染上亘古不变的底色，仿佛在远远眺望离去的远方，追寻那烟雨迷醉的幻色中蝴蝶蹁跹的倩影。于是，她的一颦一笑都留影在了深情的文字中，越过海岸、漂过大洋，永远散发着铭心的芬芳。

似水如烟江南女

她阅读·情感卷

晓旭

　　江南水美，养育了南方女子的淡雅，润泽出大家闺秀的身心；江南山秀，天，造就了南方女人多彩的风韵，地，培育出如诗的温婉柔情。

　　江南四季分明，可人的湿空气，浸润出女儿身那富有弹性的白嫩肌肤，风吹不皱；若烈若柔的阳光，塑造了美女们婀娜多姿与亭亭玉立的身段，雨摧不老；历经岁月的沧桑，厚重了她们坚韧独立和敏感智慧的内心，寒难销蚀。

　　江南女子似水如烟，细雨柔出靓影，绛唇映日红袖添香，全身写满延伸美丽的源泉，通灵毓秀美撼凡尘。

　　古老的传承和时代新潮，锻打出了江南女子独有的特质，她们是一幅幅工笔重彩的图画，线条优美，凹弧丰园，令人赏心悦目。她们是自然浇灌成的秀美鲜花，光彩四射，幽香飘溢，叫人深爱隽永。很多人说东方女神大多来自南方，历史例证早已名传九州，今天，诗韵般造化的美丽过往随处可见。

　　实在说，即使她们素面朝天、不施粉黛，各人都是水灵灵的，若一番涂脂抹粉则更加靓丽妩媚。江南女子讲话珠圆字润、恰到好处，个个能说会道，让你感受到银铃般的清脆，如听夜莺在轻轻歌唱。江南女子走南闯北豪爽大气，个个不输须眉，叫人体会到自强里透出聪颖，打拼中展现温善和时尚。一句话，一段情，触碰灵魂深层，一声情，一辈子，托付如意终生。

的确，在水乡泽国富饶广袤的南方，高山、小桥、流水和黑土、五谷、杂粮营养江南女子身心，风情万种。山清水秀日丽风和抚养下的女人特别青靓，忙碌匆匆调理出的女子非常精灵与完美，顾盼似璧似玉，亦酥亦脂、神清骨秀；观之像画卷，若绢若锦、如月如花。

说南方的女人妩媚多情、傲慢清高、温柔贤惠一点不错；讲南方女人崇尚传统，悟性极高，懂得尊爱更叫人羡爱不已。有人说女人是江南大地上的流动灵魂，不仅有物体形态的容貌美，心境淡如善水。人生如同演绎幕幕话剧，耐人寻味；而且她们拥有精神力量的内核，外表很强势，内心却很柔软忠孝，四海雄侠两追随。闭月羞花般靓丽绝伦，沉鱼落雁样暗香袭人，慧中秀外的优美高贵，那是去了的或在南方的男人们一生津津乐道和顾盼流转的不悔追寻。

江南女子是一本既厚重又灿烂、既传承且新潮的诗书。无论何种情形下，总是对生活充满着希望，对生命充满着热爱，对亲人和朋友充满感恩。一旦有缘遇上她，可以成为星星伴月亮样的红颜知己，叫你若即若离，没有她的日子天空不艳丽。也可以成为缠绕太阳周围光环样的知心爱人，连理一生一世，没有她的日子显得孤独痛苦。我与南方女人天生交缘，她们不仅自信、自强，富有一种叛逆心境，敢爱敢恨，择善而从，与我风雨同舟走过沧桑岁月。而且她心灵、手巧，善于调理多彩的生活，保持着青春的柔媚，历经磨难依然青春姣好；她们与人交往大度、豁达、平凡、随意，更会交谊与沟通，不爱慕虚荣，不追逐名利，相夫教子忠贞不渝感动周围。

江南女子如诗书，承载人间兰心蕙质，无穷奥妙，深藏人生知书达礼大爱胸襟，翻开浅读一时不易弄懂，细细品阅一生看不完，好生珍惜一世享不尽，和谐的是幸福，品读的是愉快。

江南女子是一首动听的歌，温婉和谐着家庭和社会的美妙。虽然娇声嗲气也唠叨任性，娴静时如娇花照水，行动处似弱柳拂风。可总是在如潮人生舞台，善用那委婉歌喉唱响幸福韵律，也总是在凌乱里以曼妙节拍舞出生活光彩。无时不在，编织着青春梦想，书写绚丽的彩霞，维系自然的平衡，包容难容的烦心事。关键时刻，彰显个性，维护秩序，小事不在意，大事不糊涂。哪怕男人在外拈花惹草或风花雪月，即使出没霓虹或酩酊大醉，偶犯小错，大多能以宽者胸襟包容教导，以明锐大爱方法拉回迷失羔羊，事过之后风平浪静依旧开心。

论文化素养和内心的热烈，她们激情四射追求现代浪漫和时髦，或许红尘知己相伴，也许有心仪男人相随，消受男人的施舍，享受甜蜜与幸福。女子的共性，善于交际，攀比消费，乐于购物，暗藏狂野，用女性的天籁之音澎湃激情，以委婉旋律谱写感人的冷歌，诗化曲折，拉回旧梦，见心见智。更多的是能以真爱柔情，安慰寂寞，拨动快乐；以纯真清丽，温润人心，感天动地。

江南女子是家庭生命的港湾，处处维系家和万事兴的本源。走到哪里你都能听到她们吟唱《梁祝化蝶》和《天仙配》。但现实里，也会顶礼膜拜效仿如真，用勤俭持家和固守团结调和，诠释人间爱的真谛与内涵。她们保持传统的为人处世信条，不轻易放弃家庭，也不愿随波逐流。能专心呵护也会施爱，把家庭和孩子照顾得无微不至。她们始终把做一手好饭烧一桌菜肴，当作义务与责任，刻意学习交流经验，用家庭劳务里的牺牲和完美，获取男人挚爱真心、钟爱实宠。她们热情奔放、无所顾忌，喜欢当家独揽，更喜欢驾驭男人，但又像拉着放线风筝也任凭男人翻飞。同时又是生活秩序的维护者和执行人，经营个人家家小小地盘，按部就班地循规蹈矩，轰烈不张狂，以女人的能干，把家庭打理得井井有条，孝顺老人，呵护子女，陪伴亲人，走亲访友，在礼尚往来中升华亲情和友情。

江南女子用柔情酿造甜美的酒，营造吸引男人皈依的心园。爱才子、找刺激、讲高贵、爱攀比，追逐潮流聊天约会，挥霍消费展示高贵。更多的，固守婚姻，翻新爱情，偶然约会或偷情销魂度良宵。虽然对政治不怎么追求，野心不大，但希望男人富有、高大有个性。女人的爱一旦托付那个人那是一生不悔，爱得执着、迷得疯狂、醉得忘我。学会能歌善舞，注重舞文弄墨，修养礼节娇情，拎包新颖发型独特，韶颜淡妆朗目疏眉，都是想吸引男子的青睐，等待浪子投怀享受春心荡漾情爱。一些用蜜意制作的温馨激荡，释怀呼唤男人品尝，让心爱的人醉倒腰若纤柳千娇百媚的梦乡，那是她们永远愉快胜利和开心幸福的地方……

不过，江南女子与北方女子，与沿海边关女子相比，任性、固执、做作、离异有过之而无不及，但终归个别或少数，不值一提。

名山秀水孕育了江南民族独有的文化，深刻的内涵滋养了江南女子的身心和聪慧，散美风情演绎了不少女性的动人传奇故事。

如梦如歌的江南，令多少天下人意乱情迷，叫多少男人皓首穷梦！我想只有长相思，才能贵相知。

她阅读·情感卷

第十章 世时梦魇

恐惧与希望

在我的童年生活中，给我留下深刻印象的，除了饥饿和孤独外，那就是恐惧了。然而我们恐惧的到底是什么，我们的恐惧从何处来，一直像是一个怪圈问题。

我出生在一个闭塞落后的乡村，在那里一直长到二十一岁才离开。那个地方直到二十世纪八十年代才有了电，在没有电之前，只能用油灯和蜡烛照明。蜡烛是奢侈品，只有在春节这样的重大节日才点燃，平常的日子里，只能用油灯照明。

在很长一段时间里，煤油要凭票供应，而且价格昂贵，因此油灯也不是随便可以点燃的。我曾经在吃饭时要求点灯，但我的祖母生气地说："不点灯，难道你能把饭吃到鼻子里去吗？"是的，即使不点灯，我们依然把饭准确地塞进嘴巴，而不是塞进鼻孔。

在那些岁月里，每到夜晚，村子里便一片漆黑，黑得伸手不见五指。为了度过漫漫长夜，老人们便给孩子们讲述妖精和鬼怪的故事。

在这些故事中，似乎所有的植物和动物，都有变化成人或者具有控制人的意志的能力。老人们说得煞有介事，我们也就信以为真。

这些故事既让我们感到恐惧，又让我们感到兴奋。越听越怕，越怕越想听。

我如此地怕鬼，怕怪，但从来没遇到过鬼怪，也没有任何鬼怪对我造成过伤害。青少年时期对鬼怪的恐惧里，其实还暗含着几分期待。

譬如我曾经不止一次地希望能遇到一个狐狸变成的美女，也希望能在月夜的墙头上看到几只会唱歌的小动物。

几十年来，真正对我造成伤害的还是人，真正让我感到恐惧的也是人。

二十世纪八十年代之前，中国是一个充满了"阶级斗争"的国家，无论是在城市还是在乡村，总是有一部分人，因为各种荒唐的原因，受到另一部分人的压迫和管制。

有一部分孩子，因为祖先曾经过过比较富裕的日子，而被剥夺了受教育的权利，当然也没有进入城市去过一种相对舒适的生活的权利。

而另一部分孩子，却因为祖先是穷人，而拥有了这些权利。如果仅仅如此，那也造不成恐惧，造成恐惧的是一些人和他们的孩子们，对那些被他们打倒的人和他们的孩子们的监视和欺压。

我的祖先曾经富裕过（而这富裕，也不过是曾经有过十几亩土地，有过一头毛驴和耕牛），所以我只读到小学五年级就被赶出了学校。

在漫长的岁月里，我一直小心翼翼，谨慎言行，生怕一语不慎，给父母带来灾难。

当我许多次听到从村子的办公室里传出村子里的干部和他们的打手拷打那些所谓的坏人发出的凄惨声音时，都感到极大的恐惧。这恐惧比所有的鬼怪造成的恐惧都要严重许多。

这时我才理解我母亲的话的真正含义。我原来以为我母亲是说世界上的野兽和鬼怪都怕人，现在我才明白，世界上，所有的猛兽或者鬼怪，都不如那些丧失了理智和良知的人可怕。

世界上确实有被虎狼伤害的人，也确实有关于鬼怪伤人的传说，但造成成千上万人死于非命的是人，使成千上万人受到虐待的也是人。而对这些残酷行为给予褒奖的是病态的社会。

虽然像"文化大革命"这样黑暗的时代已经结束二十多年，但像我这种从那个时代过来的人，还是心有余悸。

我每次回到家乡，见到当年那些横行霸道过的人，尽管他们对我已经是满脸媚笑，但我还是不由自主地低头弯腰，心中充满恐惧。

当我路过当年那几间曾经拷打过人的房屋时，尽管那房屋已经破败不堪，即将倒塌，但我还是感到不寒而栗，就像我明知小石桥上根本没有什么鬼，但还是要奔跑要吼叫一样。

回顾往昔，我确实是一个在饥饿、孤独和恐惧中长大的孩子，我经历和忍受了许多苦难，但最终我没有疯狂也没有堕落，而且还成为一个被人尊敬的作家，到底是什么支撑着我度过了那么漫长的黑暗岁月？那就是希望。

我希望在未来的时代里，由恶人造成的恐惧越来越少，但由鬼怪故事和童话造成的恐惧不要根绝，因为，鬼怪故事和童话，饱含着人对未知世界的敬畏和对美好生活的向往，也包含着文学和艺术的种子。

死亡体验

邓
刚

　　人一生有很多体验，有爱的体验、恨的体验、痛苦的体验、甜蜜的体验，但很难有死的体验。谁敢体验死，那简直就是开国际玩笑！可是我却"有幸"体验到一次死的滋味，绝对是真真正正地死过一次。当然这不是我有胆量去体验死，而是一次事故造成的。那还是参加辽西山区备战工程建设时，在极其简陋的宿舍里遭遇煤气中毒，才体验到死其实真是像睡觉睡过去一样，绝看不到鬼呀神呀阎王爷呀什么的，当然，也许我还没"死到一定的程度"，所以看不见死亡的神灵。记得那天晚上我一躺到床上立即舒舒服服地睡过去，但好像只睡了一分钟，就听见人们疯狂地连续不断地呼喊我的名字，开始是那样的遥远，渐渐地就近了，这使我有点烦躁，还想继续睡下去。但这呼喊越来越强烈，有男人喊有女人喊，最终喊得我睁开眼睛，才发现我是躺在屋外满地霜冻的山地上。一大群人都在俯身看我，他们头上是灰白的天空，我奇怪天怎么会亮了呢？然后却又舒服地昏了过去。

　　说起来我还挺不简单，就在自己已经进入死亡之际，却又能及时地发出死亡警报。据抢救者后来说，凌晨四点来钟时听到我们宿舍里发出一声惨烈的怪叫，随之还听到"咔嚓"一声门框或窗框断裂之声。于是大家都跑来，才发现怪叫的是我，断裂之声原来是我把睡觉的木床蹬裂开。人们从玻璃窗看到我龇牙咧嘴一脸鬼样，两只胳膊僵硬地勾着，便知道大事不好，砸碎玻璃窗就冲进去把我第一个拖出来。因为我是最靠近那个倒霉的"犯风"火炉，因此大量的煤气先让我吸个足够，也就首当其冲地第一个被干掉，然后才轮到其他的师傅们。也许我年轻力壮，竟然在毫无意识的"临界死亡"状态下，还本能地挣扎一下。正因为这种挣扎，才保住了里屋其他师傅们的性命。有人说越是冰凉越能救我们的命，这样我们全被抬出屋外冰冷砭骨的霜地上，大家轮流上去给我做了半个多小时的人工呼吸，才从死神那儿把我抢回来。更可怕的是刚刚被抢救过来的时刻，我竟然像梦呓似的说起胡话来，幸好我说的是毛主席语录。因为那时天天背诵毛主席语录，因此神经错乱时，就条件反射地又背诵语录。我们的书记后来说，从邓刚说胡话都能背诵主席语录这点来看，他确实是个可以教育好的青年。最后我们所有中毒者像一条条咸鱼似的被抬到更冰凉的铁制货车箱里，拉到二十公里外的建平县医院。医生往我们的鼻孔里灌氧气，并大剂量地往我们的血管里注射葡萄糖溶液，最终，我们又活蹦乱跳地回到工地上工作了。

然而，当我真正清醒过来时，远比死了还难受一百倍，头疼欲裂，极度恶心，当时想要是死了多好，就用不着遭这个罪了。不过，经过这次死里逃生，我一下子就判若两人，从医院的抢救室里一出来，第一件事就是直奔饭店，拿出当时压根就不多的积蓄钱，买所有我过去舍不得吃的好东西。记得我一下子就要了三盘净炒肉，在那个经济极端落后的年月里，敢于一下掏钱买三盘净炒肉，无疑一只饿虎跳进饭店，吓得服务员目瞪口呆，以为我有精神病。我完全像当今的腐败分子，连续大吃大喝了好多天，并雄赳赳地闯进商店买了一双牛皮鞋，那是我有生以来第一次穿皮鞋！一双皮鞋几乎就耗掉我一个月的工资，掏钱的一刹那我突然有些心疼，但随即一想，怕什么，我本来都是死的人了，否则这一切早都白扔了。足足享受了一个月，我才渐渐又恢复了正常，不但不敢再买净炒肉吃，还把那双皮鞋小心翼翼地擦上一层油，藏进箱子深处。不过，毕竟是死过一次的人了，我觉得我变得勇敢了，大度了，不那么在乎什么了。有个老师傅对我说：大难不死，必有后福。这就更使我如虎添翼，甚至视死如归了。后来的艰难年代里，我能跳进凶险的浪涛里捕鱼捉蟹，敢爬上高耸的铁塔上挥动焊枪，支撑着我的就是"曾经死过一次"。我想，上帝绝不会再麻麻烦烦地让我死二次，这种半唯心半唯物的可笑想法，却给了我阔步前进的力量，令我受用整个后半生。为此我觉得，人生最难获得的财富，就是他经受过一次危及生命的磨难。

颓败线的颤动

鲁迅

　　我梦见自己在做梦。自身不知所在，眼前却有一间在深夜中禁闭的小屋的内部，但也看见屋上瓦松的茂密的森林。

　　板桌上的灯罩是新拭的，照得屋子里分外明亮。在光明中，在破榻上，在初不相识的披毛的强悍的肉块底下，有瘦弱渺小的身躯，为饥饿，苦痛，惊异，羞辱，欢欣而颤动。弛缓，然而尚且丰腴的皮肤光润了；青白的两颊泛出轻红，如铅上涂了胭脂水。

　　灯火也因惊惧而缩小了，东方已经发白。然而空中还弥漫地摇动着饥饿，苦痛，惊异，羞辱，欢欣的波涛……

　　"妈！"约略两岁的女孩被门的开合声惊醒，在草席围着的屋角的地上叫起来了。

　　"还早哩，再睡一会罢！"她惊惶地说。

　　"妈！我饿，肚子痛。我们今天能有什么吃的？"

　　"我们今天有吃的了。等一会有卖烧饼的来，妈就买给你。"她欣慰地更加紧捏着掌中的小银片，低微的声音悲凉地发抖，走近屋角去看她的女儿，移开草席，抱起来放在破榻上。

　　"还早哩，再睡一会罢。"她说着，同时抬起眼睛，无可告诉地一看破旧屋顶以上的天空。

空中突然另起了一个很大的波涛，和先前的相撞击，回旋而成旋涡，将一切并我尽行淹没，口鼻都不能呼吸。

我呻吟着醒来，窗外满是如银的月色，离天明还很辽远似的。

我自身不知所在，眼前却有一间在深夜中禁闭的小屋的内部，我自己知道是在续着残梦。可是梦的年代隔了许多年了。屋的内外已经是这样整齐；里面是青年的夫妻，一群小孩子，都怨恨鄙夷地对着一个垂老的女人。

"我们没有脸见人，就只因为你，"男人气愤地说。"你还以为养大了她，其实正是害苦了她，倒不如小时候饿死的好！"

"使我委屈一世的就是你！"女的说。

"还要带累了我！"男的说。

"还要带累他们哩！"女的说，指着孩子们。

最小的一个正玩着一片干芦叶，这时便向空中一挥，仿佛一柄钢刀，大声说道："杀！"

那垂老的女人口角正在痉挛，登时一怔，接着便都平静，不多时候，她冷静地，骨立的石像似的站起来了。她开开板门，迈步在深夜中走出，遗弃了背后一切的冷骂和毒笑。

她在深夜中尽走，一直走到无边的荒野；四面都是荒野，头上只有高天，并无一个虫鸟飞过。她赤身露体地，石像似的站在荒野的中央，于一刹那间照见过往的一切：饥饿，苦痛，惊异，羞辱，欢欣，于是发抖；害怕，委屈，带累，于是痉挛；杀，于是平静。……又于一刹那间将一切并合：眷念与决绝，爱抚与复仇，养育与歼除，祝福与咒诅。……她于是举两手尽量向天，口唇间漏出人与兽的，非人间所有，所以无词的言语。

当她说出无词的言语时，她那伟大如石像，然而已经荒废的，颓败的身躯的全部都颤动了。这颤动点点如鱼鳞，仿佛暴风雨中的荒海的波涛。她于是抬起眼睛向着天空，并无词的言语也沉默尽绝，唯有颤动，辐射若太阳光，使空中的波涛立刻回旋，如遭飓风，汹涌奔腾于无边的荒野。

我梦魇了，自己却知道是因为将手搁在胸脯上了的缘故；我梦中还用尽平生之力，要将这十分沉重的手移开。

死后

鲁迅

我梦见自己死在道路上。

这是那里，我怎么到这里来，怎么死的，这些事我全不明白。总之，待到我自己知道已经死掉的时候，就已经死在那里了。

听到几声喜鹊叫，接着是一阵乌老鸦。空气很清爽，——虽然也带些土气息，——大约正当黎明时候罢。我想睁开眼睛来，他却丝毫也不动，简直不像是我的眼睛；于是想抬手，也一样。

恐怖的利镞忽然穿透我的心了。在我生存时，曾经玩笑地设想：假使一个人的死亡，只是运动神经的废灭，而知觉还在，那就比全死了更可怕。我自己就在证实这预想。

听到脚步声，走路的罢。一辆独轮车从我的头边推过，大约是重载的，轧轧地叫得人心烦，还有些牙齿。很觉得满眼绯红，一定是太阳上来了。那么，我的脸是朝东的。但那都没有什么关系。切切嚓嚓的人声，看热闹的。他们踹起黄土来，飞进我的鼻孔，使我想打喷嚏了，但终于没有打，仅有想打的心。

陆陆续续地又是脚步声，都到近旁就停下，还有更多的低语声：看的人多起来了。我忽然很想听听他们的议论。但同时想，我生存时说的什么批评不值一笑的话，大概是违心之论罢：才死，就露了破绽了。然而还是听；然而毕竟得不到结论，归纳起来不过是这样——"死了？……"

"嗡。——这……"

"哼！……"

"啧。……唉！……"

我十分高兴，因为始终没有听到一个熟识的声音。否则，或者害得他们伤心；或者要使他们快意；或者要使他们加添些饭后闲谈的材料，多破费宝贵的工夫；这都会使我很抱歉。现在谁也看不见，就是谁也不受影响。好了，总算对得起人了！

但是，大约是一个蚂蚁，在我的脊梁上爬着，痒痒的。我一点也不能动，已经没有除去他的能力了；倘在平时，只将身子一扭，就能使他退避。而且，大腿上又爬着一个哩！你们是做什么的？虫豸！？事情可更坏了：嗡的一声，就有一个青蝇停在我的颧骨上，走了几步，又一飞，开口便舐我的鼻尖。我懊恼地想：足下，我不是什么伟人，你无须到我身上来寻做论的材料……。但是不能说出来。他却从鼻尖跑下，又用冷舌头来舐我的嘴唇了，不知道可是表示亲爱。还有几个则聚在眉毛上，跨一步，我的毛根就一摇。实在使我烦厌得不堪，——不堪之至。

忽然，一阵风，一片东西从上面盖下来，他们就一同飞开了，临走时还说——"惜哉！……"

我愤怒得几乎昏厥过去。

木材摔在地上的钝重的声音同着地面的震动，使我忽然清醒，前额上感着芦席的条纹。但那芦席就被掀去了，又立刻感到了日光的灼热。还听得有人说——"怎么要死在这里？……"

这声音离我很近，他正弯着腰罢。但人应该死在那里呢？我先前以为人在地上虽没有任意生存的权利，却总有任意死掉的权利的。现在才知道并不然，也很难适合人们的心意。可惜我久没了纸笔；即有也不能写，而且即使写了也没有地方发表了。只好就这样地抛开。有人来抬我，也不知道是谁。听到刀鞘声，还有巡警在这里罢，在我所不应该"死在这里"的这里。我被翻了几个转身，便觉得向上一举，又往下一沉；又听得盖了盖，钉着钉。但是，奇怪，只钉了两个。难道这里的棺材钉，是只钉两个的么？

我想：这回是六面碰壁，外加钉子。真是完全失败，呜呼哀哉了！……

"气闷！……"我又想。

然而我其实却比先前已经宁静得多，虽然不知清埋了没有。在手背上触到草席的条纹，觉得这尸衾倒也不恶。只不知道是谁给我化钱的，可惜！但是，可恶，收敛的小子们！我背后的小衫的一角皱起来了，他们并不给我拉平，现在抵得我很难受。你们以为死人无知，做事就这样地草率么？哈哈！

我的身体似乎比活的时候要重得多，所以压着衣皱便格外的不舒服。但我想，不久就可以习惯的；或者就要腐烂，不至于再有什么大麻烦。此刻还不如静静地静着想。"您好？您死了么？"

是一个颇为耳熟的声音。睁眼看时，却是勃古斋旧书铺的跑外的小伙计。不见约有二十多年了，倒还是那一副老样子。我又看看六面的壁，委实太毛糙，简直毫没有加过一点修刮，锯绒还是毛毵毵的。

"那不碍事，那不要紧。"他说，一面打开暗蓝色布的包裹来。"这是明版《公羊传》，嘉靖黑口本，给您送来了。您留下他罢。这是……。"

"你！"我诧异地看定他的眼睛，说，"你莫非真正胡涂了？你看我这模样，还要看什么明版？……"

"那可以看，那不碍事。"

我即刻闭上眼睛，因为对他很烦厌。停了一会，没有声息，他大约走了。但是似乎一个蚂蚁又在脖子上爬起来，终于爬到脸上，只绕着眼眶转圈子。

万不料人的思想，是死掉之后也还会变化的。忽而，有一种力将我的心的平安冲破；同时，许多梦也都做在眼前了。几个朋友祝我安乐，几个仇敌祝我灭亡。我却总是既不安乐，也不灭亡地不上不下地生活下来，都不能符任何一面的期望。现在又影一般死掉了，连仇敌也不使知道，不肯赠给他们一点惠而不费的欢欣。……我觉得在快意中要哭出来。这大概是我死后第一次的哭。

然而终于也没有眼泪流下；只看见眼前仿佛有火花一闪，我于是坐了起来。

万物之母

她阅读·情感卷

许地山

在这经过离乱的村里，荒屋破篱之间，每日只有几缕零零落落的炊烟冒上来，那人口的稀少可想而知。你一进到无论哪个村里，最喜欢遇见的，是不是村童在阡陌间或园圃中跳来跳去；或走在你的前头，或随着你步后模仿你的行动？村里若没有孩子们，就不成村落了。在这经过离乱的村里，不但没有孩子，而且有人向你要求孩子！

这里住着一个不满三十岁的寡妇，一见人来，便要求说："善心善行的人，求你对那位总爷说，把我的儿子给回。那穿虎纹衣服、戴虎儿帽的便是我的儿子。"

她的儿子被乱兵杀死已经多年了。她从不会忘记：总爷把无情的剑拔出来的时候，那穿虎纹衣服的可怜儿还用双手招着，要她搂抱。她要跑去接的时候，她的精神已和黄昏的霞光一同麻痹而熟睡了。唉，最惨的事岂不是人把寡妇怀里的独生子夺过去，而且在她面前害死吗？要她在醒后把这事完全藏在她记忆的多宝箱里，可以说，比剖芥子来藏须弥还难。

她的屋里排列了许多零碎的东西，当时她儿子玩过的小团也在其中。在黄昏时候，她每把各样东西抱在怀里说："我的儿，母亲岂有不救你，不保护你的？你现在在我怀里咧。不要作声，看一会人来又把你夺去。"可是一过了黄昏，她就立刻醒悟过来，知道那所抱的不是她的儿子。

那天，她又出来找她的"命"。月的光明蒙着她，使她在不知不觉间进入村后的山里。那座山，就是白天也少有人敢进去，何况在盛夏的夜间，杂草把樵人的小径封得那么严！她一点也不害怕，攀着小树，缘着茑萝，慢慢地上去。

她坐在一块大石上歇息，无意中给她听见了一两声的儿啼。她不及判别，便说："我的儿，你藏在这里么？我来了，不要哭啦。"

她从大石上下来，随着声音的来处，爬入石下一个洞里。但是里面一点东西也没有。她很疲乏，不能再爬出来，就在洞里睡了一夜。

第二天早晨，她醒时，心神还是非常恍惚。她坐在石上，耳边还留着昨晚上的儿啼声，这当然更要动她的心，所以那方从霭云被里攒出来的朝阳无力把她脸上和鼻端的珠露晒干了。她在瞻顾中，才看出对面山岩上坐着一个穿着虎纹衣服的孩子。可是她看错了！那边坐着的，是一只虎子；它的声音从那边送来很像儿啼。她立即离开所坐的地方，不管当中所隔的谷有多么深，尽管攀援着，向那边去。不幸早露未干，所依附的都很湿滑，一失手，就把她溜到谷底。

她昏了许久才醒回来。小伤总免不了，却还能够走动。她爬着，看见身边暴露了一副小髑髅。

"我的儿，你方才不是还在山上哭着么？怎么你母亲来得迟一点，你就变成这样？"她把髑髅抱住，说，"呀，我的苦命儿，我怎能把你医治呢？"悲苦尽管悲苦，然而，自她丢了孩子以后，不能不算这是她第一次的安慰。

从早晨直到黄昏，她就坐在那里，不但不觉得饿，连水也没喝过。

零星几点，已悬在天空，那天就在她的安慰中过去了。

她忽然想起幼年时代，人家告诉她的神话，就立起来说："我的儿，我抱你上山顶，先为你摘两颗星星下来，嵌入你的眼眶，教你看得见；然后给你找香象的皮肉来补你的身体。可是你不要再哭，恐怕给人听见，又把你夺过去。"

"敬姑，敬姑。"找她的人们在满山中这样叫了好几声，也没有一点回响。

"也许她被那只老虎吃了。"

"不，不对。前晚那只老虎是跑下来捕云哥圈里的牛犊被打死的。如果那东西把敬姑吃了，绝不再下山来赴死。我们再进深一点找吧。"

唉，他们的工夫白费了！纵然找着她，若是她还没有把星星抓在手里，她心里怎能平安，怎肯随着他们回来？

翠奶奶的故事

地阅读·情感卷

沧海渔歌

北方的雨简直像北方人的个性，不会打弯儿直来直去的。刚才我还撑着一把雨伞，这会儿却是晴空万里。

一条似乎走不到尽头的胡同，我喜欢它石头路上的车辙印痕，特别是经过雨水的冲洗后，能照出一段一段凹凸不平的从前。人走在上面，风也走在上面，仿佛走到了童年。门楼儿被岁月减去了原有的浮华和燥气，一排一排青砖旧居，瓦檐儿下悄然滴水的声音，光阴就凝固在这一刻。推开一扇熟悉的大门，院子空荡荡的。我像是自言自语，轻声叫出一些人的名字，却心知这些人现在都不在了。怎么觉得这个世界上只剩下我一个人，在一片晃动的陈光旧影儿中，孤立异常。

东西贯通的胡同叫"洪福巷"，我家住10号。它的尽东头是一座深宅。听我爷爷说，是清朝一位道台的府居。那时我不知道这个道台究竟是什么，我觉得能住在这里面的人物肯定不一般，应该是金银满载耀武扬威的高官。其时，老宅已露破败之相，可深藏在它骨子里的威严和富贵之气依旧不减半分。经风驳漆厚重的两扇大门，一边一幅雕刻着对联儿，至今尚能辨认出几个残缺的榜书大字，已经连不成整个句子了，难识其义。门楼儿石阶的两旁，各蹲着青石狮子，雄狮爪踩镂空的绣球，母狮爪踩一只小幼狮。迈进门槛迎着门脸儿，一堵砖雕的巨大影壁。不知经历过多少年风雨，粉刷过多少层的墙灰，隐约看得出中间有偌大的"福"字。院内正屋的廊檐木柱，由整木雕凿而成，屋里的栋梁构件椽插得十分讲究。这些建筑元素真可谓"一年穷知府，十万雪花银。"老宅主人的财富，全砌垒在一砖一瓦里了。多年后反复来品读，极想从其深藏不语的姿势，读懂背后的故事。

街邻都知道，这位道台大人的后代，没人能再延续其紫气亨通的官运，得以世代呼风唤雨。或许这正应了那句老话儿，富家子弟多纨绔。由于代代坐吃山空，儿孙们熬到了最后，只剩下空落落的宅院，勉强维持着虚假的门面，其后人为了生活陆续离开了老宅。据说有的办了商号，有的开了渔行，也有经营茶庄的，总之过起了与普通市民无异的生活。

这家的大少爷早年夭折，其实老宅里由二少爷维系着这炷香火。这个二少爷没做官，他经办德顺兴渔行，养着几十艘机帆船。年年逢渔汛旺季，他就雇佣许多的渔工帮助使船。邻里间闲聊，说只在这个二少爷身上，算是多少遗留了祖辈一些聚财敛货的秉性，颇有一番经营的手段。他们家的打渔船出海满载靠岸，二少爷都要带着貌若天仙的二少奶奶早早地候在码头。事先支起一张一张八仙桌子，备好了一坛一坛的好酒。专等着登岸的伙计依次坐好，二少奶奶便撩起水袖，露出她嫩葱脖儿似的玉臂纤手，只见她搂着酒坛子，迈着莲花步，前前后后逐桌逐人往碗里倾酒。一碗一碗老酒落到肚里，伙计们尽兴，大鱼大肉海吃海喝。待酒足饭饱，就排起长队依次领取饱银。德顺兴工钱绝不会亏欠伙计们半厘，这是德顺兴的讲究。故且渔汛前夕，只要德顺兴要招人，四乡八里的渔工个个趋之若鹜。

　　二十世纪六十年代初期，我还是个小孩子，见过这位二少奶奶。她老得除了待人接物还留有那点残存的风度，却半点也看不出她曾经有过的富贵和美貌。老太太独自住在正房，偏厢里住着她的儿子和儿媳妇。人们很少见到二奶奶迈出老宅，偶尔能看见她拄着拐棍儿，盘坐在门楼前的石头台阶儿上晒阳痒痒。我喊她翠奶奶，我奶奶让这么叫的。凡遇见了小孩子称呼翠奶奶，她就撩起蓝布袄的前襟儿，伸手从里面掏出一两块稀罕的糖果，逗小孩子乐呵。我还清楚地记得她的手腕儿戴一只大玉镯子，阳光下散发着厚重的绿光。我奶奶说，她的这副手镯可值钱，是定亲的信物，从不离身，戴了一辈子。

　　嫁给二少爷的因由，是街邻谈论最多的话资。说法诸多，确证者不足一也。有的人说，她本来是要嫁给病秧子大少爷的。两家的父亲聚赌论输赢，她的父亲先是输了银子，接着又输掉了房产，最终再没什么东西可以输了，就把自己的宝贝闺女做了赌注。那赌场的规矩，是愿赌服输。他心知肚明，把女儿嫁给羸弱多病的大少爷，等于生生把自己水灵灵的女儿推入了火坑。于是，一天夜里就上吊自尽了。所幸尚未等到迎娶，这道台的大儿子一命归西，她稀里糊涂嫁给了二少爷，竟成了二少奶奶。也有的人认为这种说法不准确，她本来是老爷赌来给自己做填房的，未曾过门儿，老爷驾鹤西去。故且，盛传这个女人本是"克夫"败家的命。多年后，回想起这些带有神秘色彩的故事。我以为，或许她身带阴气，欲替自己的死鬼父亲，解除了心头的窝恨。或许她从来就未曾想过什么，内心不愿再触及家世的恩恩怨怨。自从嫁到了府上的日子里，她所抱有的一线希望，就是有一天能真正活得像个人样儿，而不是别人把自己放在赌桌上，任其输来赢去的一注筹码。其实，我未见过二少爷，他在中华人民共和国成立前夕，害怕新政府治他的罪，上吊自绝于世。

再是，这个翠奶奶死的时候，我在外面求学。有些事情是后来听我母亲说的。俗话说，人死如灯灭，陈年旧事，来龙去脉，是没有人能讲述得清清楚楚的。

人在幽深的小巷，仿佛听到翠奶奶的绿玉镯子摔在地上，发出杂乱脆异的余音儿。这一摔，破碎了一个女人的悲喜。吊在半空中的风筝，一根肉眼看不见的丝线，像一个女人纤细的生命，不知什么时候，这根线就断了。一黑一白是一天，一青一黄是一年，这世事呀真似一场大梦，曾经走近的，现在又走远了。老宅颇具意味的背影在苍凉中慢慢消失，生活却依然在流水中继续。

夜晚，显得尤其静深，街头路灯散发出清寂的光影儿，老宅门口的石狮子，保持着它恒定不变的姿势。其实，什么都在改变。

饮者，你的
红酒里有毒

阿毛

为了暖身，我坐在阳台上，喝了一杯狄兰的酒，全然忘了他诗中的告诫："饮者，你的红酒里有毒。"

一个过敏者，一个酒精过敏者……竟然忘了过敏源，忘了毒素。

一枚边境上的松果，挂在白雪皑皑的松树上。我在雪地里蹦跳老高，拉它下来。我蹦跳的高度，如果把一端放在界碑上，另一端就已越界。

但是我从没越界，那枚松果也没有越界落在他处。它被我带回来，放在书桌上。

一本从电脑里下载的《狄兰·托马斯诗选》打印稿，放在书桌上。打开的页面是这样的诗句："这杯酒原是一株异国果树上／畅游的果汁；／白天的人，夜晚的酒／割倒一地的庄稼，捣碎葡萄的欢乐。"这句子，使我幸福地战栗，似乎那枚松果，也是异国树上的松果，像这些诗句有我喜欢的美丽与神秘、有我喜欢的旅行与未知。

我要这些美丽与神秘、旅行与未知来围绕我，围绕我的写作！

我要在一枚松果里想象无数枚松果的生长，想象给予它们生长的土壤、阳光、空气与水分。

我要在一句诗里想象一个诗人的一生：他的生、他的欲、他的死。

这枚松果上的雪花，是乡愁。这乡愁起先是果汁，后来是酒，是越来越浓的酒。这酒，引来一千枚松果上的雪花，覆盖一千零一个夜晚的乡愁。

我畅游的不是果汁，是阳光酿制的酒，是酒，是诗歌酿制的美酒！

我得承认，读这样的诗句，就像畅饮美酒。我醉了，不断地飘忽忽沉入一个无底的地方……那里既是前世，也是今生；既是异域，也是故乡；既是欢乐，也是痛苦；既是生，也是死……

而去岁的疼痛感与烟火气，由一个诗歌的《无底洞》再次升上来：

从纸里传来

呼救。

（枯叶和它上面的灰尘……）

……黑咕隆咚的……

那时，我在首都，备有一只暗夜的手电筒。每夜都写诗，仿佛诗神只光临我一个人的夜晚。

白酒，在黄昏的盛会上；红酒，在午夜的低柜里。我不饮。

忧伤的人，喜欢夜晚饮酒，因为酒里的阳光可以治疗忧伤。我不饮吸收阳光酿制的美酒——不饮"肥沃的光线转变成的可爱的血液"，我害怕阳光灼伤我，害怕"血液"贲张我的血脉，让我更加忧伤。

所以，我不用酒治疗忧伤，我用诗。我只饮诗，只饮诗酿的酒、诗酿的甘醇，和着行内韵畅饮……

而在武汉的年饭上，我体内的阳光过剩，阳光与阳光碰撞，因而三杯红酒令我醉至休克……

我终是知道的，酒对我是有毒的，就像我知道，诗对我有毒一样！

狄兰·托马斯，当然也是知道的。他一边啜饮，一边吟诵："饮者，你的红酒里有毒！"

然而，在痴爱面前，毒是微不足道的，是能置之度外的。

在酒精的幻觉中，叫喊的血液，涌成诗句，无路可走，只能栖落在纸上……

在诗歌的感召下，狂欢的灵魂，酝酿新的诗句……

所以，我不是在饮酒，我是在写诗。你们看我似在饮酒，其实，我是在写诗。

所以，天才的、疯狂的狄兰似在喝通宵的酒，其实是在写通宵的诗。

饮者，你的红酒里有毒，／它蔓延下去沉淀成渣滓／留下一条彩色的腐败的脉管，／和衬衫下的锯屑；／……

即使塞住我的双耳，我仍能听见他早已缄默的嗓音里的狂放、沧桑与高傲！

趁留声机还没有失真，再听狄兰·托马斯朗诵这样一句诗："太高傲了，以至于不屑去死！"

然而，桌面上早已没有留声机。只有一枚异乡的松果，和一摞他的诗。

我饮他的美酒……

我写我自己的诗……

今天的阳台上堆满昨天的酒瓶；今天的书桌铺满将来的诗句。

她阅读·情感卷

第十一章 沧海桑田

她阅读·情感卷

李修文

　　油菜花的表姐不是牡丹，公鸡的表妹也不是天鹅，就像世上的穷人，他们的亲戚多半都是穷人，甚至是比穷人更穷的人。我也不例外：在这城市里，一年到头，总归会有来自家乡的近亲远亲找到我，但是，于我有求的，也都不是什么大事：一周的饭钱；找个过夜的地方；被打了，又或被欠了工资，给我打个电话，问问该怎么办。如此而已。

　　这一回遇见的事情，却是要棘手得多：我最小的表妹，她原本是在郊区的工厂里打工，有一天早晨从宿舍里醒来，突然就厌恶了人生，想一死了之，去工厂外的小诊所买了安眠药，吞下了，但是没死成，被救活之后，不用说，被工厂开除了。她暂时不再寻死，但也不想回家，这城市里有她众多打工的姐妹，她就在这些姐妹的宿舍之间辗转流连，与此同时，又将另外一件事情当作了救命的指望。

　　我岂能不管她？接到来自家乡的电话，我足足找了一个星期，最终在一家干洗店的阁楼上找到了她，几乎是强迫着将她带走，住进了我的工作间，那也无非就是一间三十平方米的房子，但住下她已经足够了。

现在，我终于可以了解清楚，那件被她当成救命指望的事情，到底是什么，说来再简单不过：她有一个姐妹，在鄂尔多斯打工，这个姐妹说，鄂尔多斯不但挣钱容易，生活也全然不乏味，完全不同于终日站在机床前的一潭死水；好消息是，这个姐妹马上就会回来探家，到时候，她可以带上自己一起前去鄂尔多斯。所以，她一直在等待，这等待甚至让她产生了幻觉：她一遍遍地跟我描述着鄂尔多斯，酒店，霓虹灯，风，地下赌场，但是我知道，这一切都是她想象出来的。

我还知道，在阳台上，在她的房间里，她一直都在哭，但也一直没哭出来，有时候，她会偷偷地站在镜子前，长时间打量着镜子里的自己，等待着自己哭出来，"人生如梦——"这是她刚刚学会的话，我听见她在电话里对姐妹说，"我连哭都不会哭了！"但是，她不知道的是，她其实是会哭的，有时候，我在客厅里写作，可以隐约听见房间里的她在睡梦中发出的呓语和叫喊，它们是惊恐的，在梦里，它们是她的敌人，她怒斥着它们，最后，终于放声大哭。

就像等待戈多一样，她在等待着那个女孩子从鄂尔多斯回来，在等待中，她日渐焦虑，几乎坐立难安，渐渐从一个她变成了两个她。一个她是：从不看电视，觉得电视剧都是骗人的，倒是抱着一堆杂志彻夜翻看，乃至读出声来，对于杂志上的某些文章和段落，她大为叹服，想办法将它们都挂在嘴边上，跟我聊天的时候，她有意无意都要将话题引向她感兴趣的地方，最终，她会顺利地背诵出杂志上的那些话，用它们作为谈话的结论，"太阳每天都是新的"，"因为懂得，所以慈悲"，"岂能尽如人意，但求无愧我心"，等等等等，无非这些。

另一个她却正在变得前所未有的尖刻与乖戾：没来由地暴怒，

一刻也离不开零食，手持电话本到处打电话，但是，每打一通电话都是以争吵和哭泣而告终，如果我去提醒她，她不该任由自己无度地怨天尤人，她便会正告我，她是在等待，她马上就要去鄂尔多斯了，等待于她，已经变作了一个巨大的容器——一切悲上心头和百无聊赖都是因为它，而它又让她动辄陷入剧烈的担心，担心身体，担心鄂尔多斯的女孩子已经忘记了承诺，担心几乎全部未曾发生的事情，最后，又将这些担心带入了崭新的暴怒与无精打采之中。

然而，鄂尔多斯的女孩子始终没有回来，她的等待也达到了极限，她决心不再等下去了，她要自己去找她，所以，她想要我给她一点钱，以作上路的盘缠。但我告诉她，我不会给她，除非她要跟我解释清楚：为什么每一天她都会在睡梦里发出惊叫，她之前的打工生涯里到底发生了什么，还有，她为什么要寻死？

这些疑问，其实已经被我反复提起，但是，每说一次，话头刚起，就迅速被她掐灭了，这一回却是躲不过去了，她必须要说出来，才能换来前去鄂尔多斯的盘缠，她想了又想，这才开口说话。

事情起源于一种红色的药丸——在她打工的工厂，拥有着众多骇人听闻的森严规定，譬如迟到一次要加班五个小时，譬如午饭只能站在机床背后吃，在这些规定面前，人人都被折磨得五内俱焚，吃也吃不下，睡也睡不着，这时候，主管就发给她们一种红色的药丸，说是吃下了就会精神抖擞，几乎人人都吃了，她也吃了，吃下去之后，果然精神好了许多，相当长一段时间里，这红色的药丸就是她的救命稻草，也是更多人的救命稻草。然而，后来他们慢慢才知道，那其实就是普通的口服避孕药，也就是说，在吃下药之前，他们的身体并没有什么问题，之所以觉得精神抖擞，完全是因为心理暗示的缘故。

当别人都在庆幸自己的身体没事的时候，我的小表妹，她却受不了了，因为她突然认识到，自己可能是愚蠢的。自小她就活得认真而极端，认真的人都有强烈的自尊心，尽管没有念过什么书，但她也大致可以猜测得出来：既然一颗红色的药丸都可以骗过自己，那么，在许多时候，她肯定被更多的东西骗了，如果她一直生活在被欺骗之中，那么，还有必要活下去吗？

"我也没办法，别人看起来都是小事，可我就是过不去，所以我非要去鄂尔多斯不可——"她说，"以前我觉得是我在操作机床，后来就不了，我盯着机床看，发现我根本就不存在，我就是铆钉，是冲头，是冷却管，总之，是没有脑子的，那我到底是谁呢？"

我不再作声，只在心底里叹息着，给了她盘缠，再给她两个月的生活费：世间众生，谁能逃得了对"远方"的渴慕和追逐？更何况，在受侮辱受损害之时，如果没有一个"远方"作为念想，作为安慰，我们又如何能欺骗自己度过诸多难挨的此刻？这个"远方"，于昆德拉是巴黎，于南唐李煜是沦落的故都，于千里送京娘途中的赵匡胤是开封，于我是写作，于我的表妹来说，就是鄂尔多斯。她既然想去，迟早就一定会去，尽管到最后她会知道，所谓鄂尔多斯，不过是另外一粒红色的药丸，但是现在，且让她先走进"远方"里去，再让"远方"来检验她想象中的"清醒"，为了获得这些"清醒"，只有天知道，她到底背会了多少杂志上的文章和段落。

第二天一早，她就坐上了去鄂尔多斯的火车。而我的生活还将继续，继续写作，继续发呆，继续迎来散落在这城市各处的穷亲戚。

接下来找我的穷亲戚，实际上只是我的远亲，虽说我应该叫他表舅，但他的年纪其实比我大不了几岁，十年里我并没有见过他几回，但是作为一个老好人，作为被交口称赞的孝子贤孙，他的好名声却一直被我熟知，所以，当他给我打来电话，尽管我对他说起的遭遇觉得匪夷所思，但还是赶紧去接了他，让他住进了我的工作间。

大概在半年以前，他在工厂里做工的时候，和另外一个工友一起，被工厂里的铲车撞了，当即，两个人的腰都被撞断，迅速住进了医院。他受的伤要轻些，住了两个月的院以后，算是重新站了起来，他的工友则没有这么好的命，时至今日，还瘫痪在病床上接受治疗。这只是悲剧的开头，紧接着，工厂只肯赔他们一点点钱，作为一个怯懦的好人，他接受了，但工友的兄弟妻女却不肯罢休，开始了漫长的逐级上访。

为了突出上访的效果，他们做了一块木板，然后，又强迫我的表舅继续扮作瘫痪的样子，躺在木板上，被他们从一个大院门前再抬到另外一个大院门前，理由是，真正的瘫痪者必须继续接受治疗，而他作为共同的受害者，理当跟他们一起上访，还不能私自接受工厂赔偿的那一点点钱，否则就是对他们的背叛。老天作证：他简直害怕死了。他一边怕工友的兄弟妻女对他不依不饶，另外一边，他又怕有一天他会被人抓起来，到了那时候，一家老小的吃喝可如何是好？

在假扮了两个月的瘫痪之后，恐惧大过了一切，他实在承受不了了，终于和工友的兄弟妻女不告而别，住进了我的工作间。自此之后，他便闭门不出，并且不断地对我强调，他必须闭门不出。终日里，他只做一件事情，那就是跪在地上，对着虚空里的十方菩萨死命磕头，再眼巴巴地等着风平浪静，到了那时，他好出去找一个新的工作。

除了恐惧，慌张也如影随形：磕头的时候，嘴巴里念念有词；不磕头的时候，嘴巴里还在念念有词；一天到晚，窗帘紧闭，他就躲在窗帘背后往外眺望，看看那些逼迫他躺上木板的人找来了没有，他深信，即使今天没有找到他，明天他也一定会被他们找到。"这可怎么办？"他的满眼里都是火烧一般的焦虑，"这可怎么办？"我安慰他，让他些微放心，听我这么说，他也似乎好过了些，也在认真地听，等我说完了，他却又惊慌失措地笑了起来："我知道，你这是在宽慰我。"

而事实上，这个胆小到怯懦的人，几乎无一日不在违背自己定下的禁戒：他每天都在出门，且不是去往他处，而是去医院，去看那个至今还瘫痪在床的工友。"毕竟，"他对我说，"我们是好兄弟。"每次前去，他都像打了一场仗，因为怕被兄弟的妻女发现，从来都不进病房，远远地扫一眼，掉头就狂奔而去。回来之后，他再一遍遍对我说起他和这个兄弟的情义，在自己最穷困的时候，这个兄弟借过钱给他，如果不是因为怕被抓起来，他确实应该配合他们，将那一出戏演下去，可他就是怕。

可是，在我看来，他其实是过分强调了他眼下的生活，惭愧，怕，幽闭，磕头，反复说起自己和兄弟的情义，这一切都被他过分强调了，他其实是对它们上了瘾，不如此，他便不知道怎么度过失魂落魄的现在，他非要这样，才能说服自己。在如此紧张的情势里，他只能什么也不做，就像他一遍遍地用言语和狂想给自己制造出风声鹤唳，然后，再用去医院探病来冒犯这些风声鹤唳，这样，他既能仍然对自己放心，反复确认自己还是从前的老好人，又可以告诉自己，你甚至在做一件了不得的事，以此再来躲避他不肯继续躺在木板上的万般焦虑和自谴。

他为什么每天晚上都要像个地下工作者般，火急火燎地去医院走上一遭呢？按照他的说法，危险其实是在一步步升级：他开始给他的兄弟买水果和营养品；他甚至进了病房去跟对方说话；最危险的一次，果真就被对方的妻女发现了，她们一直追着他跑出了医院，好在他还是顺利脱了身。在我看，骨子里，他其实是希望他们找到他，他甚至故意升级危险，希望他们早一点找到他。

——所谓勇气，不光是武松打虎，也不光是倒拔垂杨柳，有时候，它需要的，恐怕仅仅是一顿酒，一个犯了糊涂的念头，乃至一个仪式，这既是勇气的激发，也是勇气的磨损，但就是在对勇气持续展开的磨损中，勇气又渐渐被抹消了突出、严重乃至神圣，最后，它终于被视作了常物，懦弱的老好人才算有了跟它平起平坐的可能。

他的努力没有白费，这一天早晨，我打开工作间的门，看见了让人震惊的一幕：男男女女，七八个人，竟然全都跪倒在我的门口。我与他们素昧平生，但实际上我早就已经认得了他们，他们正是将我的表舅放置在一块木板上再抬着他四处奔走的人，只不过，这一回，强迫换作了哀求。我听见我的表舅在屋子里叹息了一声，终究还是走了出来，看看我，再看看他们，搓着手，一遍遍地问："这可怎么办？这可怎么办？"问了足有十几遍，他才差不多是带着哭音对跪倒的众人说："是祸躲不过，我跟你们走。"

我还是说实话吧。他言语里夹杂的哭音，首先自然是因为无辜，此去之后，恐惧，怕被抓起来的忧虑，再不能被他关在窗帘之外了，它们都将重新真真切切地进入他的生活，但是，这哭音里也隐藏着微妙的激动，那种姑且不论结果好坏、先硬着头皮迎来一个结果的激动："我一直都在等，你们怎么现在才找过来呢？"

我并没有送他离开，不是因为门外北风呼号，天上降下了鹅毛大雪，而是因为表妹打来了电话，没有错，就是我远在鄂尔多斯的小表妹。再说，我几乎可以确定，当我的表舅跟着众人离去，在他们之间，其实已经滋生出了某种怪异的亲密。雪下得太大了，他们暂时还没有走远，还在一楼的楼道里躲雪，如此，我一边接着小表妹的电话，一边还可以听见楼道里的讨论：我的表舅正在责怪对方，木板太硬，太冷，他躺上去受不了。

先说表妹。我早就知道，鄂尔多斯并不能将我的小表妹从枯燥与琐屑造就的水火中拉扯出来，但是，我还是没想到，她的梦竟然破灭得如此之快。长话短说：那个被她当作救命指望的女孩子，根本就没有从事什么流光溢彩的工作，事实上，她是一个暗娼，小表妹赶到鄂尔多斯的时候，她刚刚被警察抓起来。随后，她一个人在鄂尔多斯奔走到今天，终究还是没有找到什么像样子的工作，就在刚才，她身上仅剩的钱却被人偷了，就算她已经决定离开鄂尔多斯，回来，可是，如果我不寄钱给她，她便连一张回来的车票也买不起了。

电话里，我的小表妹言语急促，甚至错乱，说到最后，终于放声大哭，但我没有阻拦她，任由她哭，世间之事，无非如此：千里万里地赶去鄂尔多斯，不过是重新学会了哭，但这也未尝不是好事一桩，当此之时，"太阳每天都是新的"有何意义？"因为懂得，所以慈悲"有何意义？它们都不能赶走她幻想过的酒店和霓虹灯，还有风和地下赌场，当她在会背诵的那些文章和段落当中一一自取其辱时，她唯有哭泣，才有可能带来些微但却是真正的"清醒"，哪怕"清醒"之后，她又要再去寻找一个未曾踏足过的鄂尔多斯。

好在是，哭泣之后，放下电话之后，我的小表妹给我发来了短信，短信里有我给她寄钱的地址，那是一家她刚刚找到的做洗碗工的餐馆，在地址的后面，她还写了一段话，这段话不是来自哪本杂志，而是她自己写的，要我说，它们其实比她从杂志上背下来的那些话要好得多："我所经历的是不幸吗？如果它是，我自己都不想安慰自己了，我总算明白，不管去这里还是去那里，最终不过是成了一个证据，证明被骗、流浪、走投无路都是真实存在的，根本不存在什么过得很好的人，也根本不存在什么过得很好的生活。"

而在我楼下的楼道里，热烈的讨论还在继续：我的表舅终于使身边的人相信，重新换一块木板是有必要的。看着窗外的弥天大雪，我突然想：此时此刻，就在这司空见惯的满目风物里，造物之主其实安排和呈现出了三种人人概莫能外的命运——一种是我，躲在窗帘背后，既没有安静下来，也没有走出屋子；一种是我的小表妹，先是呼号着奔向了"远方"，再被"远方"不由分说地驱赶回来；还有一种，就是我的表舅，是不是身在一座囚笼里已经不重要，如何使自己的囚笼更舒适，更精致，才是迫在眉睫的事。

就在我胡思乱想的时候，雪渐渐下得小了，我的表舅也慢慢跟随他的同伴走远了，过了一条小河，再绕过一条荒废的铁路，他们停下脚步，依照安排，阔别多日之后，我的表舅重新躺在了那块木板之上。天气还是太冷了，他其实躺也不是，坐也不是，看上去，既像一个落魄的匪首，又像一具可怜的活祭；他们也只能继续往前走，一行人，在雪地里缓慢地行进，越往前走，就越像一支凄凉的送葬队伍。

临终醒语

她阅读·情感卷

王
均
瑶

　　我曾经叱咤商界，无往不胜，在别人眼里，我的人生当然是成功的典范。但是除了工作，我的乐趣并不多，到后来，财富于我已经变成一种习惯的事实，正如我肥胖的身体——都是多余的东西组成。

　　此刻，在病魔面前，我频繁地回忆起我自己的一生，发现曾经让我感到无限得意的所有社会名誉和财富，在即将到来的死亡面前已全部变得暗淡无光，毫无意义了。

　　我也在深夜里多次反问自己，如果我生前的一切被死亡重新估价后，已经失去了价值，那么我现在最想要的是什么，即我一生的金钱和名誉都没能给我的是什么？有没有？

　　黑暗中，我看着那些金属检测仪器发出的幽绿的光和吱吱的声响，似乎感到死神温热的呼吸正向我靠拢。

　　现在我明白了，人的一生只要有够用的财富，就该去追求其他与财富无关的，应该是更重要的东西，也许是感情，也许是艺术，也许只是一个儿时的梦想。

　　无休止地追求财富只会让人变得贪婪和无趣，变成一个变态的怪物——正如我一生的写照。

　　上帝造人时，给我们以丰富的感官，是为了让我们去感受他预设在所有人心底的爱，而不是财富带来的虚幻。

　　我生前赢得的所有财富我都无法带走，能带走的只有记忆中沉淀下来的纯真的感动以及和物质无关的爱和情感，它们无法否认也不会自己失去，它们才是人生真正的财富。会一直随着你、陪着你，给你力量和光明……人生最开心的莫过于财富和理想能够相伴而行。

　　财富够基本的生活开支，多余出来的财富就让它去服务理想、服务灵魂、服务社会……

　　爱行千里、命无边际……你想去哪里就去那里，想登多高就去登多高……一切都在你的心里、在你的手里……在你的世界里……

　　世界上什么床最贵？——病床！

　　可以有人替你开车，替你赚钱，但没人替你生病！东西丢了都可以找回来，但是有一件东西丢了永远找不回来，那就是生命。

我们都是大地的一份时光

她阅读·情感卷

大路柏杨

记忆的阡陌间，纵横的印痕与岁月一起，仍旧未变。站在最为痛苦的那一段时光里，我明白了，这是上苍带着命运的暗示，将一脸茫然的我推到了大地之间。面对着苍茫的世界，压抑着一副狂躁的心情，我愣愣地站立在坡的高处。

背着行装的伙伴们，挥着手臂一个接着一个，从我的身边鱼贯而过。加油呀，马上就到宿营地了！他们都在用注目的礼节，微笑而温和地鼓励着我。看着渐渐走远的队伍，看着他们起伏的背影，正一截一截没入地平线，最后悄然地消失在缓缓的山坡下。天高云低，山峦层叠，四周寂静，眼睛、身体和灵魂一起伫步凝望，共同感受着来自大地的辽阔和泥土的深远；此时，我体验着一份生命的升华，正将我变成大地的一缕时光，这才是我真正应该拥有的美妙生命！

我徒步的时间其实很早。人间的纷繁事务，单位领导之间的不和与矛盾，加之自己工作的不顺畅；不论做人做事都会让人淹没在不知所从、手足无措的迷茫里，破烂和疲惫组成了另外的我，应付着庸碌、麻木和寂寞的时光。正是此时，我开始主动去思考人生、事业和工作之间的关系，人是什么，人又为了什么才来到这个世界，这些上帝才有资格考虑的问题，却让一个沙粒般大小的我去思考，现在想想，当时确有些可笑。我们的任何思考，任何技巧性办法，甚至是自以为是的聪明和狡猾，都无法解决现实中任何一道稍有难度的问题。因为，谁也无法去削弱、控制、消除掉别人心中的欲望和人性的自私，去干预别人的世界、影响别人的心理，甚至去纠正和改变别人的一念之差。对于自己以外的别人，包括别人的所有私人生活，都会让我们在坚硬高大和冷漠的城墙外，感到自己的无能为力，感到一个人的弱小。这是人性的使然。

然而，我还是有了一份小小的收获。我走出了封闭的楼房、抛开方格子的玻璃空间，带着一份自己的心灵，走向无边无际的大地。

当我第一次背着沉重的行囊，跟在一行老驴的身后，默默向前行走时，是一个周五的傍晚。燃烧的火焰一般，夕阳把柔软的光泽打在一张张生动的面孔上，也照射在每一双缓慢向前的双足上。蓦然间，我突然有了一种回归自我的冲动。姑娘般安静的草原，老人般静穆的山峰，孩子似窃窃私语的小溪，还有跟着我一路行走叨扰不休的小鸟，这是童年里我的时光呀，这一切熟悉的感受被翻找了出来。独自一个，站在广袤的牧场上，看落日余晖，我觉得自己可能找到了些什么，又仿佛离这一件东西仅有一步之遥。

坐在点燃的篝火旁，闪烁的火星碎金般点缀着漆黑的四周。我的身旁、我的眼前，都坐着一群徒步的驴友。和我一起结伴走路的朋友，他也一样，刚从苦苦奋斗多年的岗位上被人故意地挤下来，十年奋斗、化为灰烬，一腔热情、半生遭遇，正面临着下基层去锻炼的问题。还有开始爱上喝酒的刘君，妻子的离去和温暖家庭一夜之间的丧失，让他面临着精神的重重压力。领队说，一群驴友里，有近一半的人是某种人生意义的失败者，他也一样，喜欢和爱上徒步活动，也缘于商场上一次投资的完美失败。他们其实和我一样，都是在难捱的时光里，在选择之中困难地等待着命运大手的又一次摆布。也许，是书生意气和理工科专业的缘故，朋友始终坚持着自己的操守，在低头和抗争、放弃与坚持、俯首与执着之间，始终不改自己的初衷。在这个充满着随时可能变节的社会里，他能坚持自己的人生底线，不论是胆识还是个性，是人性的光芒还是命运的注定，面对着他，我挺佩服他的这一份渺小又无名的勇气。

其实，某种意义的失败和心灵的失意，有时却是人类另一种形式的极其苦涩的补药，会对人生有益，却又让人们面带困色难以下咽。

人生的成败，在原则上是源于自我的选择和方向的努力，所以选择会大于努力。然而，总会有很多的选择，往往决定一切的却是一种无奈被迫的选择。这种选择的最后，就是让我们学会等待，一旦给了你什么，什么就是你今后的命运，这就是等待的最终结果。朋友和我都明白，我们是在等待一种选择的决断。或是暴君戗伐，或是柳暗花明。

大自然，其实正是人类的另一位母亲。它虽无形、无迹、不露真容，却有一副温暖的心肠，有一份令人欣慰的轻抚，也有一双安慰的手掌和一张拭去泪水的坚毅面孔。它所医治的往往是心灵的病，是灵魂的痛，是爱情的伤，是失败的疴，更是人类医生费尽周身之力也无法医治的顽疾痼证。草原、牧场、蓝天、白云、河流，树木、小草、羊群、牧人、毡房，奶茶、羊群、牧羊犬和蓝色的炊烟，和童话里的王子一起，悄然间闯入了你的生活，不由分说地占据着其中，用浩瀚的星空、无垠的世界和更为广阔的人生，去洗涤、冲淡和挤压着你并不适意的生活。一掬清水，清凉间，洗净的不尽是脸上的汗水，也有你织成网格一般的疲惫身体；一声鸟啼，娇哳里，唤醒的不尽是你失去已久的记忆，也叫醒了那一个离你不远正欲逃逸的自己。一片遮天的绿荫，一阵徐徐的清风，厚厚地覆盖着农业和牧业的古老时光。你从那个久已失忆的世界里，追着春天的温暖回归故里、重新复活。

火光哒哒地打破了营地的安静，或圆或长的面孔，或闭或睁的目光，抱膝盘腿，坐卧在忽明忽暗的火焰里，悄然无语。也许，我们都成为这个世界里的失恋者，以寻觅的身份，在荒野间找回了曾经的自我。

一路的尘土，一身的汗水和一脸的欢悦；一天的星光，一地的灿烂和一身的轻松。或晨光，或月夜，或小路，或荒野，或村庄，或花朵，冰川，或一人，或结伴。不论以怎样的方式，我们都要穿过河流，穿过船的行程到达对面的岸畔；不论你此时抱着如何的心情，都必须趟过雪水，趟过野兽饮水的巢居，找一处点燃营火的平地。选择与自然恋爱，选择一份充满纯洁的方式，去完整地表达情感，这可能就是人生的目标了。其实，谁的内心里，都渴望有一场令旁人瞠目结舌的轰轰烈烈式的爱情。这是人来自天性的注定，与你、我、他以生命的方式，与大自然血肉相融地并为一体，才会迸发出来的激情万丈。

有几次，夜行路上，我们与大队人马失去了联系。迷路和掉队，孤独面对无尽的黑暗，又成了一份自我成长的体验。茫茫的黑夜里，远方是黑色的山峰，是淡淡的月光，是响成一片的虫鸣兽嘶，是脚下深浅不一的泥土。我们反而不急、不怕、不惧，也没了那种难以回家、渴望大队聚焦的丝毫恐惧。选择在河水旁边一处高高的坡地上，我们就地扎营，宿营地上顿时点燃了的松木的火堆。一片马群和兽群也寻光而来，散布在营地的四周，蹑声蹑息地傍我们而憩。

营地上，火光熄灭了，酣睡中的行人鼾声一片。我却无眠。天地之间，时光如水，任何的存在都将消逝，悲伤也一样。在时光的永恒和宇宙的广袤间，我们的伤感又能如何，我们的痛苦何其微小？我与人，人与我。都是人海中微小的一粒，都是将要散去的灰尘。人，虽然称为一种具有高级智慧的生命，却一样拥有着生命物体的共同之处，难逃岁月的最终劫数。那就是依旧是落在百年之后，皈依于大地，回归于泥土，落入生命长河之中的一份时光。

北斗七星高悬的方阵下，银河两岸堆起了更加密布的星宿，启明星开始在闪烁中不停地微笑着。我们安然地入睡了，渐渐地成为大地的一份时光。因为，明天的太阳一旦来临，天地之间的任何方位，人生中的各种悲欢喜乐，都会以简洁的方式，给我们一目了然的解释。

一片树叶

地阅读·情感卷

东山魁夷

　　当我把京都作为主要题材来创作我的组画的时候，想起了圆山闻名的夜樱。我多想观赏一下那坠落满枝头的繁盛花朵，同那春宵的满月交相辉映的情景啊！

　　那是四月十日前后吧，我弄清楚当夜确实是阴历十五之后，就向京都进发。白天，到圆山公园一看，却也幸运，樱花开得正旺，春天的太阳似乎同月夜良宵相约似的，朗朗地照着。时至向晚，我已经参观了寂光院和三千院，看看时间已到，就折向京都城里。

　　来到下鸭这地方，蓦然从车窗向外一望，东面天上不正飘浮着一轮又圆又大的月亮吗？我吃了一惊。本来我是想站在圆山的樱树林前，观赏那刚刚从东山露出笑脸的圆月。它一旦升上高空，就会失掉特有的风韵。我后悔不该在太原消磨那么多时光。

　　我急匆匆赶到圆山公园，稍稍松一口气。所幸，这儿靠近山峦，一时还望不见月亮的姿影。东山浸在碧青色的暮霭里，山前面一株枝条垂挂的樱树，披着绯红色华美的春装，仿佛将京都的春色完全凝聚于一身似的。地面上，不见一朵落花。

　　山头一片净明，月亮微微空出头来，静静地升上绛紫色的天空。

这时，樱花仰望着月亮，月亮俯视着樱花。刹那之间，消尽了游春的灯火和杂沓的人影。四周阒无人声，只给月和花留下了清丽的好天地。

这也许就是常说的奇缘巧遇吧，花期短暂，难得碰上朗照的满月；再说，月华的胜景，也只限于今宵，要是碰上阴雨天气，就什么也看不到。此外，还必须有我这个欣赏者在场才成。

这只不过是一个例子，不管在什么场合，应当意识到风景的惠顾只能有一次。因为自然是活生生的，它在不断地变化。而且，眼望着风景的我们自身，也在天天变化着。不断流转的命运在描画着生成和衰灭的圆环。从这一点看，自然和我们都连结在一条根上。

如果花儿常开不败，我们能永远活在地球上，那么花月相逢便不会引人如此动情。花开花落，方显出生命的灿烂光华；爱花赏花，更说明人对花木的无限珍惜。地球上瞬息即逝的事物，一旦有缘相遇，定会在人们的心里激起无限的喜悦。这不只限于樱花，即使路旁一棵无名小草，不是同样如此吗？

自然景物令人赏心悦目，这个体验是我在战争中获得的。那时想到自己的生命之火就要熄灭了，处在这样的境况里，才发觉自然景物却充满了旺盛的活力。于是，我受到了强烈的震动。过去在我的眼里，这些景物都是平淡无奇，不堪一顾的。

战争结束以后，在贫困的年代里，我也陷入苦难的深渊。冬天，我伫立在凄清寂寞的山峦上，大自然和我紧密相连，这才使我的心境感到充实而满足，我心中产生了对生活的切实而纯真的向往。

作为风景画家，我就是从这样的基点出发的。其后绘制的《路》，画面中央有一条路通过，两侧只有绿草，构图十分单纯，这风景随处都能找到。但是，这幅作品却是表现了我的满心的情思，它所象征的世界，似乎是和许多人的心相通的。人们看到这幅画，都会想到自己走过的道路而感叹不已。

国立公园和名胜地的风景，各自具有优美的景观和意义。即使在最平凡的风景之中，人们也应当找到与自己的心灵息息相关的地方来。

我是个喜欢旅行的人。我在超越北极圈的遥远的拉普兰，午夜里看到过不落的太阳。那是多么神秘的光景。那是完全脱离人间的荒寥的风景。它强烈撼动着我的心。然而，我在北欧之旅中作为白夜的景色所描绘的是瑞典波的尼亚湾港湾的海滨，以及芬兰湖泊地带一望无垠的针叶林和湖泊的风景，那里都是人们可以居住的地带。

我所喜欢描绘的不是人迹罕至的景致，而是富有生活情趣的自然风物。然而，在我所描绘的风景里，可以说，几乎没有人物出现。其中一个理由是，我描绘的风景是人们心灵的象征。我是通过自然景色本身，抒写人们的内心世界的。

只有一次，在我的风景里难得地出现了点缀。那是一套组画，风景中出现的不是人，而是一匹白马。虽然远远看起来很微小，但白马却是画面的主题。整个风景都起着背景的作用，反映着白马所象征的世界。

我喜欢古拙、小巧的城镇。在那里，连房屋的墙壁上都浸染着几代人的体温。我感到山城镇里人们的生活，保持着人们特有的悠然情调。我看到德国的古都，每个窗边都开着美丽的花朵，那是向过路人亲切问候的语言。从屋内看上去，花朵全向外头开放，得不到从马路上看过来的美感。而且，窗户的造型也显得十分精巧有趣。

我常常揣摩画面的内容，创作散文，这是我接触了清新的自然和素朴的形象之后引起的感动所致。在战后的时代急流勇进中，我有很多时候，是走着同时代相游离的道路的。现在看来，这条路算是对了。而且，我决心继续走下去。

　　为什么呢？因为我感到，现代文明的急速发展，破坏了自然和人类、人和人之间的平衡，地上仅有的生物失去生存的意义和自尊的危险性越来越大。不用说，世界有必要恢复平衡的感觉。应当珍视清澄的自然和素朴的人类，要形成一股制止人类着了魔一般的贸然的行为。人应当更谦虚地看待自然和风景。为此，固然有必要出门旅行，同大自然直接接触，或深入异乡，领略一下当地人们的生活情趣。然而，就是我们住地周围，哪怕是庭院的一木一叶，只要用心观察，有时也能深刻地领略到生命的含义。

　　我注视着院子里的树木，更准确地说，是在凝望枝头上的一片树叶。而今，它泛着美丽的绿色，在夏日的阳光里闪耀着光辉。我想起当初它还是幼芽的时候，我所看到的情景。那是去年初冬，就在这片新叶尚未吐露的地方。吊着一片干枯的黄叶，不久就脱离了枝条飘落到地上，就在原来的枝丫上，你这幼小的坚强嫩芽，生机勃勃地诞生了。

　　任凭寒风猛吹，任凭大雪纷纷，你默默等待着春天，慢慢地在体内积攒着力量。一日清晨，微雨乍晴，我看到树枝上缀满粒粒珍珠，这是一枚枚新生的幼芽凝聚着雨水闪闪发光。于是我感到百草都在催芽，春天已经临近了。

　　春天终于来了，万木高高兴兴地吐翠了。然而，散落在地面上的陈叶，早已腐烂化作泥土了。

　　你迅速长成一片嫩叶，在初夏的太阳下浮绿泛金。对于柔弱的绿叶来说，初夏，既是生机旺盛的季节，也是最易遭受害虫侵蚀的季节。幸好，你平安地迎来了暑天，而今正同伙伴们织成浓密的青荫，遮蔽着枝头。

　　我预测着你的未来。到了仲夏，鸣蝉将在你的浓荫下长啸，等一场台风袭过，那嘻嘻蝉鸣变成了凄楚的哀吟，天气也随之凉爽起来。蝉声一断，代之而来的是树根深处秋虫的合唱，这唧唧虫声，确也能为静寂的秋夜增添不少雅趣。

你的绿意，不知不觉黯然失色了，终于变成了一片黄叶，在冷雨里垂挂着。夜来，秋风敲窗，第二天早晨起来，树枝上已经消失了你的踪影。只看到你所在的那个枝丫上又冒出一个嫩芽。等到这个幼芽绽放绿意的时候，你早已零落地下，埋在泥土之中了。

这就是自然，不光是一片树叶，生活在世界上的万物，都有一个相同的归宿。一叶坠地，绝不是毫无意义的。正是这片片黄叶，换来了整个大树的盎然生机。这片树叶的诞生和消亡，正标志着生命在四季里的不停转化。

同样，一个人的死关系着整个人类的生。死，固然是人人所不欢迎的。但是，只要你珍爱自己的生命，同时也珍视他人的生命，那么，当你生命渐尽，行将回归大地的时候，你应当感到庆幸。这就是我观察庭院里的一片树叶所得的启示。不，这是那片树叶向我娓娓讲述的生死轮回的要谛。